DER VOLLSTRECKER

RENEE ROSE

Übersetzt von
STEPHANIE WALTERS
Edited by
YANINA HEUER

BURNING DESIRES

RENEE ROSE: HOLEN SIE SICH IHR KOSTENLOSES BUCH!

Tragen Sie sich in meine E-Mail Liste ein, um als erstes von Neuerscheinungen, kostenlosen Büchern, Sonderpreisen und anderen Zugaben zu erfahren.

https://www.subscribepage.com/mafiadaddy_de

ERSTES KAPITEL

Oleg

KNEIPENSCHLUSS IST der schlimmste Moment jeder Woche für mich. Ich schütte den Rest meines Biers hinunter, stehe widerwillig von dem Tisch auf, an dem ich den ganzen Abend über gesessen habe. Story, meine amerikanische Schwalbe, und ihre Bandkollegen finden sich an der Bar ein, noch ganz aufgekratzt von einer weiteren legendären Aufführung.

Ich zögere, aber es gibt einfach keine Ausreden mehr. Nicht, wenn Rue, die Kneipenbesitzerin mit dem Irokesenschnitt, schon die Neonbeleuchtung angeknipst hat und die letzten Gäste rausscheucht. Nicht, wenn sie schon mit dem Finger auf mich zeigt und nachdrücklich Richtung Tür nickt.

Ich habe keinen Grund, noch länger zu bleiben. Ich werde nicht hier herumhängen, bis ich den Mut gefasst habe, Story nach einer Verabredung zu fragen.

Das wäre auch vollkommen unmöglich, ohne Zunge.

Ich werde auch keine Geschichte erfinden, um mit ihr in Kontakt zu kommen. Ich bin nicht der richtige Kerl für sie. Das weiß ich.

Und ich werde auch nicht hierbleiben, um sie weiter stundenlang anzustarren. Na ja, vielleicht ein bisschen. Es ist ziemlich schwer, nicht hinzuschauen, wenn sie im Raum ist. Die Frontsängerin und Gitarristin mit der honigsüßen Stimme ist einfach anziehend. Faszinierend. Unfassbar talentiert und ein wunderschöner Punk.

Nein, ich bleibe, weil ich einfach nicht gehen kann. Ich kann das Gelände nicht verlassen, bis ich mir absolut sicher bin, dass Story unbehelligt nach Hause kommt.

Ich beobachte sie dabei, wie sie ihren dritten Margarita in ein paar ordentlichen Schlucken hinunterkippt und dann über etwas lacht, was einer ihrer Freunde gesagt hat. Ihr Debbie-Harry-Bob ist diese Woche hellrosa gefärbt – sie hat eine Spur Champagnerfarbe zu der üblichen platinblonden Färbung hinzugefügt, was ihre blasse Haut förmlich erstrahlen lässt. Sie ist so schön, dass es wehtut.

Ich zwinge mich, die Bar zu verlassen.

Ich weiß, dass sie die Bar gut kennt und hier viele Freunde hat. Außerdem ihre Bandkollegen, einschließlich ihres Bruders. Sie alle sollten auf sie aufpassen. Aber es ist Alkohol im Spiel. Möglicherweise Drogen. Und ich weiß, dass ich nicht der einzige *mudak* bin, der verdorbene Fantasien darüber hat, was er gerne mit der mysteriösen Sängerin der Storytellers anstellen würde.

Die Bandmitglieder bleiben nach den Konzerten oft da und trinken was, nachdem Rue den Laden schon abgeschlossen hat, was legal ist, da sie alle im Lohnbuch der Bar stehen. An diesen Abenden sitze ich in meinem Yukon Denali und warte, bis Story in den Minivan der Band steigt oder mit jemandem mitfährt, den sie kennt.

Heute Abend kommen sie alle kurz nach mir aus der Bar, ihre Groupies im Arm. Ich muss nicht lange warten.

Schon bald wird sie in Sicherheit und auf dem Heimweg sein. Ich werde ins Penthouse zurückkehren und den Countdown starten, bis ich sie nächste Woche wieder singen hören kann.

Ich gehe zu meinem Wagen und lehne mich mit dem Vorderarm auf die Motorhaube, warte darauf, sicherstellen zu können, dass sie hier sicher rauskommt.

Story schwankt ein wenig, als sie in ihren Doc Martens über den Parkplatz stolpert, offensichtlich etwas angetrunken. Ihre Netzstrumpfhosen haben in einem Bein einen Riss, und ich würde das am liebsten zu Ende bringen. Ihr die Strumpfhose herunterreißen und bis zum höchsten Punkt ihrer Beine hinauflecken. Nur, dass ich keine Zunge mehr habe, mit der ich lecken könnte.

Bljad. Ich war nicht mehr als zweimal mit einer Frau zusammen, seit sie mir rausgeschnitten wurde. Ich wüsste nicht, wie ich Story ohne die verfluchte Spitze meiner Zunge verwöhnen soll.

Ihr Bruder – der Frauenheld der Band – hat in jedem Arm ein heißes Mädchen und läuft hinter seiner Schwester durch die geparkten Autos zu ihrem Van. Sein Van – glaube ich. Zumindest fährt er ihn meistens.

Story hat einen winzigen Smart, in dem sie hin und wieder auftaucht.

Flynn sagt irgendwas zu Story und biegt dann vor dem Van ab, seine beiden Mädels im Schlepptau.

„Was? Warte – Flynn –, das kannst du nicht machen!", ruft Story ihm hinterher.

Er ignoriert sie.

„Ich hab zu viel getrunken, um noch zu fahren."

Flynn hört nicht mal zu. Er sagt irgendwas zu den beiden Frauen und sie kichern.

Die restlichen Bandmitglieder sind auf andere Fahrzeuge verteilt, sodass Story nun allein am Van steht.

Betrunken.

Bljad. Ich bin nicht der Kerl, der ihr sagen wird, dass sie nicht betrunken Auto fahren soll. Ganz genau, ich werde – *kann* – offensichtlich niemandem irgendwas sagen.

Aber es gefällt mir nicht.

„Flynn!", ruft sie ihrem Bruder hinterher. „Kannst du mich nicht zuerst nach Hause bringen?"

„Ich habe auch getrunken", erwidert er, auch wenn ich glaube, dass er in weitaus besserer Verfassung ist als seine Schwester.

Ich presse mich von meiner Motorhaube hoch und zeige mich. Ich halte meine Autoschlüssel hoch und deute auf den Denali. Das ist so ziemlich das Beste an Kommunikation, was ich seit Langem hinbekommen habe. Ich versuche es meist nicht einmal. Auf diese Weise versuchen die Leute nicht mehr länger, mit mir in Kontakt zu kommen. Mich einzubeziehen. Auf diese Weise werde ich unsichtbar.

So gut ein Kerl von eins achtundneunzig und hundertfünfundzwanzig Kilo eben unsichtbar sein kann.

Story entdeckt mich und zögert. Ich sehe, dass sie mein Angebot verstanden hat. Sie denkt darüber nach.

Etwas in mir will, dass sie es ablehnt. Sie sollte nicht mit Männern ins Auto steigen, die sie nicht wirklich kennt. Ich meine, sie kennt mich aus der Bar, aber ich könnte auch sonst was für ein Perversling sein.

Aber sie lässt kapitulierend die Schultern sinken. Sie hält ihre Autoschlüssel hoch und wedelt damit in meine Richtung. „Oleg – kannst du mich nach Hause fahren", lallt sie.

Sie will, dass ich ihren Van fahre.

Ich nicke, setze mich in Bewegung, bevor mein

Verstand überhaupt über die Konsequenzen nachdenken kann.

Diese Situation wird nach einer Art von Verbindung verlangen. Nach dem Versuch einer Unterhaltung. Peinliche Stille, die höchstwahrscheinlich mit vermiedenem Augenkontakt und dem metallischen Geruch von Angst erfüllt sein wird. Das ist es, was bis jetzt jedes Mal passiert ist, wenn jemand so Großartiges wie Story mir zu nahegekommen ist. Fuck, wie ich das hasse.

Ich jage den Leuten eine Heidenangst ein. Ich bin groß, bedrohlich, über und über mit Bratwa- und sibirischen Gefängnistattoos bedeckt, und ich kann nicht sprechen, weil mein ehemaliger Boss mir die Zunge herausgeschnitten hat, damit ich seine Geheimnisse nicht ausplaudere. Ich verströme Bedrohung. Ich sehe aus, als ob ich ohne große Anstrengung einen anderen Mann mit bloßen Händen umbringen kann.

Und das habe ich auch getan. Viele Male.

Ich bin der Vollstrecker der Bratwa.

Story taumelt ein wenig, als ich am Van ankomme, und ich erwische ihren Ellenbogen und bringe sie wieder ins Gleichgewicht. Sie lehnt sich an mich, lächelt mich verschwommen an. „Danke, dass du mich rettest. Ich wusste, dass du das tun würdest."

Ich versuche, die Wirkung ihrer Worte auf mein hämmerndes Herz zu ignorieren. Wie sie es schneller schlagen, dann einen Schlag aussetzen, dann wieder weiterrasen lassen.

Sie wusste, dass ich das tun würde.

Tja, gut. Denn ich hatte schon fast geglaubt, dass sie nur einen einzigen Atemzug davon entfernt war, die Polizei zu rufen und mich als Stalker anzuzeigen, weil ich seit einem Jahr jede einzelne Show dieser wunderschönen Sängerin besucht habe.

Ich hatte nicht vorgehabt, Story Taylors Stalker zu werden.

Es gefiel mir einfach, mir jede Woche ihre Konzerte anzuhören. Ich weiß nicht, an welchem Punkt ich besessen wurde. Vielleicht beim ersten Mal, als ich sie spielen gehört habe?

Nee, da wurde ich zum Fan. Als ich wusste, dass ich ihren geschmeidigen, kleinen Körper unter meinem spüren und sie vor Lust schreien lassen wollte.

Beim dritten Mal?

Vielleicht.

Ich weiß nur, dass sie meine Sucht ist. Ich will nicht herkommen. Ich hasse die Jungs in meiner Bratwa-Zelle verdammt noch mal dafür, dass sie dahintergekommen sind und mir helfen wollen, mit ihr zusammenzukommen. Ich will unsichtbar bleiben. Eine Ziegelwand, die niemand durchschauen kann. Ich habe einfach dichtgemacht, als ich mich plötzlich ohne Zunge im Gefängnis wiedergefunden habe. Ich habe gelernt, mit meinen Fäusten zu sprechen, und habe nicht mehr länger versucht, irgendeine andere Art der Verbindung zu anderen Menschen aufzubauen. Aber sie ist meine Schwäche.

Ich kann nicht wegbleiben.

Ich kann nicht aufhören, jeden Samstagabend der erste Gast in der Bar zu sein, der letzte Gast, der geht. Mir soll nichts etwas bedeuten, vor allem keine perfekte Fremde, die null Interesse an einem riesigen, stummen Muskelprotz hat.

Aber hier bin ich nun mal.

Wieder einmal.

Nicht in der Lage, den Blick von ihrem wunderschönen Gesicht abzuwenden. Oder die Finger von diesem verflucht heißen Körper zu lassen, an dem ich jeden Zentimeter liebkosen will. Oder nur daran zu denken, sie schutzlos zurückzulassen, denn niemand würde sich je mit mir anlegen.

Ich nehme ihr die Schlüssel aus der Hand, öffne die Beifahrertür und lege ihr meine Hand auf die Hüfte, um ihr auf den Sitz zu helfen. Ich liebe das Gefühl ihres straffen Körpers unter meinen Fingern. Ihr ganzes Gewicht zu spüren, es zu kontrollieren.

„Oh!" Meine Hilfe überrumpelt sie und sie kichert atemlos. „Danke." Sie ist für gewöhnlich nicht so betrunken. Oftmals nippt sie den ganzen Abend über nur an einem Drink, während sich der Rest der Band volllaufen lässt. Heute war eine Ausnahme.

Ich lasse die Beifahrertür ins Schloss klicken und schließe für einen Augenblick die Augen, zwinge meinen Schwanz, sich verdammt noch mal zu beruhigen. Aufzuhören, sich wie ein Teenagerschwanz zu verhalten, sobald ich sie berühre. Sie riecht süß, nach Margaritas und Vanille.

Ich weiß, dass sie nicht mir gehört.

Sie wird niemals mir gehören.

Und doch weigert sich etwas in mir, das zu verstehen. Etwas in mir hat in dem Augenblick Anspruch erhoben, als ich sie zum ersten Mal erblickt habe.

Ich steige in den Van und starte den Motor, dann schau ich sie an und zucke mit den Schultern, um nach einer Wegbeschreibung zu fragen. „Oh, ähm, hier." Sie holt ihr Handy hervor und ruft Google Maps auf. Sie gibt ihre Adresse ein und die Stimme beginnt, uns zu navigieren. „Das ist einfacher, als wenn ich versuche, es dir zu erklären", lallt sie. Sie wedelt fahrig mit der Hand in der Luft herum. „Ich würde nur irgendwas durcheinanderbringen."

Ich lege das Handy auf die Mitte des Armaturenbretts und folge den Anweisungen. Ihre Wohnung befindet sich ein paar Meilen von der Bar entfernt in einer akzeptablen

Nachbarschaft. Ein Stück die Straße hinauf finde ich einen Parkplatz, stelle den Motor aus und reiche ihr den Schlüssel.

Jetzt weiß ich, wo sie wohnt.

Was ein riesiges Problem ist.

Ich bin ihr absichtlich nie nach Hause gefolgt. Das hätte definitiv eine Grenze überschritten und ich hätte mich in Stalker-Territorium begeben. Aber jetzt, wo ich es weiß? Fuck.

Werde ich es jemals schaffen, mich fernzuhalten? Ich werde wissen müssen, dass sie in Sicherheit ist, und zwar jedes Mal, wenn sie ihre Wohnung verlässt, nicht nur die Bar.

Gottverdammt.

Vermutlich nicht.

Das wird ein Problem für mich werden. Und für sie.

Für uns beide.

～

STORY

ICH WEISS NICHT, warum es mir nicht in den Sinn gekommen ist, bis Oleg mir meine Autoschlüssel wieder in die Hand drückt, aber er hat jetzt keine Möglichkeit mehr, nach Hause zu kommen. Sein Denali steht ja noch an der Bar!

Na ja, klar.

Sieht so aus, als müsste er über Nacht bleiben. Ähmmmm … seltsam.

Das tut mir nicht leid. Ich hatte schon früher hin und wieder darüber nachgedacht, ihn mit nach Hause zu nehmen. Ich meine, ich war mir hundertfünfzig Prozent sicher, dass er mitgekommen wäre, wenn ich ihn gefragt hätte. Er ist immerhin mein ergebenster Fan.

Er schaut mir bei den Auftritten auf eine Art und Weise zu, bei der mir ganz warm und kribbelig wird. Er beschützt mich, als wäre er mein eigener, persönlicher Bodyguard, schiebt seinen Körper zwischen mich und jeden betrunkenen Zuschauer, der mir zu nahe kommt.

Ich fange an, ganz aufgeregt wegen der Konzerte am Wochenende im Rue's zu werden, weil ich weiß, dass der große, tätowierte Kerl da sein wird, dass er meinetwegen im Publikum sitzen wird. Weil ich weiß, dass er nur Augen für mich haben wird.

Ich glaube, ich bin der Sache bisher nur deshalb nie nachgegangen, weil dann das vorbei sein würde, was wir jetzt haben. Es würde nur wieder eine meiner flüchtigen Affären daraus werden und wir würden niemals zu dieser Sache zurückkehren können. Und ich liebe es irgendwie, einen stummen Bodyguard-Schrägstrich-Fan zu haben, der immer da ist.

Was, wenn wir Sex haben und er es furchtbar findet?

Dann würde er nicht mehr zu den Konzerten kommen. Das würde ihn zwar irgendwie zu einem Arschloch machen, klar, aber ich befinde mich in einer Blase, in der ich noch fantasieren kann.

Oder was, wenn er gruselig wird. Den Eindruck bekomme ich von ihm eigentlich nicht, aber ich bin ja nicht dumm. Es ist eine Möglichkeit. Aber aus irgendeinem Grund fühle ich mich sicher mit ihm. Irgendwie habe ich das Gefühl, dass er mir niemals wehtun würde.

Aber vor allem will ich nicht, dass er so wird wie die anderen Kerle, mit denen ich zusammen war – ein Freund für ein paar Monaten, den ich sitzenlasse, sobald die Dinge zu ernst werden. Meine kleine Schwester sagt, es sei ein Sicherheitsmechanismus. Ich verlasse die Kerle, bevor sie mich verlassen können. Vermutlich hat sie recht.

Wie auch immer, ich weiß nur, dass Oleg anders als diese Typen ist. Besonders.

Jetzt denke ich darüber nach. Bitte ich ihn, mit reinzukommen? Oder bedanke ich mich bei ihm dafür, mich nach Hause gefahren zu haben, und frage ihn, ob ich ihm ein Uber rufen soll?

Aus irgendeinem Grund weiß ich, sollte ich Letzteres wählen, würde er gehen, ohne irgendwas zu versuchen. Ich meine, in all den Monaten hat nicht ein einziges Mal versucht, mich nach Hause zu begleiten oder nur in der Bar mit mir zu sprechen. Er hat mich nicht mal nach meiner Nummer gefragt oder mir seine gegeben.

Er ist einfach nur da. Jede Woche zur gleichen Zeit.

Verlässlich wie niemand sonst jemals in meinem Leben.

Und ja, ich weiß, dass er nicht sprechen kann, um mich um eine Verabredung zu bitten. Annie, die Kellnerin im Rue's, hat mir das erzählt, als er anfing, herzukommen. Sie hat erzählt, dass er für gewöhnlich bestellt, indem er auf das Bier eines anderen Gastes deutet. Ich wusste nicht einmal, dass er Russe ist, bis seine Freunde ihn mal begleitet und uns vorgestellt haben.

Und es ist diese Erkenntnis, die mir vergewissert, dass er mir nicht gefährlich wird. Er wird nicht gruselig werden. Er würde gehen, wenn ich ihn darum bitten würde. Er würde mich absolut respektieren.

Das weiß ich allein schon deshalb, weil ich während meiner Konzerte auf dem Kerl herumklettere, als wäre er ein Baum. Das ist einer meiner liebsten Momente. Ich locke ihn von der Bühne aus mit dem Finger und er schießt aus seinem Stuhl, stellt sich unterhalb der Bühne auf Position, damit ich einen *Dirty-Dancing*-Flugsprung in seine Arme machen kann. Oder auf seine Schultern krabbeln kann oder mich in seine Arme fallen lassen kann, als würde er mich über die Schwelle tragen. Ich kann mich darauf verlassen, dass der Kerl mich auffängt und mich herumträgt, während ich singe. Es ist zu einem festen Bestandteil unserer Aufführungen geworden. Meine Bandkollegen und die Fans erwarten es mittlerweile sogar. Ich weiß, dass Oleg mich niemals fallen lassen würde.

„Komm", sage ich zu ihm.

Er zögert, schaut mich so misstrauisch an, dass ich lachen muss.

„Du musst mich bis zur Haustür begleiten." Ich klinge betrunkener, als ich es bin.

Ich blinzle. In der einen Sekunde steht er fünf Meter weit entfernt auf der anderen Seite des Vans, in der nächsten hält er meinen Ellenbogen fest, hilft mir, das Gleichgewicht zu wahren, weil ich keine gerade Linie über den Bürgersteig laufen kann.

Ich schließe die Tür zum Wohnhaus auf.

Oleg rührt sich nicht von der Stelle.

„Du musst mich zu meiner Wohnung bringen", erkläre ich ihm. „Was, wenn jemand versucht, sich im Treppenhaus an mich ranzumachen?"

Seine Augenbrauen ziehen sich zusammen.

Okay, vielleicht bin ich nicht so nüchtern, wie ich denke. Das klang wirklich bescheuert. „Du bist mein Bodyguard", bestätige ich.

Das ist etwas, was er natürlich schon längst weiß, weil er sich schließlich selbst dazu ernannt hat.

Wir gehen die Treppe bis in den dritten Stock des alten Sandsteinhauses hinauf, dann schüttle ich meinen Schlüsselbund, um den richtigen zu finden. Als ich die Tür aufschließe, tritt Oleg einen Schritt zurück. Er ist riesig – breite Schultern, ein Brustkorb wie ein Fass, Arme wie

Baumstämme. Seine dunkelbraunen Haare sind so kurz getrimmt wie sein Bart.

„Willst du mit reinkommen?"

Seine feurigen braunen Augen gleiten über meinen Körper, aber er schüttelt den Kopf. Ich bin überrascht davon, wie sehr mich seine Ablehnung enttäuscht. Ich schätze, ich bin davon ausgegangen, er wäre eine sichere Sache. Nie im Leben habe ich das falsch eingeschätzt, oder etwa doch?

Ich schaue ihn an und lehne mich an ihn, stelle mich auf die Zehenspitzen, lege ihm die Arme um den Nacken und hebe ihm mein Gesicht entgegen. „Warum nicht?"

Er erstarrt, sein ganzer, großer Körper wird steif.

Wenn ich nicht seine Erektion spüren würde, die gegen meinen Bauch stupst, würde ich glauben, er hätte kein Interesse. Aber das hat er.

„Warum hältst du dich zurück?", flüstere ich. Ich ziehe seinen Kopf hinunter und lege meine Lippen auf seine, schmecke ihn.

Er bleibt noch eine weitere Sekunde wie erstarrt.

Zwei.

„Bitte", dränge ich, muss ihn wissen lassen, dass ich es will.

Und dann rauscht das Leben wieder durch ihn hindurch. Mein Rücken kracht gegen die Wand neben der Tür, als Oleg die Monate der aufgestauten Energie zwischen uns entfesselt. Eine starke Hand legt sich auf meinen Arsch, die andere in meinen Nacken, während er sich über meinen Mund hermacht, als wäre es die letzte Chance, Luft zu holen.

Augenblicklich schmilzt mein Innerstes. Ich reibe mich an dem Bein, das er zwischen meine Schenkel gepresst hat, erwidere seinen Kuss mit so viel fieberhaftem Verlangen, wie er seinerseits verströmt. Ich kann seine Zunge nicht spüren, aber ich benutze meine – vermutlich viel zu schlabbernd. Er knetet meinen Arsch, hilft mir, auf seinem Bein zu reiten.

Ich strecke die Hand aus, um die Tür aufzustoßen, dann kralle ich meine Finger in Olegs schwarzes T-Shirt – das eng über seine breiten Schultern und harten Brustmuskeln gespannt ist – und versuche, ihn in meine Wohnung zu ziehen.

Versuchen ist hier das entscheidende Wort.

Denn Oleg rührt sich nicht von der Stelle.

Das Pulsieren zwischen meinen Beinen macht mich ganz zappelig. „Komm rein", ermuntere ich ihn.

Er schüttelt den Kopf.

Was … zur Hölle?

„Oleg, komm rein." Jetzt klingt es eher wie ein Befehl. Ich meine, der Kerl steht auf mich. Er wird mir geben, was ich brauche, richtig?

Wieder schüttelt er den Kopf, dann mimt er trinken.

Ach, Fuck.

Im Ernst?

„Du willst mich nicht anfassen, weil ich was getrunken habe?"

Er nickt.

Ist er wirklich so ein Gentleman?

„Das ist … süß."

Richtig, richtig süß.

Und nervig. „Oleg, das kannst du mir nicht antun", versuche ich ihn zu überreden und ziehe weiter an seinem T-Shirt. „Dieser Kuss hat mich ganz heiß und fickrig gemacht. Du kannst mich nicht einfach heißmachen und dann abservieren. Das ist nicht fair."

Seine Augenbrauen ziehen sich ein bisschen zusammen. Sein Kiefer spannt sich an. Er fährt sich mit dem Daumen über die Unterlippe und seine Augen fallen auf meinen Mund. Ich kann sehen, wie er mit sich kämpft. Der Kerl, der mich respektiert, gegen den Kerl, der mir nichts vorenthalten will. Und dann ist da noch der Kerl, der seinerseits schon Kavaliersschmerzen hat. Denn ich konnte seinen Ständer spüren und der war steinhart gewesen.

Wie schon im Augenblick zuvor stürzt er sich in Aktion, sobald er seine Entscheidung getroffen hat. Er drängt mich rückwärts in meine Einzimmerwohnung, dann tritt er die Tür zu und schließt sie ab.

„Ja, Oleg."

Ich lasse meine Handtasche fallen, schmeiße meine Jacke zu Boden und werfe mich wieder seinen Lippen entgegen. Wir küssen uns, als wäre es ein Wettbewerb, wer den anderen zuerst verschlingen kann. Aber noch immer keine Zunge von ihm. Als ob er dafür ein zu großer Gentleman wäre. Er hebt mich hoch, sein Unterarm unter meinem Arsch, und ich schlinge meine Beine um seinen massiven Körper. Er dreht sich einmal um sich selbst, um einen Überblick zu bekommen, und wählt die richtige Tür aus, die zu meinem Schlafzimmer führt, wo er mich mitten auf meinem Bett ablegt.

In dem Moment, als ich liege, reißt er mir ein Loch in meine Netzstrumpfhose – als ob er schon die ganze Zeit darüber nachgedacht hätte, sie zu zerstören – und fährt mit seinem offenen Mund an der Innenseite meiner Schenkel entlang, bis er am Saum der Hotpants ankommt, die ich über der Strumpfhose trage. Dort angekommen, versenkt er seine Zähne im Stoff und zerrt daran, sein heißer Atem streift über meine Mitte.

„Gierig, hm?", frage ich lachend. Er knurrt erwidernd. Dieses Geräusch … Fuck, es lässt meine Pussy schmelzen.

Ich beeile mich, meine Shorts aufzuknöpfen und sie meine Beine hinunterzuschieben. Er übernimmt, zerrt sie von meiner Taille, zusammen mit den Netzstrumpfhosen.

Als er nach meinen Stiefeln greift, kichere ich.

Er macht ein missbilligendes Geräusch, als er an ihren Riemen zerrt. Innerhalb von ein paar Sekunden habe ich sie abgestreift und bin nun von der Taille abwärts nackt.

Oleg greift nach meinen Beinen und zieht mich das Bett hinunter. Er ist ein offensiver Liebhaber – ganz anders, als ich es mir vorgestellt hatte –, aber ich liebe es. Ich mein, ich stehe wirklich darauf. Er knabbert und küsst meine Mitte, enthält mir aber aus irgendeinem Grund seine Zunge vor. Vielleicht findet er es eklig, da unten zu lecken.

Stattdessen steckt er sich einen seiner großen Finger in den Mund, um ihn zu befeuchten, dann reibt er damit über meinen Schlitz.

Ich bin schon längst feucht von der Art und Weise, wie er mich anfasst, und sein Finger gleitet ungehindert in mich hinein.

Für gewöhnlich mag ich es nicht besonders, gefingert zu werden. Finger sind zu klein. Und nicht weich genug. Zu stochernd.

Aber Olegs Finger ist riesig. So groß wie der Schwanz eines normalen Kerls. Und, *oh, weiß er ihn zu benutzen.* Er stößt ein paar Mal in mich hinein, dann nimmt er einen zweiten Finger dazu und beginnt, meine innere Wand zu streicheln.

Der Mund fällt mir vor Lust auf, als er meinen G-Punkt findet. Meine Schenkel zucken und schlagen gegen seine breiten Schultern. Er reibt und umkreist den empfindlichen Nervenknoten, bis ich nur noch eine bebende Masse bin, dann beginnt er, mich mit seinen Fingern hart und schnell zu ficken.

„Oh Gott", keuche ich und kralle meine Finger in seinen freien Arm, als ob ich mich während dieses wilden Ritts ganz verzweifelt an etwas festhalten müsste.

Er greift unter mein Oberteil und zieht mein BH-Körbchen hinunter. Ich bin erschrocken, als er meinen Nippel kneift – hart. Meine Hüfte schnellt erwidernd vom Bett hoch und sein Finger dringt noch tiefer in mich ein.

Mein Kopf rollt auf dem Kissen hin und her, so kurz davor bin ich.

Er stößt ein kehliges Geräusch aus und fickt mich schneller. Sein Daumen gleitet über meinen Kitzler, als er mit seinen Fingern in mich hineinstößt, und ich gehe in die Luft wie ein Feuerwerkskörper – explodiere vor Lust bei diesem ersten Orgasmus, den ich nur durch Fingern allein erreicht habe.

„Oh mein Gott!", stoße ich wieder aus und meine Muskeln beben und zucken noch immer.

Wahnsinn.

„Das war irre. So gut." Ich reibe die Beule seines Ständers in seiner Hose. „Jetzt bin ich definitiv bereit. Das war das beste Vorspiel meines Lebens."

Aber Oleg weicht vom Bett zurück und schüttelt den Kopf.

„Oh mein Gott! Dein Ernst?" Ich stehe auf und laufe ihm in meinem größtenteils nackten Zustand hinterher. „Warum nicht? Weil ich getrunken habe? Ich bin wieder nüchtern." Es fühlt sich verrückt an, um Sex zu betteln. Nicht gerade meine übliche Vorgehensweise. Beileibe nicht.

Er geht aus meinem Schlafzimmer in die offene Küche, die ins Wohnzimmer übergeht. Er öffnet die Schränke, bis er ein Glas gefunden hat, dann füllt er das Glas mit Wasser und hält es mir hin.

Ich stoße ein protestierendes Schnauben aus, nehme das Glas aber an, weil die ganze Geste einfach so unglaublich … süß ist. Ist das wirklich sein Ernst?

Diese Niedlichkeit steht in einem so starken Kontrast

zu der rauen Art und Weise, wie er im Bett gewesen war, und ich finde diese Kombination berauschend. Wie Schokolade mit Meersalz. Man glaubt nicht, dass es zusammenpassen würde, bis man es versucht hat, und dann fragt man sich, warum nicht alles Meersalzgeschmack hat. Ich will mehr von Oleg. Alles von ihm.

Er schaut auf das Wasserglas, dann hebt er sein Kinn und verschränkt die Arme vor der Brust. „Dieses herrische Gehabe wird bei mir nicht funktionieren", erkläre ich ihm und versuche, ein Lächeln zu unterdrücken. Ich will empört sein, aber ich schaffe es nicht. Mein russischer Stalker ist genauso respektvoll und beschützend, wie ich es erwartet hatte.

Ich kippe das gesamte Glas hinunter und stelle es auf der Arbeitsfläche ab. Er zieht eine Augenbraue hoch, als ob er sagen wollte: „Siehst du?"

Ich verdrehe die Augen. „Gut so? Willst du jetzt mit zurück ins Schlafzimmer kommen?"

Er schüttelt den Kopf, kommt aber auf mich zu. Meine Glieder werden ganz schlaff, seine Nähe verwandelt meinen Körper in Wackelpudding. Aber dann wirft er mich über seine Schulter, haut mir auf den nackten Arsch und trägt mich zurück ins Schlafzimmer.

„Ooh!", kichere ich. „Versohl mir den Hintern, Daddy."

Er beugt sich hinunter, um meine Decke aufzudecken, dann legt er mich so behutsam ab, dass ich weinen möchte. Mein Arsch kribbelt von dem Klaps.

Wer ist dieser Kerl?

Warum habe ich ihn nicht schon viel früher mit nach Hause gebracht?

Er deckt mich wieder zu, dann fährt er mit der Rückseite seiner Finger über meine Wange, starrt mich mit der gleichen Intensität an, mit der er auch meinen Konzerten zusieht. Als ob ich der einzige Mensch auf der ganzen Welt wäre. Wenn ich auf der Bühne stehe, befeuert das meine Aufführung. In diesem Augenblick allerdings lässt es mein Herz wummern. Es ist zu intim. Fast ein bisschen beängstigend.

Aber im nächsten Augenblick ist es vorbei, denn er geht aus dem Zimmer. Ich weiß, dass er nicht sprechen kann, aber er winkt oder nickt mir auch nicht zu. Er verschwindet einfach. Ich höre, wie die Wohnungstür sich öffnet und wieder schließt. Ohne nachschauen zu müssen, bin ich mir sicher, dass er das Schloss am Knauf umgedreht hat, bevor er die Tür zugezogen hat, damit ich in Sicherheit bin.

Ich ziehe mir die Decke bis ans Kinn und kuschle mich in meine Kissen. „Verrückter Russe", flüstere ich zu mir selbst und ein Lächeln breitet sich auf meinen Lippen aus. Mein ganzer Körper vibriert noch immer von unserem Zwischenspiel.

Ich will mehr von ihm. Viel mehr. Aber ich bin auch jetzt schon enttäuscht, weil wir das Siegel unserer Beziehung gebrochen haben und ich aus Erfahrung weiß, dass es nicht lange andauern wird. Ich bin nicht der Typ Frau, der bleibt. Ich mache mich aus dem Staub, sobald die Dinge ernst werden. Ich weiß auch nicht. Ich spüre diese Unruhe wie einen Stein in meinem Magen. Diese Unruhe ist für mich wie ein innerer Kompass, dass es an der Zeit ist, die Dinge zu beenden. Damit ich mich nicht von der Liebe zerstören lasse, so wie es meiner Mutter immer passiert ist.

Und immer noch passiert.

Diese Sache wird sich innerhalb von ein paar Wochen abspielen, so wie alle meine Beziehungen, und dann wird es vorbei sein. Und dann werde ich nie wieder zu dem Vergnügen zurückkehren können, ein Konzert zu spielen, bei dem Oleg zuhört. Mich die ganze Nacht lang in der Wärme seines Blicks sonnen können.

Zu wissen, dass es wenigstens einen Menschen im Zuschauerraum gibt, der verrückt nach mir ist.

Na ja. Zumindest für diese kurze Weile war es schön.

ZWEITES KAPITEL

Oleg

ICH WEIß NICHT, wie ich nach Hause kommen soll. Ich könnte einem der Jungs aus meiner Zelle schreiben, aber es ist fast vier Uhr morgens.

Ich könnte ein Uber rufen, aber das würde bedeuten, mit einer anderen Person zu interagieren. Etwas, was ich verabscheue. Ich entscheide mich dazu, zu laufen. Es sind nur ein paar Meilen. Es ist eiskalt draußen, aber ich komme aus Russland. Die Kälte macht mir nichts aus, vor allem nicht, wenn ich die Temperatur benutzen kann, um mich nach dem, was gerade passiert ist, abzukühlen.

Storys süßer Vanillegeruch hängt noch in meinem Hemd.

Ich ziehe den Reißverschluss meiner Lederjacke zu und stopfe die Hände in die Taschen. Meine Gedanken kreisen noch immer um Story und wie sie unter meinen Händen gekommen ist. Das war das Schönste, was ich je gesehen habe. Wie nach dem ersten Schuss einer Droge bin ich jetzt vollkommen süchtig. Ich weiß nicht, wie ich eine volle Woche abwarten soll, bis ich sie wiedersehen kann. Wie ich mich damit zufriedengeben soll, ihr nur zuzuschauen, jetzt, wo ich sie berührt habe.

Aber ich bin nicht so töricht zu glauben, dass ich Story jetzt haben könnte.

Story behalten könnte.

Ich bin ein Mann mit einer sehr gefährlichen Vergangenheit. Einer Vergangenheit, die mich jederzeit einholen könnte. Einer Vergangenheit, die die Menschen verletzen könnte, die mir wichtig geworden sind – meine Bratwa-Brüder – und die wahrscheinlich das Ende meines Lebens bedeuten würde.

Ich bin nicht sicher für Story, selbst wenn ich so viel Glück haben sollte, dass sie jemanden so Gebrochenen wie mich haben will.

Ich denke bis zu dem Moment zurück, als ich zu ihr in den Van gestiegen bin, will am liebsten jede Minute, die wir miteinander verbracht haben, noch einmal erleben. Diese Schwelgerei kommt mir teuer zu stehen.

Sehr teuer.

Denn ich bemerke nichts um mich herum.

Ein greller Schmerz schießt durch meinen Schädel, als ich von hinten niedergeknüppelt werde. Eine Haube wird mir über den Kopf gezogen, als ich nach vorne taumle, schwer auf einem Knie aufkomme. Ich versuche, die Haube herunterzureißen, um meine Angreifer sehen zu können, aber der Schlag auf meinen Schädel hat mich vollkommen orientierungslos gemacht und ich falle zur Seite, bevor ich sie herunterreißen kann.

Das kalte Metall einer Pistolenmündung presst sich gegen meine Schläfe. „Keine Bewegung." Russisch.

Bljad.

Sie haben mich gefunden.

Ich wusste immer, dass dieser Tag kommen würde. Ich wusste es, aber dass es ausgerechnet heute Abend passieren musste – an dem Abend, an dem ich meine kleine *lastotschka* gesehen habe –, macht es zu einer besonderen Tortur. Der Abend, an dem ich einen brennenden Grund zum Leben gefunden habe.

„Steh auf", krächzt eine andere Stimme.

„Was jetzt, soll er sich nicht bewegen oder soll er aufstehen?", spöttelt eine dritte Stimme. „Der Kerl sieht nicht besonders clever aus. Warum verwirrst du ihn so?"

Ganz genau. Jeder *mudak* glaubt, er sei ein Komiker.

Mehrere Gedanken rasen durch meinen Kopf. Wenn sie mich tot sehen wollten – wenn sie für Skal'pel' arbeiten würden –, wäre ich schon tot. Das bedeutet also, dass diese Idioten für jemanden arbeiten, der hinter Skal'pel' her ist. Jemand, der wissen will, was ich weiß. Also müssen sie den Befehl haben, mich lebend zu schnappen.

Der Schlag, den mein Schädel abbekommen hat, macht es mir schwer, mich zu konzentrieren, aber ich bin ein großer Kerl. Ich kann mich noch immer wehren. Ich stehe auf, lasse mich rückwärts gegen den Kerl fallen, der die Waffe hält. Wie schon vermutet, drückt er nicht ab.

Ich reiße ihn um und er fällt auf den Rücken, mein Gewicht landet direkt auf seinem Torso. Sein Arm mit der Waffe fällt zur Seite weg, aber ich schaffe es nicht, die Pistole zu schnappen, bevor sie scheppernd zu Boden fällt und aus meiner Reichweite schlittert.

Ich reiße die Haube von meinem Kopf und drehe mich um, um ihm ins Gesicht zu schlagen, sicherzustellen, dass er unten bleibt, dann greife ich nach der Waffe. Zu spät – *mudak Nr. 2* hat sie schon in der Hand.

„Schieß ihm in die Kniescheibe!", schlägt *mudak Nr. 3* – der Komiker – vor. Diese Kerle würden es in Ravils Zelle niemals weit bringen. Ihnen fehlt die Organisation und die Disziplin der Bratwa. Und die Intelligenz.

Mudak Nr. 2 versucht *tatsächlich*, mir in mein verficktes Knie zu schießen. Meine Faust schlägt im selben Augenblick auf seinem Hals ein, als er abdrückt. Die Kugel streift mein Bein. Zumindest hoffe ich, dass es nur ein Streifschuss ist. Mein ganzer äußerer Oberschenkel brennt.

Die Waffe poltert zu Boden.

In den Gebäuden um uns herum gehen Lichter in den Fenstern an. Jemand brüllt zu uns herunter, dass er die Polizei gerufen hat.

„Was zur Hölle machst du denn?" *Mudak Nr. 1* ist wieder bei Bewusstsein. „Du sollst doch nicht auf ihn schießen!"

Ich versuche noch immer, die Waffe in die Finger zu bekommen – ein Fehler, denn ich spüre einen spitzen Schmerz in meinem Nacken.

Eine verfickte Nadel!

Sie haben mir ein Betäubungsmittel verabreicht. Ich muss mich beeilen. Ich fahre herum und verpasse *mudak Nr. 1* eine Rückhand gegen die Schläfe. Er taumelt und ich schlage ihm meine linke Faust in den Mund, dann meine rechte auf seine Nase, dann wieder meine linke Faust gegen seinen Kiefer, und er geht zu Boden.

Die Welt um mich herum beginnt schon, sich zu drehen. Ich kann nicht sagen, ob es an der Kopfverletzung liegt oder an dem Betäubungsmittel oder an beidem. Ich muss hier verschwinden, bevor ich ohnmächtig werde.

Ich vergesse die Pistole und mein Verlangen, diese Typen auszuschalten. Die Polizei ist auf dem Weg und mittlerweile schauen uns ein paar Dutzend Zeugen aus den umliegenden Fenstern zu. Die beiden Arschlöcher, die noch stehen, versuchen gleichzeitig, mich zu Boden zu ringen, was mir einen Vorteil verschafft. Ich nehme den

Hals des einen in den Schwitzkasten, schleudere ihn herum und lasse seinen Kopf mit dem des anderen Kerls zusammenkrachen. Noch vier Faustschläge und sie liegen auf dem Bürgersteig.

Meine Sicht verschwimmt immer mehr. Ich taumle, humple und renne so gut ich kann in Richtung von Storys Wohnhaus zurück. Aber ich werde es nicht schaffen. Ich muss ein Versteck finden, bevor ich das Bewusstsein verliere. Bevor die Polizei ankommt.

Sind das Sirenen?

Meine Sicht wird von flimmernden Streifen durchzogen. Ich kann mich nicht konzentrieren. Ich stolpere und falle gegen etwas. Ein Auto.

Nein, ein Van.

Fuck, es ist der Van. Könnte das wirklich Storys Van sein?

Ich fingere an der Kofferraumtür herum, aber meine Finger funktionieren nicht mehr richtig.

Oder vielleicht liegt es daran, dass das Auto verschlossen ist.

Nein, meine Finger funktionieren. Die Tür öffnet sich. Was für ein Idiot ich war, nicht zu kontrollieren, ob das Auto abgeschlossen war, nachdem wir ausgestiegen waren. Das Innere des Wagens ist vollgepackt mit Verstärkern und Lautsprechern. Der Tonanlage. Storys Gitarre. Ich weiß nicht einmal, wie ich den Van gefunden habe.

Es ist ein Wunder, dass er nicht abgeschlossen war. Es ist überhaupt kein Platz – vor allem nicht für einen großen Kerl wie mich –, aber ich klettere trotzdem hinein.

Ich bin mir nicht sicher, ob ich es ganz hineinschaffe. Die Tür bekomme ich definitiv nicht mehr zugezogen. Ich verliere das Bewusstsein, falle kopfüber in einen Lautsprecher und mein Schädel dröhnt vor Schmerzen.

~

ICH TRÄUME, wie ich auf der Bühne im Rue's stehe. Oleg schaut mir von seinem üblichen Tisch direkt vor der Bühne aus zu. Ich singe für alle im Publikum, aber es ist seine Aufmerksamkeit, die meinen Auftritt befeuert. Er ermutigt mich, verrückt zu sein – eine große Show zu machen. Unter seinem aufmerksamen Blick habe ich das Gefühl, mehr ich selbst zu sein. Der Lärm der Menge verstummt und ich erwache zum Leben. Ich kann so sein, wie ich bin.

Aber dieses Mal ist etwas anders. Eine Gruppe junger Mädchen kommt auf die Bühne und lenkt meinen Bruder mitten im Auftritt ab. Ich bin sauer auf ihn, weil er ein solcher Schürzenjäger ist und zulässt, dass seine Eroberungsversuche den Bandauftritt stören. Ich bin sauer genug, um das Mikro zurück in den Ständer zu knallen und allen den Stinkefinger zu zeigen.

Die Zuschauer drehen durch, rufen mir zu, weiterzumachen. Oder vielleicht schreien sie auch Flynn an, ich bin mir nicht sicher. All das macht mich stinksauer.

Und dann erscheint Oleg am Bühnenrand. Er hebt seine Arm hoch und ich springe, vertraue darauf, dass er mich auffangen wird. Seine großen Hände legen sich um meine Taille und er stellt mich mühelos auf dem Boden ab, dann nimmt er mir meine Gitarre ab und wirft mich über seine Schulter, versetzt mir einen Schlag auf den Arsch, während er zur Tür marschiert.

Ich wache auf, ein unanständiges Grinsen auf den Lippen.

Das hat Oleg tatsächlich getan. Gestern Abend.

Er hat mich über seine Schulter geworfen und mir den Arsch versohlt. Dann hat er mich ins Bett gebracht.

Warum macht mich die Erinnerung daran noch feuchter als der Orgasmus, den er mir beschert hat? Und dann war da noch die Art und Weise, wie er mich gegen die Wand geschoben und seine Hand auf meine Pussy gelegt hat, als würde sie ihm gehören.

Oleg hat eine dominante Seite in sich. Mein großer Kerl ist auch im Bett überlebensgroß. Vielleicht ist das seine Art, zu sprechen. Wenn man mich gestern gefragt hätte, was mir gefällt, hätte ich in Millionen Jahren nicht das genannt. Ich bin mit Musikern zusammen. Künstlern. Weichen, redegewandten Jungs, die Gras rauchen und über Umweltschutz und soziale Gerechtigkeit philosophieren. Dinge, die auch mir wichtig sind.

Ich bin mit Typen zusammen, die so sind wie ich. Oder wie mein jüngerer, gar-nicht-mehr-so-kleiner Bruder. Ein vertrauter Typ Mann. Kerle, die zu mir zu passen scheinen. Zu meinen Freunden. Zu meinem Künstler-Lebensstil.

Nicht Typen wie Oleg. Niemals hünenhafte, tätowierte, russische Männer mit ritterlichen, aber extrem dominanten Manieren.

Aber ich habe es verflucht noch mal *geliebt*, wie er mich angefasst hat.

Es ist mir peinlich, dass ich versucht habe, ihn dazu zu überreden, Sex mit mir zu haben, und es fuchst mich, dass er sich geweigert hat.

Ich bin außerdem ein bisschen sauer, dass er mir seine Nummer nicht gegeben oder nach meiner gefragt hat.

Aber er wird nächste Woche wieder da sein.

Das weiß ich mit Sicherheit. Er war seit einem Jahr jede Woche da. Und er kommt meinetwegen.

Aber all diese Gedanken über Oleg können den traurigsten Gedanken dennoch nicht verschwinden lassen – jetzt, da wir uns auf diesen Pfad begeben haben, befinden wir uns auf dem Weg zum Ende. Denn so laufen die Dinge nun mal für mich. Ich habe keine Langzeitbeziehungen. Ich verlasse mich nicht gerne auf andere Leute, weil ich aus Erfahrung gelernt habe, dass sie mich immer im Stich lassen. Meine Eltern haben mich geliebt – sehr– , aber ich konnte mich nie im Leben darauf verlassen, dass sie für mich da waren, wenn ich sie brauchte. Meine Mom war schon immer verkorkst und mein Dad hat sich zu oft von Partys und heißen Frauen mitreißen lassen – so wie Flynn es jetzt tut. Ich werde das nicht tun.

Ich steige aus dem Bett, stelle erfreut fest, nicht mal ansatzweise einen Kater zu haben.

Ich sollte duschen und frühstücken, aber ich will nur die Gitarre in die Hand nehmen. Oleg hat meine Muse wachgeküsst und ich muss einfach spielen. Vielleicht komponiere ich ja zur Abwechslung tatsächlich mal einen Song. Es ist achtzehn Monate her, seit ich das letzte Mal einen Song geschrieben habe.

Ich ziehe eine Pyjamahose an, ein Paar Stiefel und werfe mir eine Jacke über das Top, das ich noch immer von gestern Abend trage. Der Schlüssel zum Van hängt am Schlüsselbrett direkt neben der Wohnungstür, weil Oleg einfach ein verdammter Prinz ist.

Ich schließe die Tür nicht ab und stiefle die Treppe hinunter und aus der Haustür hinaus.

Die Luft an diesem Märzmorgen ist kühl und ich ziehe die Jacke zu, während ich mich nach dem Van umschaue. Ich entdecke ihn einen halben Straßenblock entfernt. Aber als ich am Wagen ankomme, schnappe ich nach Luft. Mein Herz beginnt wie wild zu hämmern, als mir das Adrenalin durch die Adern schießt.

Oh Gott.

Fuck, Fuck, Fuck.

Irgendein Arschloch ist in den Van eingebrochen. Die Kofferraumtür steht einen Spaltbreit offen! Unsere komplette Tonanlage war in dem Van. Und meine Gitarre! Flynn wird ausrasten. Ich raste aus.

Ich schaudere und reiße die Tür auf.

Und schnappe ein zweites Mal nach Luft.

„Oleg?"

Oh mein Gott. Oleg liegt kopfüber in dem Equipment. Eins seiner Hosenbeine ist voller Blut. Heilige Scheiße – ist er tot?

Vorsichtig berühre ich sein Fußgelenk. Seine Haut ist eiskalt. Gott, er hätte heute Nacht erfrieren können.

Ist er das?

Ich werfe mich in den Van und zerre an Olegs massigem Körper, ziehe an seinem Arm und versuche, ihn zu bewegen.

Er bewegt sich.

„Oh, Gott sei Dank. Ich dachte, du wärst tot. Oleg?"

Er hebt ein wenig seinen Kopf, stöhnt auf. Ich bin mir nicht sicher, ob er mich erkennt.

„Oh mein Gott. Was ist passiert? Du musst in ein Krankenhaus."

Das scheint ihn aufzuwecken, denn er setzt sich abrupt auf, knallt dabei mit dem Kopf gegen die Decke des Vans. Wieder stöhnt er auf und lässt den Kopf in beide Hände sinken. Er sitzt auf einem unserer Verstärker.

„Komm, ich fahre dich ins Krankenhaus."

Er brummt und diesmal schüttelt er den Kopf. *Nein.*

„Nein? Willst du nicht ins Krankenhaus?"

Ein sehr nachdrückliches Nein, denn seine blutunterlaufenen Augen blicken in meine und starren mich eindringlich an. Ich meine, er könnte es nicht deutlicher sagen. Er will nicht ins Krankenhaus.

„Warum nicht? Bist du … illegal hier? Hast du Angst, du könntest deportiert werden?"

Wieder schüttelt er den Kopf, dann rutscht er nach vorn, stolpert aus dem Van. Er fällt auf ein Knie, dann vor Schmerzen auf seine Schulter.

„Oleg, du blutest. Ich weiß nicht, wie viel Blut du schon verloren hast. Ich muss dir Hilfe holen."

Nein.

Ich schwöre, ich kann das Wort fast hören, so laut projiziert er es. Er rappelt sich auf, schüttelt den Kopf.

Tränen der Frustration brennen mir in den Augen. Ich bin niemand, der die Wünsche eines anderen einfach übergeht, aber ich bin mir auch nicht sicher, ob er im Augenblick in der Lage ist, eine vernünftige Entscheidung zu treffen. „Was ist passiert?", frage ich wieder, was albern ist, weil ich weiß, dass er mir nicht antworten kann.

Ich gelange an der einzigen anderen Option an, die noch Sinn ergibt. „Du musst mit reinkommen. Schaffst du das?"

Er macht einen Schritt nach vorn, aber sein Bein knickt ein. Sein Gesicht verzieht sich in offensichtlichem Schmerz. Er schaut hinunter auf seine blutgetränkte Hose, als ob er überrascht wäre.

Dann blickt er sich um, auch wenn ich mir nicht sicher bin, ob er überhaupt klar sehen kann.

Ich schlage die Tür des Vans zu und schließe das Auto ab, dann ducke ich mich unter seinen Arm, lege ihn mir über die Schulter, damit ich ihn stützen kann. „Auf geht's. Bringen wir dich zu meiner Wohnung, okay?"

Er gestattet mir, ihn zu meinem Haus zu führen.

Es dauert eine Ewigkeit, ihn die drei Stockwerke hinaufzubringen. Ich bin die ganze Zeit über kurz davor, in Tränen auszubrechen, weil er solche Schmerzen hat und ihm mit jeder ruckartigen Bewegung ein leises Stöhnen entfährt. Zum Glück wählt keiner meiner Nachbarn diesen Moment aus, um die Treppe hinauf oder hinunterzugehen, denn das hier wäre nur sehr schwer zu erklären. Und irgendwie bekomme ich das Gefühl, dass Oleg nicht will, dass die Sache, die ihm zugestoßen ist, an die Behörden gelangt.

Als wir auf meiner Etage ankommen, klatscht Oleg mit dem Gesicht gegen die Wand, als er die Balance verliert.

Ich schreie auf und greife nach seinem Arm. „Oleg, du schaffst das. Wir sind fast da. Das ist mein Stockwerk. Nur noch ein paar Schritte."

Er stolpert den Flur entlang und ich drücke meine Wohnungstür auf.

„Komm her." Ich führe ihn zum Badezimmer. „Lass mich das Blut abwaschen."

Er hält sich an der Tür fest, als ob er zu schwach wäre. Nein – als ob ihm schwindelig wäre.

„Hast du einen Schlag auf den Kopf bekommen?"

Er greift mit der Hand nach seinem Hinterkopf und zuckt zusammen, als seine Finger den Kopf berühren.

„Oleg", stoße ich hervor. Diesmal fallen meine Tränen.

Oleg hebt abrupt den Kopf, als er mich schniefen hört, und sieht plötzlich besorgt aus. Er streckt die Hand aus und sein Daumen streichelt mir grob eine Träne von der Wange.

„Nein – alles okay. Ich weine nur deinetwegen. Ich weiß nicht, was passiert ist, und ich mache mir Sorgen um dich. Und es tut mir so leid, dass du verletzt bist."

Oleg runzelt die Augenbrauen. Er ist vom Treppensteigen noch immer außer Atem. Er nimmt mein Gesicht in beide Hände und legt seine Stirn auf meine. Wir schnaufen zusammen, unsere Atem verbinden sich. Seine Haut fühlt sich gegen meine ganz kalt an. Gott, er muss völlig unterkühlt sein!

Nach einem Augenblick, als sich sein Atem schließlich beruhigt hat, presst er seine Lippen auf meine Stirn.

Ich blinzle, kämpfe noch immer gegen das Bedürfnis an, zu weinen. „Ziehen wir dir diese blutige Jeans aus." Ich öffne seinen Hosenknopf und ziehe den Reißverschluss auf.

Er lehnt sich mit der Hüfte gegen den Badezimmer-schrank – vermutlich, weil er nicht alleine stehen kann – und lässt mich die Hose runterziehen. Er zuckt nicht zusammen oder stöhnt, als ich die Wunde berühre, aber ich bin mir sicher, es tut weh.

Ein Stück seines Oberschenkels scheint zu fehlen. In der Hose ist genau an der Stelle ein Loch. „Was war das? Eine Kugel?"

Oleg antwortet weder mit einem Nicken noch mit einem Kopfschütteln, aber ich bin mir sicher, dass ich richtig liege. Nicht, dass ich jemals zuvor eine Schuss-wunde gesehen hätte, aber das muss es sein.

„Ich glaube, du hattest ganz schön Glück", sage ich. Ich denke nicht, dass die Kugel irgendwas Wichtiges erwischt hat. Ich bezweifle, dass sie noch in seinem Bein steckt. Es scheint, als ob sie die Seite seines Oberschenkels nur gestreift hätte.

Seine Jeans sind klebrig und steif vor Blut, was es schwerer macht, sie herunterzuziehen, aber ich schaffe es, sie bis zu seinen Füßen zu bekommen, dann helfe ich ihm aus seinen Stiefeln, damit ich die Hose ganz ausziehen kann.

„Ähm, ich glaube, ein Bad wäre gut, um das Blut abzu-waschen und dich aufzuwärmen." Ich schaue mir die Wunde an. Vielleicht ist das auch eine dumme Idee. „Oder klingt das schlimm?"

Er zieht seine Jacke und sein Hemd aus, was ich so deute, dass er einverstanden ist.

Ich stelle das warme Wasser an und stecke den Stöpsel in den Abfluss der Badewanne, dann helfe ich ihm dabei, sein Hemd über den Kopf zu ziehen.

Seine Brust ist herrlich – feste Muskeln, bedeckt von Haaren und Tattoos. Sie winden sich bis zu seinem Nacken hoch und laufen über seine Arme. Es sind irgendwelche Zeichen. Eine Rose auf seiner Brust. Eine Handfessel auf seinem Handgelenk. Ein Dolch mit Blutstropfen. Wenn ich nicht mit Sicherheit wüsste, dass Oleg keine Gefahr für mich darstellt, würde seine Erscheinung mir Angst einjagen. Ich vermute, das ist Sinn und Zweck der Sache.

Ich will die Linien jedes einzelnen Tattoos entlangfahren und herausfinden, was sie bedeuten, aber jetzt ist nicht der richtige Zeitpunkt dafür. Ich hake meine Daumen in den Bund seiner Boxershorts und ziehen sie hinunter.

Vor meinen Augen streckt sich Olegs Schwanz in die Länge und ich versuche, es zu ignorieren. Es ist ein wunderschöner Ständer, aber dafür ist jetzt ganz eindeutig nicht der richtige Zeitpunkt.

Ich greife mir seinen großen Arm, um ihm zur Badewanne zu helfen. Vorsichtig steigt er in das Wasser, hält sich mit einer Hand an der Wand fest, als ob ihm wieder schwindelig wäre, dann lässt er sich mit einem Stöhnen langsam ins Wasser sinken.

„Oleg", flüstere ich heiser.

Ich könnte niemals Krankenschwester sein. Es bricht mir verdammt noch mal das Herz, ihn so verletzt zu sehen. Mir wird allein schon vom Zuschauen schwindelig. Als ob mein Körper seinen Schmerz spüren würde.

Er lässt seinen Kopf an die Fliesenwand hinter der Wanne sinken und schließt die Augen. Ich bin nicht sicher, ob er ohnmächtig geworden ist. Ob ich ihn aufwecken sollte. Heißt es nicht, bei Gehirnerschütterungen soll man die Leute wachhalten? Allerdings habe ich ihn schon bewusstlos im Van gefunden, also ist dieser Zug vermutlich ohnehin schon abgefahren.

Das Wasser in der Wanne verfärbt sich durch das Blut orange-pink. Mit einem Waschlappen säubere ich sein Bein, wische behutsam um die Wunde herum, berühre sie aber nicht. Ich werde sie mit Alkohol desinfizieren, wenn er wieder aus der Wanne gestiegen ist.

Ich knie neben der Badewanne, ganz in Gedanken versunken, was ich für ihn tun kann, als ich seine Hand auf meinem Rücken spüre. Als ich aufschaue, sehe ich, dass er seine Lider einen Spaltbreit geöffnet hat. Er streichelt mir über den Rücken.

Er beruhigt mich. Oder vielleicht bedankt er sich auch. Es ist schwer zu sagen. Ich schätze, es ist auch nicht wirklich wichtig – die Energie ist dieselbe.

„Tut mir leid, dass dir das zugestoßen ist", sage ich und meine Stimme klingt ganz rau. „Ich hoffe, es hatte nichts damit zu tun, dass du mich nach Hause gefahren hast."

Er schüttelt den Kopf und seine Finger drücken meine Schulter.

„Weißt du, wer dir das angetan hat?"

Sein Blick fällt auf die Fliesen an der Wand. Er ignoriert meine Frage. Ich bekomme das Gefühl, dass er das häufig tut. Stumm zu sein, gibt ihm die Möglichkeit, sich aus Unterhaltungen herauszuziehen.

Ein lautes Plärren vom Fußboden lässt mich zusammenfahren. Olegs Handy. Er sieht alarmiert aus. Ich taste danach, denke, es könnte vielleicht wichtig sein, und finde das Handy in seiner Jeanstasche.

Auf dem Bildschirm steht irgendwas auf Russisch. „Willst du rangehen?"

Er reißt mir das Handy aus der Hand und ich glaube

schon, es ist dringend, aber dann schlägt er das Handy dreimal heftig gegen den Rand der Wanne, bis es in Dutzende Teile zerspringt.

Der Mund fällt mir auf und ich zucke vor dem plötzlichen Gewaltausbruch zurück.

Oleg bemerkt es und hält beschwichtigend die Hände hoch, als ob er mir versichern wollte, dass er keine Bedrohung für mich darstellt.

„Himmel", wispere ich, immer noch erschrocken. „Was ist los?"

Er greift nach meiner Hand und bringt sie an seine Lippen, küsst sanft meine Finger, bevor er sie wieder loslässt. Ein Dankeschön. Oder vielleicht eine Entschuldigung. Er versichert mir, dass er mir gegenüber keine Gewalt zeigen wird.

Ich ziehe seine Hand zu meinem eigenen Mund und erwidere die Geste. „Ich werde dir ein paar Ibuprofen holen, okay? Kommst du klar hier?"

Er nickt.

Ich vergewissere mich schnell und entscheide, dass er zu groß ist, um in der Wanne zu ertrinken, selbst wenn er ohnmächtig werden sollte, dann stehe ich auf.

Als ich zurückkomme, habe ich ein Glas Blaubeersaft aus dem Kühlschrank dabei, weil ich davon ausgehe, dass er seit dem Bier gestern Abend vermutlich nichts mehr in den Magen bekommen hat.

Er scheint wieder das Bewusstsein verloren zu haben.

„Oleg?"

Er rührt sich nicht. Sein Kopf rollt zur Seite, als ob er völlig hinüber wäre.

Ich stelle den Saft und das Ibuprofen ab und mein Puls beschleunigt sich. „Oleg? Ist alles in Ordnung?" Ich lege ihm eine Hand auf die Schulter, mit der anderen nehme ich sein Gesicht und hebe seinen Kopf an.

Er macht ein Geräusch, aber es scheint ihn viel Kraft zu kosten, die Augen zu öffnen. Als er es schafft, braucht er einen Moment, um sie auf mein Gesicht zu fokussieren.

Ich schaue mir seinen Hinterkopf an, die Stelle, die er vorhin abgetastet hat. Er hat keine große Beule, aber dort ist eine fünf Zentimeter große Wunde, als ob er einen so heftigen Schlag abbekommen hat, dass die Haut aufgeplatzt ist. Ich meine mich zu erinnern, dass man bei Gehirnerschütterungen ein Beule spüren will. Keine Beule ist ein größeres Problem.

Es gefällt mir nicht, dass er keine größere Beule hat. Ich mache mir eine mentale Notiz, das zu googeln und ihm außerdem einen Eispack für seinen Kopf zu bringen. Und Alkohol für die Wunde.

„Hier, kannst du das Ibuprofen nehmen?" Ich halte ihm die Hand vor den Mund, um ihm die Tablette hineinzustecken.

Er rührt sich nicht.

„Aufmachen", befehle ich.

Er rührt sich noch immer nicht.

„Es ist nur Ibuprofen, siehst du?" Ich öffne meine Hand und zeige ihm die drei Tabletten. „Ich habe auch Paracetamol, wenn dir das lieber ist."

Er öffnet seine Lippen einen winzigen Spalt. Nicht ansatzweise weit genug, damit ich die Tabletten hineinstecken kann.

„Weiter, Oleg."

Sein Unterkiefer fällt ein wenig weiter auf und Schock schießt durch mich hindurch wie ein Blitzschlag. Plötzlich verstehe ich, warum er seinen Mund nicht aufmachen wollte, und ich möchte heulen wie ein Baby.

Oleg hat keine Zunge.

Oh Gott.

Ihm fehlt ein Teil seiner Zunge. Es sieht aus, als ob

jemand sie durchgeschnitten hätte. *Deshalb* kann er nicht sprechen.

Ich muss mich unfassbar zusammenreißen, um meinen Schrecken nicht zu zeigen. Nicht in die Knie zu sinken und um ihn zu weinen. Aber ich unterdrücke mein Schluchzen und lasse die Tabletten in seinen Mund fallen, dann reiche ich ihm das Glas mit dem Saft. Wasser tropft von seiner Hand auf den Boden, als er danach greift, und er trinkt es mit ein paar Zügen leer.

„Willst du noch mehr? Oder was zu essen?"

Er schüttelt den Kopf. Seine Augen sind schon wieder geschlossen.

„Hey, lass mich dir aus der Wanne helfen, bevor du wieder ohnmächtig wirst. Ich will nicht, dass du in dem kalten Wasser herumliegst."

Seine Augenlider flattern, aber er bewegt sich nicht. Ich schiebe meinen Ärmel hoch, greife mit der Hand ins Wasser und ziehe den Stöpsel.

Sein Hintern ist im Weg. Ich schiebe meine Hand um die Rundung. „Mach Platz."

Er stöhnt, als er sich bewegt, und ich ziehe den Stöpsel.

„Okay, jetzt frage ich mich nur, wie ich dich hier rausbekomme. Bitte sag mir, dass du aufstehen kannst?"

Er lässt seinen Kopf zurück auf den Rand der Wanne sinken und schließt die Augen.

„Oleg? Kannst du aus der Wanne aufstehen?"

Er nickt, ohne die Augen zu öffnen.

„Tut mir leid. Ich will dich nur in mein Bett gebracht haben, bevor du wieder ohnmächtig wirst. Okay?"

Ein weiteres Nicken.

Immer noch keine offenen Augen.

„Bitte?"

Das Wasser spritzt, als er sich abrupt bewegt. Als ob er alle Kräfte zusammengesammelt hätte, um aufstehen zu können. Er schwankt, während er sich aufrichtet, hält sich wieder an der Wand fest.

Mit dem Fuß schiebe ich den Vorleger vor die Wanne, dort, wo sein Fuß landen wird, dann springe ich wieder neben ihn, damit ich ihn stützen kann, falls er mich braucht.

Er schafft es aus der Wanne, ohne umzufallen, Gott sei Dank. Ich ziehe ein Handtuch von der Handtuchstange. „Eine Sekunde." Eilig trockne ich ihn ab, gebe mir Mühe, ihn nicht aus dem Gleichgewicht zu bringen. Er hält sich an der Wand fest, sein Ausdruck eine stoische Maske. Ich mache meine Sache nur sehr halbherzig, aber immer noch besser, als wenn er nass ins Bett gehen würde. Ich wickle das Handtuch um seine Hüfte, dann lege ich entschieden meinen Arm auf seinen Rücken. „Okay, ab in mein Zimmer."

Ich schaffe es, ihn ins Schlafzimmer zu bugsieren, und falle zusammen mit ihm aufs Bett, als ich versuche, ihn dort abzulegen. Er rollt sich auf die Seite und stöhnt. Ich rolle mich zusammen, schaue ihn an, starre in sein schmerzverzerrtes Gesicht, unwillig, ihn allein zu lassen.

Er beobachtet mich, wie ich ihn beobachte. Die Zeit wird langsamer. Steht still. Ich weiß nicht, wie lange ich dort liegenbleibe. Noch lange, nachdem sich seine Augen geschlossen haben und er wieder das Bewusstsein verloren hat. Ich schiebe meine Hand in seine, halte seine Finger, wünschte, ich wüsste, was zu tun ist.

DRITTES KAPITEL

Oleg

ALS ICH AUFWACHE, bin mir nicht sicher, wie lange ich weg war. Ich schiebe die Decke zur Seite und versuche, mich aufzusetzen. Ich warte ab, bis das Zimmer aufhört, sich zu drehen, und mein Magen sich nicht mehr überschlägt, dann fokussiere ich meine Augen und schaue mich um. Ich bin nackt, aber die Schusswunde an meinem Bein ist mit einer Kompresse verbunden und meine Anziehsachen liegen ordentlich zusammengefaltet auf einem Stuhl. Story muss die Wunde versorgt und irgendwann meine Sachen für mich gewaschen haben. Ich ziehe mein T-Shirt über, gehe vor Schmerzen fast zu Boden, als der Halsausschnitt über die Wunde an meinem Kopf scheuert. Ich lasse mir Zeit damit, meine Boxershorts anzuziehen, traue mir noch nicht zu, aufzustehen.

Vermutlich war ich mindestens vierundzwanzig Stunden weg, wenn man bedenkt, dass ich in der Nacht wach geworden war und es jetzt wieder Tag ist. Und es war Morgen, als Story mich gefunden hat. Glaube ich.

Story. Sie ist immer wieder ins Zimmer gekommen, hat mir Ibuprofen und Saft gebracht. Ich habe eine vage Erinnerung daran, wie sie während der Nacht neben mir lag, aber das kann auch meine Fantasie gewesen sein. Jedes Mal, wenn ich aufgewacht bin, pumpte das altbekannte Adrenalin wieder durch meine Adern, meine übliche, gehetzte Existenz lief auf vollen Touren, aber dann erinnerte ich mich immer daran, wo ich war – nicht im Gefängnis, nicht in meinem eigenen Zimmer, sondern in Storys Wohnung, und die lauteste Aufregung in mir verstummte.

In der Nähe meiner *lastotschka* zu sein – meiner Schwalbe –, beruhigt ein lebenslanges Kämpfen.

Ich weiß, dass es nicht andauern wird. Ich weiß, dass ich nicht für immer hier bleiben kann. Ich muss herausfinden, wer hinter mir her ist und was sie von mir wollen. Und sie auslöschen.

Ich habe mein Handy zerschlagen, weil ich dachte, sie könnten mich womöglich orten, aber in klareren Momenten erkenne ich, dass sie nicht so raffiniert sind. Sie sind nicht wie die Zelle meines *pachans* Ravil. Ich bezweifle, dass sie jemanden wie Dima haben, der wirklich alles hacken kann. Oder einen Mittelsmann wie Maxim. Sie scheinen weder organisiert noch technisch fortschrittlich zu sein.

Es sind idiotische Kriminelle, die nicht auf den Job vorbereitet sind, den sie ausführen sollen.

Ich bin nicht so dumm zu glauben, dass wer auch immer sie geschickt hat, seinen Fehler das nächste Mal nicht korrigieren wird. Und dann jagt mir eine plötzliche Realisierung einen riesigen Schrecken ein.

Diese Typen haben auf mich gewartete. Was bedeutet,

dass sie womöglich wissen, wo Story wohnt.

Nein, … vielleicht auch nicht. Sonst hätten sie direkt vor der Tür gewartet.

Der Van.

Sie müssen dem Van gefolgt sein. Mein Verstand ist so vernebelt, dass es schwer ist, einen klaren Gedanken zu fassen. Vielleicht haben sie ihn im Verkehr verloren und ihn dann wiederentdeckt, nachdem ich geparkt hatte?

Das muss es sein.

Ich hechte vom Bett und ein heiserer Schrei entfährt mir. Fuck. Ich hasse es, wenn ich ein Geräusch mache.

Story kommt aus ihrem kleinen Wohnzimmer angerannt und erreicht mich, als ich im Türrahmen ihres Schlafzimmers stehe. Sie ist barfuß, sieht umwerfend aus in ihren Leggings und einem altrosa Pulli, der über ihre Schulter gerutscht ist und ihre blasse Haut und das zierliche Schlüsselbein zeigt. Sie trägt nicht ihren üblichen, dicken Lidstrich und das Bühnen-Make-up, und sie sieht mit ihrem natürlichen Gesicht sogar noch anziehender aus.

„Was ist los? Ist alles in Ordnung?"

Ich blicke mich hastig um, suche nach den Schlüsseln zum Van. Jedes Mal, wenn ich den Kopf drehe, dreht sich auch die Wohnung. Bei dem Pochen in meinem Schädel würde ich mir am liebsten den Kopf abhacken. Neben der Tür entdecke ich ihre Handtasche und zeige darauf.

Story blickt suchend über ihre Schulter. „Was ist los?"

Ich stapfe an ihr vorbei, stolpere, als der Boden absinkt und meine Füße über die Oberfläche zu schlittern scheinen. Ich kann mich fangen und gehe weiter. Als ich die Handtasche erreiche, wühle ich darin herum, bin erleichtert, als ich die Schlüssel finde. Ich halte sie hoch und deute aus dem Fenster.

„Willst du irgendwo hin?"

Bljad.

Ich schüttle den Kopf.

„Willst du fahren?", fragt sie skeptisch.

Ich nicke. Ich muss den Van umparken. Aber nur meinen Kopf zu bewegen, lässt schon eine Welle der Übelkeit in mir aufsteigen. Na wunderbar. Mir ist schwindelig und ich muss kotzen.

„Hier!" Story holt eilig einen Notizblock und einen Stift und hält sie mir hin.

Fuck.

„Schreib es auf", ermutigt sie mich.

Ich hasse mich dafür, mir nie die Mühe gemacht zu haben, das lateinische Alphabet zu lernen. Ravil verlangt von seinen Leuten, im Penthouse nur Englisch zu sprechen. Er will, dass alle in seiner Zelle es perfekt sprechen, um sicherzugehen, dass wir nicht auffallen und Diskriminierung vermeiden. Das verstehe ich absolut. Aber ich war natürlich vom Englischsprechen befreit, also habe ich mich selbst davon befreit, die Schrift zu lernen. Dummer, dummer Fehler.

Frustriert greife ich nach dem Stift und schreibe auf Russisch, „Parke den Van um."

Sie starrt die Buchstaben an. „Mist. Du kannst kein Englisch schreiben."

Ich schüttle den Kopf. Wenn ich mein Handy nicht zertrümmert hätte, könnte ich eine Übersetzungsapp finden, die uns jetzt weiterhelfen könnte, aber das habe ich auch versemmelt.

„Fuck!"

Ich nehme den Stift und male ein schreckliches schlechtes Bild von einem Van und der Straße vor dem Haus. Dann male ich noch ein paar mehr Straßen. Ich ziehe eine Linie vom Van, ein paar Straßenblöcke weiter, dann male ich ein X.

„Du willst den Van umparken."

Erleichterung rauscht durch mich hindurch. *Gospodi*, wie hat sie das nur erkennen können? Ich schwöre, die Frau kann meine Gedanken lesen. Sie ist einfach zauberhaft.

Ich greife ihre beiden Schultern, um ihr zu vermitteln, wie wichtig es ist, und nicke.

„Verstanden." Sie nimmt mir die Autoschlüssel ab und greift nach ihrer Jacke, die an der Garderobe neben der Tür hängt.

Ich greife nach ihrem Arm und schüttle den Kopf, deute auf mich. Ich kann nicht zulassen, dass sie den Van bewegt. Was, wenn dort draußen jemand auf uns lauert?

„Du wirst nirgendwo hingehen. Du kannst ja kaum stehen", erklärt sie mir. „Ich bin sofort zurück. Lass mich dir aufs Sofa helfen."

Verdammt. Ich kann nicht zulassen, dass sie für mich da rausgeht. Ich will nach den Schlüsseln greifen, aber sie weicht mir mit einer behänden Bewegung aus und wieder dreht sich das ganze Zimmer.

„Okay, ich geh schnell los, bevor du dir noch wehtust, weil du mich aufhalten willst. Bin gleich zurück."

Ich stöhne auf und gehe langsam auf das Fenster zu, um hinauszuschauen. Ich bin erleichtert, als sie ohne Zwischenfälle beim Van ankommt und losfährt.

Erst dann gehe ich zur Couch, lasse mich auf die Polster fallen und versuche, meine Übelkeit wegzuatmen. Die Couch ist alt, aber bequem. Storys Wohnung ist schön. Nicht nobel, aber sehr gemütlich. Hohe Decken mit alten Stuckverzierungen und Böden aus Eichendielen. Sie könnten mal wieder lackiert werden, aber sie sind noch gut in Schuss. An der Wand hängen echte Kunstwerke. Keine teuren, aufeinander abgestimmten Gemälde, sondern eine willkürliche Sammlung von Skizzen, gerahmten Fotografien und Gedichten. Als ob sie in einer Welt von Künstlern leben würde, die alle zur Dekoration ihrer Wohnung beigetragen haben.

Fünfzehn Minuten später kommt Story zurück und hängt ihre Tasche wieder an die Garderobe. „Alles erledigt. Willst du was essen?"

Ich schüttle den Kopf.

„Du hast seit über vierundzwanzig Stunden nicht mehr als ein bisschen Saft zu dir genommen. Ich glaube, du musst versuchen, was zu essen."

Ich antworte nicht. Zu Hause kommuniziere ich so gut wie nie mit meinen Bratwa-Brüdern. Sie sind an mein ausdrucksloses Gesicht gewöhnt und versuchen erst gar nicht, mit mir zu sprechen, es sei denn, es ist wirklich wichtig. Sasha, die Braut unseres Mittelmanns Maxim, versucht es manchmal. Aber diese Sache mit Story ist verflucht schmerzhaft. Sie fragt mich ständig irgendetwas und mustert mich genau, um eine Antwort zu bekommen. Versucht, eine Verbindung herzustellen.

Das lässt eine Wut und eine Frustration in mir aufsteigen, von denen ich dachte, sie schon vor langer Zeit begraben zu haben, damals im Gefängnis. Nachdem ich ohne Zunge aufgewacht war, verurteilt für ein Verbrechen, das ich nicht begangen hatte.

Story geht in die Küche – die im Prinzip nur aus einer Küchenzeile an der Wand neben ihrem Wohnzimmer und einer Frühstücksbar mit zwei Hockern besteht, die den Raum teilt. Sie öffnet den Kühlschrank und wühlt darin herum, kommt schließlich mit einem Becher Zitronenjoghurt zurück, auf den sie ein bisschen Müsli gestreut hat.

„Magst du Joghurt? Ich habe gehört, Russen mögen Joghurt, stimmt das?", sagt sie und zuckt schon währenddessen förmlich zusammen, als ob sie etwas unfassbar Dämliches gesagt hätte, also nehme ich ihr den Joghurt ab, auch wenn ich überhaupt keinen Appetit habe.

Ich zwinge mir ein paar Löffel rein, bevor ich den Becher wieder auf ihrem Siebzigerjahre-Couchtisch abstelle.

„Ich gebe den ganzen Nachmittag lang Unterricht", sagt Story. Sie schaut mich entschuldigend an, also versuche ich zu verstehen, wovon sie spricht. „Also, hier, im Wohnzimmer."

Grunzend erhebe ich mich von der Couch. Mein Kopf tut so sehr weh, dass ich kaum richtig sehen kann, aber ich stolpere in Richtung ihres Wohnzimmers davon und lande wie durch ein Wunder tatsächlich auf ihrem Bett.

Ich kann meine Gedanken nicht so weit ordnen, um zu entscheiden, ob ich Storys Handy ausleihen soll, um Ravil eine Nachricht zu schreiben. Ich bin mir ziemlich sicher, dass mein *pachan* und meine Zellenbrüder nichts mit dieser Scheiße zu tun haben. Sie würden mich nicht verraten. Dafür haben sie keinen Grund.

Aber sie wissen nicht, dass ich für Skal'pel' gearbeitet habe. Dass ich die Gesichter der Leute gesehen habe, an denen er operiert hat – vorher und nachher. Und wenn sie das wüssten, würden sie mir womöglich nie dafür verzeihen, es nie erwähnt zu haben. Meine Arbeit fand auf der anderen Seite der Moskauer Bratwa statt, aus der die meisten meiner Bratwa-Brüder stammen. Ein paar von Skal'pel's Klienten hatten sich vor Igor Antonov versteckt, dem mittlerweile verstorbenen *pachan*. Sashas Vater. Ich hatte ihnen geholfen, ihre Identitäten zu ändern und zu verschwinden. Ich könnte ihre neuen Gesichter möglicherweise wiedererkennen. Manche Leute würden für diese Informationen entweder sehr viel Geld bezahlen oder mich umbringen, damit ich nichts verrate.

Ich habe mich oft gefragt, warum ich noch am Leben bin. Warum Skal'pel' mich in ein Gefängnis geworfen hat und nicht in eine Kieferholzkiste.

Es ist ein Rätsel, das mich noch immer verfolgt. All die Jahre habe ich nur auf das dicke Ende gewartet. Dass jemand auftaucht und den Job zu Ende bringt.

Sieht so aus, als ob es endlich so weit wäre.

Selbst wenn meine Zelle mich also für das verdammen würde, was ich getan habe, kann ich ihnen diesen Mist nicht aufhalsen. Das ist nicht ihr Problem. Ich muss mich allein darum kümmern.

Das ist zumindest die Entscheidung, zu der ich gelange, bevor mich mein wummernder Schädel wieder das Bewusstsein verlieren lässt.

~

STORY

OLEG SCHLÄFT den ganzen Vormittag über in meinem Schlafzimmer, bis in den Nachmittag hinein. Ich wechsle den Verband seiner Wunde, tupfe sie mit Wasserstoffperoxid ab. Zum Glück sieht die Wunde nicht allzu schlimm aus, nicht dass ich Erfahrungen mit Schusswunden hätte. Aber sie ist nicht tief und sieht eher wie eine Reibungsverbrennung aus als sonst irgendwas.

Ich mache mir mehr Sorgen wegen seiner vermeintlichen Gehirnerschütterung.

Und in was für einem Mist Oleg auch immer stecken mag. Er ist schwer verletzt und ich habe keine Ahnung, wer ihm das angetan hat oder was passiert ist. Ich werde den ganzen Nachmittag lang Gitarrenschüler im Wohnzimmer haben, während ein verwundeter Kerl in meinem Schlafzimmer liegt, der womöglich von anderen Kerlen gesucht wird.

Was, wenn jemand seinetwegen hier vorbeikommt? Er

ist ziemlich hinüber. Ich müsste ihn beschützen und ich weiß nicht, ob ich dazu in der Lage wäre. Gewalt ist nicht gerade mein Spezialgebiet.

Und eine viel kleinere, aber dennoch realistische Sorge – was, wenn er meine Hilfe braucht, während ich unterrichte? Es wäre unprofessionell und unmöglich zu erklären, wer dieser riesige, blutende, ohnmächtige Mann in meinem Schlafzimmer ist.

Zum Glück schläft er durch sämtliche Gitarrenstunden durch. Ich habe bereits fünf meiner Schüler getroffen, als ein neuer Schüler, Jeff Barnes, auftaucht. Ich hatte schon am Telefon ein komisches Gefühl bei ihm. Meine Mutter hat mir hundertmal gesagt, dass es ihr nicht gefällt, wie ich in meiner eigenen Wohnung Unterricht gebe, aber ich habe nicht wirklich eine andere Wahl. Ein Studio zu mieten würde jeden Cent verschlingen, den ich mit den Stunden verdiene, und das Geld brauche ich, um meine Miete zu bezahlen und zu essen.

Als er angerufen hatte, um eine Probestunde auszumachen, hat er wahnsinnig cool getan, sich so verhalten, als ob wir Freunde wären. Er hat ein paar Namen fallen lassen von Leuten, die ich kenne, und hat erzählt, er würde gerne auf Konzerte der Storytellers gehen. Klang enthusiastisch. Ich hatte das Gefühl bekommen, dass er entweder in der Band mitspielen oder mir an die Wäsche will. Trotzdem, fünfzig Dollar sind fünfzig Dollar und Gitarrenstunden verdienen mir meine Miete, also habe ich einen Termin mit ihm ausgemacht. Ich hatte nicht das Gefühl, dass er gefährlich werden könnte, und auch jetzt, als er in meinem Wohnzimmer sitzt, glaube ich das nicht.

Aber der Typ nervt. Er ist definitiv nicht hier, um Gitarre zu lernen. Er tut so, als ob er schon alles wissen würde, was ich ihm beibringen will, obwohl er das offensichtlich nicht tut, und er versucht dir ganze Zeit, sich mit mir zu unterhalten, anstatt zu lernen.

Am Ende seiner halben Stunde lege ich meine Gitarre zur Seite. „Okay. Das war's." Ich biete nicht an, eine Folgestunde auszumachen, denn es hat mir keinen Spaß gemacht, ihn zu unterrichten. Wenn er danach fragt, meinetwegen. Aber ich werde nicht versuchen, ihm reguläre Stunden anzubieten oder so.

Er macht keine Anstalten, zu gehen. Stattdessen holt er einen kleinen Beutel aus seiner Jackentasche und fängt an, sich einen Joint zu drehen.

Meine Fresse.

Ich erwarte keine weiteren Schüler, weil es schon halb sieben ist – Abendessenszeit –, aber das weiß er ja nicht. Vielleicht tue ich einfach so, als hätte ich noch einen Schüler.

„Willst du ziehen?", bietet er mir an, nachdem er mit der Zunge über den Rand des Papers gefahren ist.

„Nein, danke. Hör zu, ich habe Pläne fürs Abendessen, also …"

„Okay." Aber das Arschloch kapiert es einfach nicht. Er lässt nur sein Feuerzeug aufflackern und zündet sich mitten in meinem Wohnzimmer den Joint an.

Ich will mich nicht wie eine Zicke aufführen. Klingt so, als ob wir gemeinsame Bekannte hätten, und ich will nicht total unhöflich erscheinen. Ich stehe auf und fange an, mich in der Küche zu schaffen zu machen, hoffe, dass er den Hinweis schnallt.

Ich schaue über die Schulter und sehe, wie er mich mit verschleiertem Blick beobachtet.

Uff. Definitiv ein widerlicher Typ.

Und dann steht plötzlich Oleg hinter ihm im Türrahmen des Schlafzimmers. Er hat seine Jeans angezogen und sieht noch immer sehr blass aus, aber sein Fokus ist messerscharf auf Jeffs Hinterkopf gerichtet und seine Augen funkeln mörderisch.

„Oh, hey Liebling", gurre ich fröhlich, um Jeffs Aufmerksamkeit auf Olegs Anwesenheit zu lenken.

Der Kerl fährt überrascht herum, verschluckt sich an dem Zug, den er gerade eingeatmet hat.

Oleg verschränkt die Arme vor seiner massiven Brust. Er ist riesig und sieht aus, als ob er Jeff mit einer Hand den Kopf abreißen könnte. Und weil ich darauf achte, bemerke ich auch, dass er sich strategisch klug an den Türrahmen gelehnt hat, um die Balance zu halten.

Er spielt meinetwegen mit, so wie er es auch bei meinen Konzerten immer tut, wenn ich auf ihm herumklettere wie auf einem Klettergerüst oder mich von ihm auf den Schultern herumtragen lasse. Oder wenn er mich auffängt, wenn ich Stagediving mache.

Ich rümpfe entschuldigend die Nase und schaue Jeff an. „Mein Freund mag es nicht besonders, wenn Typen nach ihrem Unterricht noch hier rumhängen."

Noch nie im Leben habe ich einen Kerl sich so schnell bewegen sehen. Jeff stopft sein Gras zurück in seine Jackentasche und knallt den Deckel seines klapprigen Gitarrenkoffers zu. Er hat nur eine Schnalle des Koffers geschlossen und schleift seine Jacke über den Fußboden hinter sich her, als er aus der Tür stürmt.

Sobald die Tür hinter ihm zuknallt, lache ich los und gehe zu Oleg, stelle mich auf die Zehenspitzen, um ihm einen flüchtigen Kuss auf die Wange zu geben. „Danke", schnurre ich. „Du bist ein sehr guter Bodyguard."

Mit noch immer gerunzelten Augenbrauen starrt er auf die Tür.

„Er wäre schon gegangen, wenn ich es ihm gesagt hätte", versichere ich ihm, vermute seine Gedanken. „Aber jetzt wird er nie wieder länger als abgemacht bleiben." Ich belohne Oleg mit einem strahlenden Lächeln.

Oleg wirft einen weiteren finsteren Blick in Richtung der Tür.

„Ich weiß, du hättest ihn für mich verprügelt, wenn es nötig gewesen wäre, oder?"

Oleg zieht seinen Zeigefinger quer über seinen Hals. Ein Schauder läuft mir den Rücken hinunter, weil ich es ihm glaube. So sanft und sicher Oleg auch für mich sein mag, sosehr ich ihn auch für meinen riesigen Teddybären halte, ich habe Grund zur Annahme, dass er ein Krimineller ist – ein gefährlicher Krimineller. Diese Tätowierungen zeugen von einer Geschichte der Gewalt. Und er ist mit einer Gruppe von Russen unterwegs, die alle solche Tattoos haben. Vermutlich russische *mafiya*. Ich will überhaupt nicht wissen, mit was für Verbrechen sie zu tun haben. Ich meine, ich habe Oleg angeschossen in meinem Van gefunden.

„Okay, das wird nicht nötig sein", sage ich sehr nüchtern.

Er sieht immer noch so aus, als ob er jeden Augenblick jemanden umbringen will.

„Im Ernst. Es ist gut zu wissen, dass, ähm, du bereit wärst, für mich zu töten, aber das würde ich nicht wollen. *Niemals.*" Ich versuche, so eindeutig zu sein, wie ich kann.

Oleg scheint meinen Tonfall zu registrieren, denn ein Anflug der Verunsicherung legt sich über den gerade noch tödlichen Gesichtsausdruck und er fährt sich mit der tätowierten Hand über das stoppelige Gesicht.

„Ist es das, was du tust?" Ich weiß nicht, woher ich die Nerven hole, ihn das zu fragen. Ich glaube nicht, dass ich die Antwort überhaupt hören will. Ich lege meine Hand auf sein Brustbein, dort, wo ich das Tattoo mit dem Dolch gesehen habe. „Das bedeuten diese Zeichen, richtig?"

Er nickt mir knapp zu.

Fuck. Ein heftiger Schauder durchfährt mich. Das wollte ich definitiv nicht wissen.

„Bist du deshalb angegriffen worden? Ist gerade jemand hinter dir her?"

Er neigt den Kopf zur Seite, denkt über meine Frage nach, dann schüttelt er den Kopf.

Okay, er wurde also nicht aus Vergeltung für einen Mord angegriffen. Gut zu wissen. Es war blöd von mir, zu fragen.

Je weniger ich über Oleg und seine Verbrechen weiß, umso besser.

Ein zweites Mal überkommt mich eine Welle des Bedauerns darüber, mehr über Oleg zu erfahren. Er ist definitiv nicht aus dem richtigen Holz für einen Freund geschnitzt, nicht, dass ich einen Freund länger als ein oder zwei Monate behalten könnte. Jetzt haben wir uns auf den Weg zum Ende dieser ganzen Sache begeben, aber ich will nicht, dass es aufhört. Und ich wollte nicht, dass sich unsere Beziehung verändert.

Nur, dass das eine Lüge ist. Denn ich konnte einfach nicht vergessen, wie rau Oleg mich genommen hat – und er hat mich nicht mal *genommen*-genommen! Aber ich kann noch immer seine Hände auf meinem Körper spüren. Wie er mich gegen die Wand gepresst hat und seine Hand auf meine Pussy gelegt hat, als ob er sie besitzen würde. Wie er meine Netzstrumpfhose zerrissen hat, um meine Haut berühren zu können. Der pure Hunger in ihm. Die Dominanz.

Ich will mehr davon. Ich werde diese Sache definitiv voll und ganz durchziehen. Ich will so viel Sex haben, wie ich kriegen kann, bevor es zu Ende ist.

Aber enden muss es.

Es ist einfach bei jedem Kerl garantiert, dass die Dinge

enden, und Olegs Berufswahl macht es zur Gewissheit.

Was zu schade ist. Denn ich mag es, wie ich mich in seiner Gegenwart fühle. Als ob ich ich selbst sein könnte.

Ganz und gar. Vollkommen ungefiltert.

Es ist einfach mühelos mit ihm. Auch wenn die Kommunikation etwas holprig ist.

Ich mag Oleg. Ich presse meinen Körper gegen seinen, bitte stumm um eine Umarmung. Wie immer gibt er mir, worum ich ihn bitte. Ich beiße in seinen beeindruckenden Brustmuskel – einfach, weil er mir so einladend vorkommt.

Oleg überrascht mich, indem er seine Faust in meine Haare krallt und meinen Kopf in den Nacken zieht. Langsam senkt er seinen Mund hinunter, blickt mich eingehend an, als ob er nach einem Anzeichen des Missfallens suchen würde. Ich hebe ihm meine Lippen entgegen. Er fährt mit seinem Mund zweimal sanft darüber, dann beißt er in meine Unterlippe. Seine Finger lassen meine Haare los und legen sich um meinen Hinterkopf, halten mich fest, um mir einen richtigen Kuss zu geben. Einen fordernden Kuss.

Ich vermisse die Zunge – mein Herz blutet für Oleg und seine verletzte Zunge –, aber auch so ist es ein besserer Kuss, als ich jemals von irgendeinem anderen Kerl bekommen habe, keine Frage.

Es ist die Energie dahinter. Dieses rohe, heftige Verlangen. Das Gefühl, gleichzeitig erobert und respektiert zu werden. Es macht meine Knie ganz weich.

Olegs Knie leider auch. Nein, das liegt vermutlich an der Gehirnerschütterung. Er taumelt ein wenig und löst den Kuss, hält sich mit einer Hand an der Wand fest.

„Alles in Ordnung. Du solltest dich vermutlich wieder hinlegen. Aber du bist mir was schuldig", warne ich ihn.

Er neigt den Kopf zur Seite, als ob er eine Erklärung von mir verlangen würde.

Ich fahre mit meinen Händen über seine Brust, hinunter zu seinem Waschbrettbauch. „Ich werde noch mehr davon brauchen, bevor du wieder hier verschwindest."

Oleg zieht meinen Hinterkopf wieder zu sich, küsst mich auf eine sanfte, erforschende Art und Weise. Mir wird über und über heiß. Jetzt will ich ihn, aber ich weiß, das ist unmöglich. Als er seine Lippen von meinen löst, nehme ich sein Gesicht in beide Hände. „Kannst du noch ein bisschen essen?"

Er zögert, dann schüttelt er den Kopf, dreht sich ins Schlafzimmer um.

„Ich bringe dir noch ein paar Schmerztabletten", sage ich.

Er reagiert nicht auf meine Worte, aber als ich ihm das Ibuprofen bringe, schluckt er die Pillen anstandslos und trinkt das ganze Glas Saft aus, so wie jedes Mal. Ich drücke die schleichende Sorge fort, dass ich ihn ins Krankenhaus hätte bringen sollen.

~

Oleg

STORYS DUFT UMGIBT MICH. Ich träume, dass ich mich an ihrem Arsch reibe, eine Hand besitzergreifend über ihre Brust gelegt habe.

Nein, es ist kein Traum.

Ich blinzle ins Morgenlicht. Ich liege mit einem rasenden Ständer im Bett meiner kleinen *lastotschka*, der zwischen ihren Schenkeln liegt wie eine Wärmesuchrakete auf ihrer Zielgeraden.

Story ist wach. Ich weiß es, weil sie ihren Arsch gegen

meinen Schoß drängt und leise stöhnt. Ich kneife und reibe ihren Nippel zwischen Daumen und Zeigefinger, zupfe ihn zu einem steifen, kleinen Gipfel. Meine Hand liegt unter ihrem Tanktop – anscheinend ist sie dorthin geschlafwandelt. Mein Schwanz steckt erfreulicherweise noch in meinen Boxershorts.

Noch nie in meinem Leben habe ich so sehr sprechen können wollen wie jetzt. Es ist vierzehn Jahre her, dass meine Zunge herausgeschnitten wurde, und das ist der Moment, in dem es mich am meisten schmerzt. Weil mir alle möglichen schmutzigen Dinge durch den Kopf schießen, aber ich keine Möglichkeit habe, sie herauszubringen. Mich mit Story abzustimmen. Mich zu vergewissern, ob sie will, was ich ihr geben möchte.

Aber sie hatte es mir früher schon gesagt, oder? Sie hat mir klargemacht, was sie will.

Ich beiße zärtlich in ihren Nacken und gleite mit meiner Hand ihren Bauch hinunter, in ihre Pyjamahose hinein. Sie öffnet ihre Knie für mich. Ich atme abrupt ein, als meine Finger über ihren Landing Strip und in ihren Schlitz gleiten. Sie trägt kein Höschen und ist heiß und feucht für mich. Ich fahre mit meinem Finger durch ihre Säfte, streiche sie hoch und verteile sie kreisend um ihren Kitzler. Er wird steif und lang, als ich ihn berühre.

Die Erinnerung daran, wie ich sie beim letzten Mal zum Höhepunkt gebracht habe, macht mich härter als Stein. Jetzt will ich mir Zeit mit ihr lassen, aber ich fürchte, dafür habe ich nicht die nötige Finesse. Nicht, wenn mein Kopf noch immer schmerzt und meine Ausdauer so angeschlagen ist.

Ich lege meine andere Hand um ihren Hals und ziehe ihren Kopf gegen meine Schulter, während ich mit meinem Finger über ihren Schlitz gleite, ihren kleinen Seufzern und Stöhnern lausche.

Soll ich dich hier berühren? Soll ich dich zum Höhepunkt bringen? Oder brauchst du meinen Schwanz?

Ich wünschte, ich könnte sie verflucht noch mal fragen. Aber das kann ich nicht, also benutze ich meine Finger, um sie zu verwöhnen. Ich umkreise ihren Kitzler, bis sie sich unter meinen Fingern windet, ihr leises Winseln verzweifelter wird, dann dringe ich mit einem Finger in sie ein. Ich liebe es, wie sie ihre Beine zusammenpresst und ihre Hand über meine drückt.

„Deine Finger sind so groß wie der Schwanz von manch anderem", stöhnt sie.

Mir gefällt es, dass sie schmutzig mit mir redet, aber als sie die Schwänze von anderen Typen erwähnt, will ich jeden Kerl umbringen, mit dem sie jemals zusammen war.

„Diesmal wirst du mich aber nicht hinhalten, oder?" Sie schaukelt mit ihren Hüften, nimmt meinem Finger tiefer in sich hinein.

Ach, fuck.

Diesmal werde ich es ihr besorgen.

Ich gleite mit meinem Finger aus ihr heraus und setze mich auf.

Story setzt sich ebenfalls auf. „Was?"

Okay, ich habe versucht, Kraft zu sammeln, um aus dem Bett zu steigen und ein Kondom zu holen. Aber ich erinnere mich, dass sie mein Portemonnaie auf dem Nachtschrank abgelegt hat, als sie meine Jeans gewaschen hat. Ich zeige darauf und sie schnappt es sich. „Kondom?" Sie klingt atemlos.

Ich liebe es, wenn sie meine Gedanken liest.

Ich nehme das Portemonnaie aus ihren Fingern, öffne es und ziehe das Kondom heraus.

„Lass mich das machen." Sie schiebt mich auf meinen Rücken. Ich verberge mein Zusammenzucken, als mein kaputter Schädel auf das Kissen fällt. Ich bin zu fasziniert von meiner *schalunja* – meinem unanständigen Mädchen –, um mir um meine Schmerzen Gedanken zu machen. Sie setzt sich rittlings auf meine Hüften, reißt mit ihren Zähnen das Kondom auf.

Ich zerre leicht am Saum ihres Tops und hebe mein Kinn. Ich bin fordernd, aber ich merke, dass ihr das gefällt, denn ein unanständiges Lächeln spielt über ihre Lippen und sie zieht es in Windeseile aus und lässt es zu Boden fallen.

Ah, diese herrlichen Titten. Ihre Nippel sind blass – pfirsichfarben – und süß, und der Anblick ihrer Brüste ist wie ein unerwartetes Geschenk.

Sie zieht meine Boxershorts hinunter, um meine Erektion zu befreien, und legt ihre Finger um meinen Schaft. „Wow." Sie klingt beeindruckt. „Der, ähm, ist definitiv größer als dein Finger."

Ich hebe meine Hand, um einen Vergleich anzustellen, und sie lächelt, ihr Blick verharrt auf meinem Gesicht.

„Ich hatte nicht erwartet, dass du so …"

Ich werde still, besorgt über das, was sie als Nächstes sagen wird.

„… *aggressiv* bist. Das ist heiß."

Ich brauche ein paar Sekunden, bis ich begriffen habe, dass es keine Beschwerde war. Ich hatte gar nicht so dominant sein wollen, aber es war mir schwergefallen, all mein aufgestautes Verlangen nach ihr zurückzuhalten. Story ist schon seit Langem meine Obsession. Aber zu hören, dass es ihr gefällt, erweckt den Motor in mir dröhnend zum Leben. Die Ausdauer, die ich befürchtete, nicht zu haben, taucht auf. Ich könnte diese Frau die ganze Nacht lang ficken, wenn es Nacht wäre.

Was es nicht ist.

Sie senkt den Kopf und lässt ihren Mund über die Spitze meines Schwanzes gleiten. Mein Kopf explodiert fast vor Lust. Und Schmerzen. Aber diese *Lust*. Ich stöhne laut auf, überrasche mich selbst, weil ich in der Regel versuche, jedes Geräusch aus meinem Mund zu unterdrücken.

Story fährt mit ihrem Mund meinen Schwanz hoch und runter und ich bekomme am ganzen Körper Gänsehaut. Sie schaut mir in die Augen und beobachtet die Zerstörung, die sie anrichtet, während sie mich immer wieder in den Mund nimmt.

Das ist alles zu viel. Ich habe zu lange auf diesen Moment gewartet, ohne je zu glauben, dass es wirklich passieren würde. Und fuck, ich werde nicht in ihrem Mund kommen. Nicht, wenn sie mir klar und deutlich mitgeteilt hat, dass ich es ihr heftig besorgen soll.

Ich greife nach meinem Schwanz und sie löst ihren Mund. Ich ziehe ihr die Pyjamahose runter. Ich will meinen Mund in ihrer triefenden Möse vergraben, aber ich habe mehr Vertrauen in meine Fähigkeiten mit meinem Schwanz. Keine Zunge zu haben, um sie zu verwöhnen, hat mich das letzte Mal beinah umgebracht.

Man sollte glauben, nach so langer Zeit hätte ich mein Schicksal akzeptiert. Ich bin kein Trottel, der sich im Selbstmitleid suhlt, aber Story hat das Verlangen in mir wachgeküsst, mehr zu sein als das, was ich die letzten Jahre war – kaum mehr als ein halber Mann.

Sie stützt sich auf den Unterarmen ab und schaut zu, wie ich mir das Kondom überrolle. Sie mochte, als ich draufgängerisch war, also greife ich ihre Oberschenkel und ziehe sie in die Mitte des Betts, protze mit meiner Kraft.

Ihr atemloses Lachen macht die Anstrengung so was von wett. „Oooh, da ist ja mein Big Daddy."

Big Daddy. Ich weiß nicht genug über amerikanische Popkultur, um sicher zu sein, ob ich den Spitznamen wirklich verstehe, aber der Kern der Aussage ist mir absolut klar. Sie ist meine *schalunja* und ich bin der Kerl, der die Zügel in der Hand hält. Der Kerl, der sie ficken wird, bis sie schreit.

Ich positioniere mich zwischen ihren gespreizten Beinen und reibe mit der Spitze meines Schwanzes an ihrem Schlitz. Ich muss so dringend in ihr sein, wie ein Bär nach dem Winterschlaf seine erste Mahlzeit finden muss, aber ich zwinge mich, langsam zu machen, ich weiß, dass ich groß bin und sie eine zierliche Elfe.

Sie biegt den Rücken durch, lässt den Kopf in den Nacken fallen, hebt die Hüften an, um mich tiefer in sich hineingleiten zu lassen.

Bljad. Sie braucht mehr? Das kann sie haben. Ich lege meine Hand um ihren Hals. Ich drücke nicht zu – nicht einmal ein kleines bisschen –, aber die Position an sich ist dominant. Ich halte ihren Hals fest und schiebe meinen Schwanz mit einem harten Stoß in sie hinein.

„Oh mein *Gott*." Story fällt der Mund auf, ihr Körper bebt unter meinem, reagiert auf meinen Stoß.

Ich ziehe mich ein Stück zurück, dann dringe ich wieder heftig in sie ein, verhindere mit der Hand um ihren Hals, dass sie nach oben rutscht. Ihr Innerstes zieht sich um meinen Schwanz zusammen. Mit meiner freien Hand kneife ich ihren Nippel, dann drücke ich ihre perfekte Brust.

Für eine Weile stoße ich langsam und hart in sie hinein, mache immer wieder Pausen zwischen meinen Stößen, damit sie meine volle Länge spüren kann, sich an mich gewöhnt. Aber schon bald brauchen wir beide mehr. Story beginnt, nach mir zu greifen, hält die Seiten meiner Hüfte fest, um mich schneller in sich hineinzuziehen, also verkürze ich meine Stöße und werde schneller, stütze mich mit einer Hand an der Wand hinter ihrem Kopf ab, um nicht das Gleichgewicht zu verlieren.

„Oleg", keucht sie. „Oh mein Gott, ja. Oleg."

Zu hören, wie sie meinen Namen singt, schickt mein Ego auf einen Triumphmarsch, noch bevor es überhaupt vorbei ist. Der menschlichste Teil in mir, der ganz verkümmert und tot war, gewinnt mit jedem Moment mehr Kraft, in dem ich mich in ihrem wunderschönen Göttinnen-Gesicht verliere.

Story. Ich will ihren Namen erwidern. Meine *lastotschka*. Ich rutschte vor, um ihre Beine über meine Schultern zu heben, halte die Vorderseite ihrer Oberschenkel fest, damit ich tiefer in sie hineinhämmern kann. Ihre Schreie werden lauter und häufiger – es ist beinah ein einziger Strom an Lauten.

Ich halte inne und ziehe eine Augenbraue hoch. *Gefällt dir das,* schalunja?

Versohl mir den Hintern, Daddy. Als ich mich an ihr Flehen von Samstagnacht erinnere, als ich sie über meine Schulter geworfen hatte, ziehe ich mich aus ihr heraus und drehe sie auf den Bauch, verpasse jeder ihrer Arschbacken einen saftigen Schlag.

„Ooh!" Sie biegt den Rücken durch wie eine Katze, bietet mir ihren Arsch dar. Ich lande zwei weitere Hiebe auf ihren Backen, bevor ich wieder in sie eindringe, und sie stöhnt zufrieden.

Ich halte ihren Nacken fest und reite sie von hinten, schwelge in jedem köstlichen, schwindelerregenden Stoß. Der Raum verschwimmt und dreht sich, aber das liegt an der Ekstase, nicht am Schmerz. Nichts fühlt sich richtiger an, als in Story zu sein.

Mit den Fingerspitzen meiner freien Hand streichle ich über ihren Rücken. Bewundere das Regenschirm-Tattoo auf ihrem Schulterblatt. Greife mir eine Handvoll ihres Arsches. Halte ihre Hüfte fest. Ich ziehe ihre Arschbacken auseinander, spiele an ihrem süßen, kleinen Loch herum und sie lallt einen Strom von wilder, rasender Ermutigung. Sie hält nicht mehr lange durch. Noch vier Stöße und sie kommt, ihre Beine strecken sich durch und zucken, ihre innere Wand zieht sich um meinen Schwanz zusammen wie eine Faust.

Ich ficke sie härter und schneller, um meinen eigenen Höhepunkt zu erreichen, und er überrollt mich augenblicklich. Ich dringe tief in sie ein und halte inne, schiebe meine Hand unter ihre Hüfte, um ihren Kitzler zu reiben und noch den letzten Rest ihres Höhepunkts aus ihr herauszukitzeln. Es funktioniert. Ein weiteres, heftiges Beben durchfährt sie und wieder ziehen sich ihren Muskeln zusammen, pumpen noch mehr Sperma in das Kondom. Grelles Licht tanzt hinter meinen Augen. Ich ziehe mich aus ihr heraus und falle zur Seite, mein Kopf dröhnt vor Schmerzen, aber meine Seele – etwas, von dem ich glaubte, es sei lange tot – segelt in die Höhe wie ein verfluchter Drache.

Story, will ich in ihr Ohr singen. Wunderschöne Story. Meine verrückte, wilde, unartige Schwalbe. Was für ein verficktes Privileg, in ihrem Bett sein zu dürfen. Ich gebe mich mit einem leisen Summen zufrieden. Das Geräusch dafür, wie ich mich mit ihr zusammen fühle.

Ich schaffe es noch, das Kondom abzuziehen und es in den Mülleimer neben dem Bett zu werfen, bevor ich meine Augen schließe und wieder das Bewusstsein verliere.

∽

STORY

ICH KOMME GERADE aus der Dusche und ziehe mich an, als es an der Tür klopft. Oleg liegt ohnmächtig auf dem Bett, der Arme.

Der Arme, ich Glückliche. Der Kerl ist ein verfluchter Hengst. Das war mit Abstand der beste Sex, den ich je hatte. Es war keine besondere Technik, es war einfach … Oleg. Ich liebe es, seine Kraft und seine Stärke zu spüren. Die Grobheit und die Dominanz seiner Bewegungen. Und trotzdem habe ich mich nie so sicher bei einem Kerl gefühlt. Der Kerl ist verlässlich. Er kommt zu jedem Konzert. Sitzt in der ersten Reihe mit der Ausstrahlung eines Rausschmeißers oder eines Bodyguards. Ich war nicht einmal nervös, als er mich grob angefasst hat. Ich weiß, wenn ich ihm sagen würde, er soll aufhören, würde er aufhören. Ich konnte mich entspannen und es genießen.

Ich ziehe mir einen Pulli über und laufe zur Wohnungstür. Niemand hat die Klingel unten an der Haustür betätigt, also muss es ein Nachbar sein. Hoffentlich nicht, um sich über die morgendliche Sex-Einlage zu beschweren. *So* laut war ich nun auch nicht gewesen. Oder doch? Mein Hals fühlt sich ziemlich kratzig an.

Ich ziehe die Tür auf, aber als ich dahinter zwei tätowierte Kerle erblicke, mache ich sie schnell wieder zu, bis mein Gesicht nur noch durch einen Spalt schaut. „Ja?"

„Hey Story", sagt der braunhaarige Kerl. „Ich bin Maxim, ein Freund von Oleg. Das ist Pavel." Er deutet auf seinen blonden Freund. „Wir haben uns mal bei deinem Konzert getroffen? Meine Frau Sasha hat mit dir gesprochen – die Rothaarige?"

„Ja, Hi." Ich erinnere mich an den Kerl und seine nette Frau und er scheint nicht bedrohlich zu sein, aber ich weiß nicht, wer Oleg angegriffen hat und er hat sein Handy zerschmettert, als ob er Angst hätte, geortet zu werden. Außerdem weiß ich nicht, wie diese Kerle mich oder meine Adresse gefunden haben.

„Tut mir leid, dass wir einfach so hier auftauchen. Es

ist nur so, dass wir Oleg seit Samstagabend nicht mehr gesehen haben, und wir haben uns gefragt, ob du vielleicht etwas weißt? War er am Samstag auf deinem Konzert?"

Ich schüttle eilig den Kopf. „Nein."

Er legt den Kopf zur Seite als ob er wüsste, dass ich lüge.

„Ich meine, ja, er war auf dem Konzert, aber ich weiß nicht, wo er danach hin ist. Ich meine, ich habe ihn nicht gesehen." Verdammt, ich bin eine wahnsinnig schlechte Lügnerin. Ich klinge atemlos und spreche viel zu schnell.

Maxims Augen werden schmal. Er versucht, an mir vorbeizuschauen, und als er es schafft, entspannen sich seine Schultern. „Oleg, was zur Hölle?"

Ich fahre herum und entdecke Oleg, der hinter mir steht. Er hat seine Jeans angezogen, aber kein T-Shirt und keine Schuhe. Er hat vor diesen Kerlen eindeutig nichts zu verbergen. Erleichterung überkommt mich.

Plötzlich bin ich überglücklich, jemanden zu haben, dem ich von Olegs Tortur berichten kann. „Er wurde angegriffen. Jemand hat auf ihn geschossen", platze ich heraus und gehe einen Schritt von der Tür zurück, damit sie reinkommen können.

„Was?" Maxim mustert Oleg eilig.

„Er hat einen Schlag auf den Kopf abbekommen und hat einen Streifschuss am Bein." Ich deute auf das Loch in seiner Jeans. Das Blut habe ich rausgewaschen, aber die Stelle in der Hose ist trotzdem noch rostrot.

„Fuck." Maxim sagt knapp etwas auf Russisch zu Pavel, der grimmig dreinschaut. „Danke, dass du dich um ihn gekümmert hast."

„Ihr müsst mir nicht danken." Ich bin fast ein wenig beleidigt. Natürlich habe ich mich um ihn gekümmert. Er ist mein Freund.

Oleg stolpert rückwärts zum Schlafzimmer und Pavel

folgt ihm, bietet ihm zwar keine Hilfe an, bleibt aber in der Nähe.

„Weißt du, wer ihn angegriffen hat? Hast du gesehen, was passiert ist?"

Ich schüttle den Kopf. „Nein. Er hat den Van hierhergefahren, um mich nach Hause zu bringen. Am nächsten Morgen habe ich ihn blutend und mit einer Kopfwunde im Kofferraum des Vans gefunden."

Oleg erscheint, er hat sein T-Shirt und seine Stiefel an.

„Wo zur Hölle ist dein Handy?", verlangt Maxim. Ich werde ein wenig wütend darüber, wie er mit Oleg spricht, aber es beruhigt mich auch. Sie fühlen sich offensichtlich wohl miteinander. Sie haben ein gutes Verhältnis. Wie ich mit Flynn und den Jungs in der Band.

Oleg antwortet nicht. Na ja, natürlich nicht, aber er versucht auch gar nicht erst, zu kommunizieren. Ich habe bemerkt, dass er das mit mir auch gemacht hat, wenn er nicht mit mir interagieren will. Als würde er es nicht mal versuchen wollen.

„Er hat es zerschlagen", biete ich an, auch wenn ich mir nicht sicher bin, ob Oleg will, dass ich das verrate.

Maxim starrt ihn an, als ob er versuchen würde, ein Puzzle zusammenzusetzen. „Okay", sagt er nur, als ob er die Sache unter Kontrolle hätte. „Auf nach Hause, Kumpel."

Oleg blickt Maxim an und deutet mit dem Kopf in meine Richtung.

Maxim zückt sein Portemonnaie und zieht sämtliche Geldscheine heraus, die darin stecken. Ich erkenne mehrere Hundert-Dollar-Scheine. Er faltet den Batzen Geld und reicht ihn mir zwischen Zeige- und Mittelfinger geklemmt an. „Danke, dass du dich um Oleg gekümmert hast."

„Was?" Ich schiebe das Geld zurück, bin jetzt wirklich beleidigt. „Ich habe das doch nicht für Geld getan."

Oleg scheint etwas alarmiert über meinen Tonfall zu sein. Seine Augenbrauen fliegen in die Höhe und er mustert aufmerksam mein Gesicht.

„Nein, nein, nein", sagt Maxim aalglatt. „Ich wollte es nicht wie ein Geschäft klingen lassen." Er breitet beschwichtigend seine freie Hand aus. „Absolut nicht. Ich weiß natürlich, dass du es getan hast, weil Oleg dir etwas bedeutet."

Ich beruhige mich ein bisschen.

„Aber Oleg will, dass für dich gesorgt ist. Bitte akzeptiere es." Er streckt mir wieder seine Hand mit dem Geld hin.

Ich zögere. Ich bin noch immer ein wenig angegriffen. Oder vielleicht gefällt es mir einfach nicht, dass Oleg verschwindet. Er verschwindet und ich habe seine Nummer nicht, weiß nicht, wann ich ihn wiedersehen werde.

Das sieht mir überhaupt nicht ähnlich. Für gewöhnlich bin ich diejenige, die vor einer Beziehung davonrennt.

Plötzlich brennen meine Augen und ich blinzle. Ich habe das Geld noch immer nicht angenommen. Ich hasse es irgendwie, dass ich mit Maxim spreche anstatt mir Oleg.

Warum?

Warum lässt Oleg seinen Freund für ihn sprechen? Und warum geht er einfach mit ihnen mit? Wird er sich überhaupt verabschieden?

Das macht mich sauer. Ich verschränke die Arme vor der Brust. „Dann soll Oleg es mir geben", fordere ich.

Maxim fährt herum, sodass sein Arm zu Oleg zeigt. Olegs runzelt die Stirn. Er schnappt sich das Geld aus Maxims Fingern und wirft es auf den Couchtisch, als ob er es in den Müll werfen würde. Er kommt direkt auf mich zu, legt die Hand auf meinen Hinterkopf und senkt seine Lippen auf meine, bevor ich überhaupt Zeit habe, Luft zu holen. Zu denken.

Tränen brennen in meinen Augen, als ich seinen Kuss empfange. Seine Hand liegt auf meiner Hüfte, sein Daumen streichelt über meine Wange. Als er den Kuss löst, senkt er seine Stirn auf meine und verharrt dort. Er macht diese leise Summen, das er auch schon nach dem Sex gemacht hat. Seine Freunde verlassen die Wohnung, warten im Flur, um uns Privatsphäre zu geben.

„Tu mir das nicht an", flüstere ich und meine Stimme ist rau vor Verletzung.

Er weicht zurück, mustert mich mit besorgten Augen.

„Ich will keinen Mittelsmann zwischen uns", erkläre ich, weil er offensichtlich nicht genau versteht, wovon ich spreche.

Er wird ganz ruhig, beinah so, als ob ich ihn schockiert hätte. Als ob ihm nicht klar gewesen wäre, wie sehr er sich in den Hintergrund zurückgezogen hat, genau in dem Augenblick, als seine Freunde aufgetaucht sind. Er nickt und neigt seinen Kopf, um mir einen sanften Kuss zu geben – legt seine Lippen einfach nur auf meine.

Ich will nicht, dass er geht. Es ist verrückt, wie sehr ich das nicht will. Obwohl ich weiß, dass diese Sache keine Zukunft hat. Ich klammere mich trotzdem noch an ihn. Schlinge meine Arme um ihn und presse meinen Körper in einer festen Umarmung an seinen.

„Erhole dich schnell", sage ich mit heiserer Stimme. Es klingt dämlich. Das vermittelt nicht einmal ein Fünftel der Dinge, die ich ihm sagen will. „Kommst du Samstag zu meinem Konzert?"

Gott.

Jetzt klinge ich, als würde ich ganz schlimm klammern.

Wieder erstarrt er, was mir verrät, dass er nicht davon ausgeht, aber er nickt mir einmal kurz zu.

Hm. Ich glaube ihm nicht ganz.

Aber es ist auch jemand hinter ihm her. Vielleicht muss er jetzt untertauchen.

Fuck – vielleicht werde ich ihn nie wiedersehen.

Ich ziehe an seinem Ärmel, als er sich umdreht. „Oleg –"

Er dreht sich zu mir um und wieder sehe ich diesen alarmierten Ausdruck auf seinem Gesicht.

„Wirst du da sein? Wirklich?"

Er atmet langsam ein, dann nickt er.

Ich atme aus.

„Sei vorsichtig", sage ich, denn jetzt habe ich ein schlechtes Gewissen, weil ich ihn gebeten habe, zu meinem Konzert zu kommen, wenn er offensichtlich in Gefahr schwebt.

Er nickt und greift nach meiner Hand, drückt sie.

Ich will noch immer nicht, dass er geht. Aber seine Freunde treten im Flur unruhig von einem Fuß auf den anderen und ich bemerke die Beule, die eine Pistole in Pavels Jacke drückt. Ich erinnere mich daran, dass ich nicht in diese Welt gehöre. Was bedeutet, dass Oleg nicht in meiner Welt bleiben kann.

„Tschüss", sage ich schnell und drehe mich um, tue so, als ob ich in Ordnung wäre. Weil ich das bin. Ich hatte in meinem kurzen Leben schon so viele seltsame Erlebnisse. Ich bin in einer Band, und viele meiner Freunde haben jede Menge Erfahrungen mit Drogen gemacht. Das hier wird nur eine weitere verrückte Geschichte werden. Oder vielleicht schreibe ich jetzt ja sogar die Lieder, die mir in letzter Zeit nicht zufliegen wollten.

Warum also fühlt es sich dann verdammt noch mal wie ein Verlust an, als Oleg aus meiner Tür geht?

VIERTES KAPITEL

Oleg

ICH SETZE mich auf die Rückbank von Maxims Tesla.

„Gib ihm dein Handy", blafft Maxim Pavel an.

Pavel reicht mir sein Handy und Maxim reicht seins an Pavel weiter, dann legt er den Gang ein und fährt aus der Parklücke.

„Wer hat das getan?", verlangt Maxim.

Mein Kopf wummert und ich bin noch ganz aufgewühlt davon, Story gerade so verletzt zu haben. Fuck. Ich wollte sie definitiv nicht beleidigen, indem ich Maxim ihr das Geld habe geben lassen. Ich hatte erwartet, dass er das Richtige tut und sagt, weil ich es nicht kann. Ich wollte, dass sie versorgt ist. Und ich bin mir sicher, sie kann das Geld gebrauchen. Ich habe es ausgerechnet. Sie kann mit ihren Gitarrenstunden nicht mehr als achthundert Dollar in der Woche verdienen. Also nicht richtig schlecht, aber es ist auch nicht so, als ob sie reich wäre. Aber Maxim schon.

Er war so verflucht aalglatt – hat genau das Richtige gesagt, aber es hat sie trotzdem verärgert.

Sie wollte nicht, dass er an meiner statt für sie sorgt.

Das hat mich bis ins Mark erschüttert. Hat mir die Brust aufgerissen, bis mein hämmerndes Herz zum Vorschein kam. Noch nie in meinem ganzen Leben habe ich mich so verletzlich gefühlt.

Und ich weiß noch immer nicht, was ich Ravil und den Jungs über diese Sache erzählen soll. Ich will Maxim ignorieren, aber ich weiß, dass ich damit nicht durchkommen werde, also tippe ich die Eckpunkte ins Handy.

Drei Typen. Haben Russisch gesprochen. Ich habe mich gewehrt und bin abgehauen. Ich verrate ihm nicht, dass sie mich lebendig schnappen wollten.

Dass ich weiß, warum.

Pavel liest Maxim meine kurze Notiz vor. Für mich ist sie nicht kurz. Das ist so ziemlich der längste Text, den ich je kommuniziert habe.

„Das sind die drei Typen, die Dima geortet hat, als sie ins Land gekommen sind." Maxim schlägt mit der Faust auf das Armaturenbrett. „Ruf Dima an und sag ihm, er soll mir die Fotos von ihnen aufs Handy schicken."

Jetzt erinnere ich mich, dass Maxim Dima angewiesen hat, eine Ortungssoftware zu installieren, die jede Person von Interesse markiert, die aus Russland herfliegt, aus Sorge, die Moskauer Bratwa könnte jemanden schicken, um Sasha wegen ihrer Millionen umzubringen. Wenn diese drei Schwachköpfe, die Samstagabend versucht haben, mich gefangen zu nehmen, kürzlich ins Land gekommen sind, dann hat Dima es mitbekommen. Selbst wenn sie nicht Bratwa sind, haben sie möglicherweise Alarm ausgelöst.

Pavel macht einen Anruf und ein paar Momente später vibriert Maxims Handy mit den eingehenden Nachrichten. Ich öffne sie, dann nicke ich Pavel zu. Maxim beobachtet mich im Rückspiegel.

„Fuck!", explodiert Maxim. „Ich wusste, dass sie Ärger machen würden. Haben sie dich irgendwas gefragt? Irgendwas gesagt?"

Ich schüttle meinen pochenden Kopf. Mein Puls rast. Maxim glaubt, es hätte mit Sasha zu tun. Ich sollte ihn aufklären. Ich sollte reinen Tisch machen, was meine Vergangenheit angeht.

Aber andererseits hätte ich das vor zwei Jahren schon machen sollen, als Ravil mich in den Schoß seiner Zelle aufgenommen hat. Jetzt kann ich das nicht mehr bringen, ohne dass sie sich alle verraten fühlen würden.

„Sind sie alle drei abgehauen?", fragt Pavel. Was in Wirklichkeit bedeutet: *Hast du ihnen ernsthaft Schaden zugefügt?* Leider nein.

Ich zucke mit den Schultern und nicke.

Und zum Glück ist das Verhör damit beendet. Die Jungs sind so daran gewöhnt, dass ich nicht viel kommuniziere, dass sie nicht weiter drängen. Maxim hat gehört, was er hören will. Er wird seine Braut beschützen und ein System aufstellen, um diese Typen zu orten. Um die Bedrohung zu eliminieren.

Was mir natürlich in die Karten spielt. Solange, bis derjenige, der hinter mir her ist, eine neue Truppe schicken wird.

Maxims Handy klingelt und Dimas Name erscheint auf dem Display. Dima ist unser Hacker. Es gibt nichts, was er nicht hacken oder programmieren könnte.

Ich reiche Maxim sein Handy, da ich ja offensichtlich nicht antworten kann. „Das waren die Typen", bestätigt ihm Maxim.

„Ich habe einen Standort", erwidert Dima knapp, ganz geschäftig. Ravils Organisation läuft wie geschmiert und absolut geordnet – effizient. Pavel war in Russland im Militär. Ravil und Maxim sind als Strategen regelrechte Genies. Nikolai, Dimas Zwillingsbruder, ist Buchhalter. Ich bin der Muskelschrank. Der Vollstrecker. Aber wir sind ein Team – die Speichen eines Rads.

„Schreib mir die Adresse." Maxim dreht sich zu mir um. „Hast du was gegen einen kleinen Umweg? Du musst auch nicht mit reinkommen."

Ich habe was dagegen. Ich muss mit Sicherheit kotzen, sobald der Wagen hält, und ich brauche dringendst eine Schmerztablette, aber natürlich nicke ich. Diese Arschlöcher umzubringen, hat höchste Priorität. Wie ich mich fühle, ist vollkommen irrelevant.

Maxim lenkt den Tesla durch den Verkehr. An einer roten Ampel öffne ich die Tür, um mich zu übergeben, und Maxim flucht auf Russisch.

„Vielleicht sollten wir ihn zuerst nach Hause bringen", sagt Pavel. Seine Waffe liegt auf seinem Schoß, der Schalldämpfer schon angeschraubt.

Ich ziehe meinen Kopf zurück ins Auto und schlage die Tür zu, dann wedle ich ungeduldig mit der Hand und blicke sie finster an.

Pavel zuckt mit den Schultern. „Okay. Er will mitkommen."

Es ist nicht weit entfernt. Wir kommen an einem Hotel an und Maxim parkt den Wagen. Er dreht sich herum und schaut mich an, schraubt einen Schalldämpfer an seine eigene Waffe. „Wir sind in zehn Minuten zurück, okay, O?"

Ich nicke.

„Wir lassen sie für das zahlen, was sie dir angetan haben."

Ich antworte nicht. Es ist mir ehrlich gesagt scheißegal, ob sie leiden müssen oder nicht. Sie haben nur ihren Job gemacht. Meine eigentliche Sorge gilt dem, der sie geschickt hat.

Die Jungs sind schon in sieben Minuten zurück. Maxim schaut in den Rückspiegel und wischt sich ein paar Blutspritzer aus dem Gesicht, bevor er seine Pistole unter den Sitz legt und losfährt.

Pavel sitzt einige Minuten schweigend auf dem Beifahrersitz, dann fragt er: „Denkst du nicht, wir hätten herausfinden sollen, wer sie geschickt hat, bevor wir sie umgebracht haben?"

Ein Muskel in Maxims Gesicht zuckt. Er hat einen wahnsinnigen Beschützerinstinkt, wenn es um Sasha geht. Davon hat er sich bei dieser Sache beeinflussen lassen. „Sie haben auf uns gewartet. Wenn wir nicht zuerst geschossen hätten, wären wir beide jetzt tot. Außerdem haben wir eine verfluchte Nachricht hinterlassen. Jeden, der sich meiner Frau nähert, erwartet ein schneller Tod."

Pavel wirft mir einen Blick zu, um zu sehen, ob ich mit ihm einer Meinung bin.

Natürlich bin ich froh, dass sie nichts von den Typen erfahren haben. Wenn sie das getan hätten, wäre jetzt vielleicht eine dieser Waffen auf meinen Kopf gerichtet, also zucke ich nur mit den Schultern.

Es ist in meinem Sinne gelaufen. Ich wollte, dass diese Arschlöcher verschwinden und Story in Ruhe lassen.

Um den Rest dieses ganzen Schlamassels kann ich mich später kümmern.

∼

STORY

. . .

ICH STIMME MEINE E-GITARRE, dann schlage ich eilig eine Abfolge von Akkorde an, um meine Finger aufzuwärmen. Es ist Freitagnachmittag und die Storytellers sind in der Lounge für unsere wöchentliche Bandprobe. Wenn Rue uns hier nicht kostenlos proben lassen würde, gäbe es keine Storytellers. Weshalb Rue's Lounge immer unser Zuhause sein wird. Manchmal fragen mich Leute, warum wir nicht mehr touren – auch woanders Konzerte organisieren und die Veranstaltungsorte ein bisschen durchmischen.

Das könnten wir natürlich tun. Wir würden womöglich sogar mehr verdienen. Vielleicht eine größerer Anhängerschaft aufbauen. Aber Rue hat uns den Start ermöglicht. Hier haben wir unsere Zuhörerschaft aufgebaut. Wir sind dem Laden gegenüber so loyal, wie Rue es uns gegenüber ist.

„Wo ist die Setliste?", fragt Flynn.

Die Leute denken, es sei meine Band wegen unseres Namens, aber in Wirklichkeit ist es Flynns Band. Er und seine Freunde haben sich nach der Highschool zusammengetan, eine Band gegründet und brauchten noch eine Frontsängerin. Sie dachten, eine Frau wäre deutlich cooler als eine reine Jungsband. Und natürlich hat mein Name für den Bandnamen super gepasst.

Vielleicht ist es auch meine Band. Ich meine, ich bin die große Schwester und die kreative Federführerin. Aber so denke ich nie. Ich glaube fest an Kollaboration. Dort entsteht die Magie. Was die Storytellers angeht, habe ich oft das Gefühl, dass ich nur für den Spaß mit dabei bin.

„Also, was ist Samstagabend mit dem Stummen Oleg noch passiert?", fragt Flynn.

Mein Kopf fährt herum und ich blicke ihn grimmig an, bin ungewöhnlich gereizt. „Nenn ihn nicht so."

„Im Ernst, Mann. Der Kerl sieht aus, als könnte er einen anderen Mann mit bloßen Händen umbringen, ohne ins Schwitzen zu kommen", meldet sich Lake zu Wort.

„Ich glaube fast, das hat er auch", stimmt Ty ihm zu. „Wenn ich nicht gesehen hätte, wie er Story immer anschaut, hätte ich Angst vor ihm."

Aber Flynn mustert mich genau. Sein Mund verzieht sich in ein breites Grinsen. „Du hast es mit deinem russischen Bodyguard also endlich durchgezogen, hm?" Er hat diesen selbstgefälligen Singsang-Tonfall, der mich noch mehr zur Weißglut bringt.

„Halt den Mund. Sei kein Idiot." Jetzt klinge ich wirklich nicht mehr wie ich selbst. Verdammt.

Die Jungst glotzen mich interessiert an. Es ist nicht gerade so, als ob ich mich schnell über Dinge aufregen würde. Ich bin genauso flatterhaft, lass-dich-von-der-Energie-leiten-entspannt wie jeder andere. Aber die letzten vier Tage, seit Olegs Freunde ihn abgeholt haben, waren eine einzige Qual. Unendlich lang. Voller Fragen. Leer. Ich mache mir Sorgen um Oleg. Aber noch mehr als das hat es etwas in mir verändert, Oleg in meiner Wohnung gehabt zu haben.

Ich vermisse ihn. Sehne mich nach mehr Zeit mit ihm.

All das ist so untypisch für mich.

Was mich nur noch verzweifelter zu der Zeit zurückkehren lassen will, als die Dinge noch anders waren. Durch das Leben zu schweben, ohne mich im Geringsten um irgendwas zu scheren. Vor allem nicht um einen Typen.

„Moment", sagt Flynn plötzlich sehr nüchtern und mustert mich besorgt. „Ist irgendwas Schlimmes passiert?"

Jetzt fragt dieser Arsch. Was für ein unfassbares Timing, sich ausgerechnet jetzt Sorgen um mein Wohlbefinden zu machen, wenn er derjenige war, der mit zwei Mädchen im Arm abgehauen ist und mir gesagt hat, ich solle mit Oleg nach Hause fahren.

„Nein!" Ich werfe mit einem Plektrum nach ihm.

Er duckt sich und das riesige Grinsen kommt zurück. „Oh mein Gott … Du magst diesen Kerl tatsächlich!"

„Nein", blaffe ich. *Darauf* lasse ich mich garantiert nicht ein. Auf diesen Beziehungsbumerang, dem uns unsere Mutter als Kinder ausgesetzt hatte. Sich zu verlieben. Schluss zu machen. Zu trauern. In Depressionen zu verfallen. Sich selbst in psychiatrische Kliniken einzuweisen. Es war ein endloser Kreislauf aus erfüllten und gebrochenen Herzen. Sie und mein Dad haben sich neunmal getrennt und wieder versöhnt, als ich klein war. Als sie sich endlich von ihm hat scheiden lassen, weil er ein ehebrechender Bastard war, dachten wir, die Dinge würden sich beruhigen, aber das taten sie nicht. Sie hat das gleiche Drama einfach mit einer Reihe neuer Männer durchgezogen.

Ich bin nicht wie sie. Ich bin genau das Gegenteil. Ich hänge mit einem Typen rum. Wir landen im Bett. Die Dinge werden ein bisschen unbehaglich. Ich spüre dieses innere Drängen, diese Unruhe, die mir sagt, ich soll die Dinge beenden, bevor sie zu ernst werden.

Flynn ist selbst ein totaler Schürzenjäger. So bin ich nicht. Ich bin nicht nur auf der Suche nach Sex. Ich sehne mich nach einer echten Verbindung. Ich muss einen Kerl mögen, den Funken spüren, ihn unterhaltsam und klug finden. Aber ich weiß auch nicht, nach ein paar Monaten werde ich einfach unruhig und fühle mich gefangen. Und dann finde ich immer irgendwas, weswegen ich die Sache beenden will.

Dahlia, unsere kleine Schwester, ist die Einzige von uns dreien, die zu wissen scheint, wie man eine dauerhafte Beziehung führt. Sie und ihr Freund aus der Highschool sind zusammen aufs College in Wisconsin gegangen und sind noch immer ein Herz und eine Seele.

„Moment, also ist was passiert?" Flynn lässt einfach

nicht locker. Ich würde ihm am liebsten meinen Stiefel in den Mund stopfen.

Alle drei Bandmitglieder starren mich erwartungsvoll an. Sie werden mich nicht so einfach davonkommen lassen.

„Ja!"

Sie grinsen mich an wie die Blödmänner.

„Und?", fordert mich Lake auf. Ich bin mir ziemlich sicher, dass er und Ty schon immer gerne was mit mir angefangen hätten, aber sie wissen, dass ich kein Interesse habe und dass Flynn ihnen so in den Arsch treten würde, dass sie in Tokio landen, wenn sie es versuchen sollten.

„Warum seid ihr Typen eigentlich solche *Tratschtanten?*", frage ich. „Seit wann bespreche ich mein Sexleben mit euch?"

„Wir sind einfach Jungs. Das ist Umkleidentratsch. Das hast du davon, wenn du nur mit Jungs rumhängst, Story", erinnert mich Flynn.

Er hat recht. Einfach dadurch, wie viel Zeit wir miteinander verbringen, sind diese Jungs zu meinen besten Freunden geworden.

Ich muss wirklich mehr unter Leute.

Und dieser Gedanke löst automatisch weitere Gedanken an Oleg aus. Denn er ist es, der diesen Rhythmus unterbrochen hat. Der mich aus dem Konzept gebracht hat. Er hat eine Leere und eine Sehnsucht in mir hinterlassen, von der ich mich nur schwer erholen kann.

Immerhin habe ich tatsächlich angefangen, einen Song zu schreiben. Einen heißen Nimm-mich-gegen-die-Wand-Song. Aber ich bin noch nicht bereit, ihn öffentlich vorzuspielen.

„Es war heiß", gebe ich zu.

„Was du nicht sagst." Ty versucht, lässig zu klingen,

aber es liegt ein Beben in seiner Stimme, als ob er enttäuscht wäre, das zu hören.

„Blister in the Sun", sage ich, um das Thema zu begraben und mit der Probe zu beginnen. Ich schlage die ersten Akkorde des Violent-Femmes-Songs an.

„Sekunde." Ty sucht hektisch nach seinen Drumsticks, verpasst fast seinen Einsatz.

Und dann stürzen wir uns hinein. In die Musik. Die Sache, die wir alle vier lieben. Musik ist unsere Sucht und unser Leben.

Ich weiß nicht, warum es plötzlich nicht mehr genug für mich ist.

FÜNFTES KAPITEL

Story

Er ist nicht gekommen.

Zum achten Mal am Abend lasse ich den Blick durch die Zuschauermenge schweifen, suche nach meinem großen Russen.

Er ist nicht hier. Ich kann es nicht glauben.

„Seid ihr alle gut drauf?", frage ich die Menge und täusche Begeisterung darüber vor, mit ihnen hier zu sein.

Es ist schon eine relativ große Anzahl unserer Stammgäste da und sie johlen mir ihre Begrüßung mit übertrieben guter Laune entgegen. „Story! Wir lieben dich!"

Ich kichere ins Mikro. „Ich liebe euch auch."

Ich habe keine Lust, die Setliste zu spielen, die ich aufgeschrieben habe. Im Rue's spielen wir für gewöhnlich eine Mischung aus Coversongs und eigenen Liedern. Wir haben genug eigene Songs, um eine komplette Show damit füllen zu können, und das tun wir auch, wenn wir woanders spielen, aber wenn man jeden Samstag am gleichen Ort spielt, wird das schnell ein alter Hut. Die Leute mögen es, Coversongs zu hören. Davon sind sie immer begeistert.

Meine Finger spielen ein paar Akkorde auf der E-Gitarre.

Flynn lacht leise in sein Mikro. Er erkennt den Song, bevor ich selbst es tue.

Fuck. Es ist „Paint it Black" von den Rolling Stones.

Ich bin eigentlich gar nicht so enttäuscht über Olegs Abwesenheit. Aber das Lied erzählt etwas anderes. Ich zucke mit den Schultern und lasse mich darauf ein, auch wenn der Rest der Band keinen Schimmer hat, was zur Hölle gerade passiert. Wir beide sind früher immer in der Classic-Rock-Band unseres Vaters eingesprungen. Deshalb haben wir ein riesiges Repertoire an Songs, an dem wir uns bedienen können.

Ty und Lake springen schnell genug auf den Zug auf, während ich sie durch meine Version des Songs führe, der unsere immer größere werdende Zuschauermenge zum Ausrasten bringt – vermutlich, weil sie mitbekommen, dass wir uns auch nur irgendwie durchlavieren, während wir spielen. Die Leute mögen es, Teil der Show zu sein. Das Gefühl zu haben, uns zu kennen. Als ob wir Freunde wären.

Ich zwinge mich, nicht auf den Tisch zu starren, an dem Oleg eigentlich sitzen sollte. Der heute von einer Gruppe Stammgästen besetzt ist, die ich erkenne.

Als Oleg aus meiner Wohnung verschwunden ist, wusste ich irgendwie schon, dass er heute nicht hier sein würde, und dennoch trifft mich seine Abwesenheit schmerzlich. Vermutlich muss er sich noch erholen. Ihm ist noch zu schwindelig, um Auto zu fahren. Sein Kopf schmerzt noch zu sehr, um sich laute Musik anzuhören.

Das ist mir alles klar, es sind absolut vernünftige Erklärungen für seine Abwesenheit, aber meine Emotionen drehen völlig durch. Die sind absolut nicht vernünftig.

Seit er verschwunden ist, fühle ich mich wund und sehnsüchtig. Mache mir Sorgen um ihn. Und jetzt, als er nicht hier ist – die Situation, die ich erwartet habe –, fühle ich mich sitzengelassen. Das ist genau der Grund, weshalb ich mich nicht auf Menschen verlasse. Meine Eltern haben mir diese Lektion sehr gut beigebracht. Sie haben mich geliebt, aber sie hatten ihre eigenen Dämonen. Für mich da zu sein, wie ich es gebraucht hätte, war einfach nicht drin gewesen.

Aber Oleg … Er war verlässlich. Man hätte die Uhr nach ihm stellen können. Jeden Samstag war er da.

Und er hat mir gesagt, er würde hier sein.

Ich weiß, dass er nicht anrufen kann. Sein Handy liegt in tausend Teile zerschmettert in meinem Mülleimer. Und er hat mich nie nach meiner Nummer gefragt.

Das ist auch etwas, was mir aufstößt. Das hätte er wenigstens versuchen können. Natürlich, er schreibt nicht auf Englisch. Das hatte ich vergessen. Uff. Die Tatsache, dass meine Gedanken nur um ihn kreisen, während ich mich mitten in einer Aufführung befinde, nervt mich unendlich.

Ich wechsle zurück zu der abgemachten Setliste und wir segeln förmlich durch die erste Hälfte. Für mich fühlt sich alles schal an, aber die Zuhörer scheinen es nicht zu bemerken. Wenn überhaupt, sind sie sogar ausgelassener als sonst. Im Zuschauerraum herrscht Partystimmung und doch habe ich ein ungutes Gefühl, so als ob ich beobachtet werden würde. Nicht auf eine angenehme Art und Weise, wie Oleg mich beobachtet hat. Düsterer. Ich blicke mich um und entdecke einen Kerl mit einem stoppeligen Bart und einer Bomberjacke aus Leder, der in der Ecke herumlungert und aussieht, als würde er nicht hierhergehören. Er lächelt nicht und spricht mit niemandem. Und er starrt mich auf eine gruselige Art und Weise an. Ein Typ, wie ich ihn nie für Gitarrenstunden in meine Wohnung lassen würde.

Ich ertappe mich dabei, wie ich mir wünsche, Oleg wäre wieder hier, um meinen Fake-Freund zu spielen.

Meinen richtigen Freund, wispert eine kleine Stimme in meinem Kopf, aber ich widerstehe diesem Gedanken. Denn richtige Freunde sind nicht von Dauer, und ich will, dass Oleg noch länger in meinem Leben bleibt.

Als ich zur Pause von der Bühne komme, winkt Rue mich zu sich hinter die Bar. Ich habe die Frau mit dem Irokesenschnitt über eine gemeinsame Freundin kennengelernt, als die Storytellers gerade in den Kinderschuhen steckten. Sie hat uns eingeladen, hier zu spielen. Alle hatte Spaß, also hat sie uns wieder eingeladen. Bald darauf hatten wir einen monatlichen Gig, irgendwann wurde es zu einem wöchentlichen Gig. Rue's hat sich zusammen mit uns verändert – unser Publikum wurde zur ihrem Publikum und umgekehrt.

Es sind hippe, eklektische Gäste, hetero und queer, jede Menge Wohlwollen, eine Prise Drogen. Freitagabends findet eine Burleske-Show statt, die ebenfalls ein Eigenleben entwickelt hat.

Ich schlängle mich durch die Menschenmasse zu Rue, nehme auf dem Weg Begeisterungsbekundungen für den Auftritt entgegen, bis ich an der Bar ankomme und ein Stammgast von einem Barstuhl gleitet und ihn mir anbietet. „Setz dich. Ich wollte sowieso aufstehen", erklärt er mir.

Rue reicht mir eine Flasche Wasser. „Ihr geht ja heute durch die Decke."

„Ah ja?" Mir kommt es nicht so vor. Ist das nicht immer so? Dann, wenn ich mir am meisten Mühe gebe, starrt mich das Publikum nur an. Oder am schlimmsten – ignoriert mich. Aber an den Abenden, wenn ich wie auf Autopilot spiele, lieben sie uns.

„Wo ist denn dein größter Fan?" Rue hebt fragend das Kinn in Richtung von Olegs Tisch. „Dieser riesige, stumme Typ, der dich anschaut, als wollte er dich zum Abendessen verputzen?"

Ich ertappe mich dabei, wie ich zur Eingangstür schaue, als ob Oleg jeden Moment auftauchen würde. „Ich weiß nicht, wo er ist." Ich werde ihr natürlich nicht erklären, dass mein größter Fan vermutlich in der russischen Mafia ist und letzte Woche vor meiner Wohnung angeschossen wurde.

Lustig, dass nichts davon mir den Magen so sehr umdreht wie das Verlangen, ihn wiederzusehen. Es ist fast so, als ob mein Körper sich nach seiner körperlichen Gegenwart verzehrt. Ich will auf seinem Schoß sitzen. Den Schlag seiner Hand auf meinem Arsch spüren. Die Schwere und die Härte dieses großen, starken Körpers auf meinem.

Und die Tatsache, dass er nicht gekommen ist? Beweist nur, dass es ein Fehler war, mit ihm ins Bett zu gehen.

Oleg hätte diese eine verlässliche Sache in meinem Leben sein sollen. Der Kerl, der auftaucht, dass man eine Uhr danach stellen kann. Die einzige Konstante in meinem chaotischen Universum.

Aber jetzt, wo wir Sex hatten, ist das vorbei. Die Konstante wurde inkonstant.

Rue mischt Getränke, während ich stumm auf dem Barhocker sitze, die Unterhaltungen abblitzen lasse, die die Leute mit mir anfangen wollen.

Ich sitze so lange da, dass Flynn mich für die zweite Hälfte unseres Gigs holen muss – was seltsam ist, denn für gewöhnlich bin ich es, die die Jungs einsammeln muss.

Ich gehe auf die Bühne, werfe einen finsteren Blick auf die Tür und beginne mit dem zweiten Set.

∽

Oleg

Kneipenschluss. Ich kann es verdammt noch mal nicht fassen. Ich habe in den letzten neun Monaten nicht mehr als einen Samstagabend bei Rue's verpasst, und das nur, weil ich auf Sashas und Maxims Hochzeit war.

Ich sitze in meinem Auto auf dem Parkplatz und beobachte den Bühneneingang. Der Van der Band steht noch vor der Tür, ebenso Storys Smart, also weiß ich, dass sie noch im Club ist. Ich werde einfach so lange hier warten, bis sie sicher im Auto sitzt.

Ich habe den Großteil der Woche im Bett verbracht und mich erholt. Und heute Abend … habe ich verdammt noch mal einfach verschlafen. Ich hatte mich heute Nachmittag mit Kopfschmerzen hingelegt, hätte nie im Traum daran gedacht, dass ich nicht rechtzeitig wach sein würde, um pünktlich zu Storys Auftritt zu fahren. Ich hatte mir keinen Wecker gestellt, weil ich nicht gedacht hatte, dass ich ihn brauchen würde. Ich würde mir eher die Lunge punktieren, als einen ihrer Auftritte zu verpassen.

Aber als ich schweißgebadet, benebelt und mit dröhnendem Kopf wieder aufgewacht war, war es schon Mitternacht. Ich hätte mich fast überschlagen, um schnell zu duschen und hier runterzufahren. Und ich sollte eigentlich gar nicht hier sein. Ich habe keine Ahnung, wer diese Männer auf mich gehetzt hat oder wie sie mich das erste Mal gefunden haben. Ich sollte hier verschwinden, bevor ich meine *lastotschka* in Gefahr bringe. Aber es schien, als ob sie wirklich gewollt hätte, dass ich heute hier bin, und die Vorstellung, sie hängenzulassen, bringt mich um.

Ich blinzle, versuche, meine Gedanken zu ordnen.

Story kommt allein aus dem Club. Sie lässt die Schultern hängen und geht zügig auf ihr Auto zu. Das ist untypisch für sie – normalerweise ist sie umringt von Freunden und Fans. Jungs und Mädels, die mit ihr ins Bett wollen. Freunde, die sie cool finden. Andere Leute, die sie mit auf ihre eigenen Partys nehmen wollen, um Eindruck zu schinden.

Heute Abend liegt kein Lächeln auf ihrem Gesicht. Kein Menschenschwarm, der an ihren Fersen klebt.

Verdammt. Ich *habe* sie hängen lassen.

Als ob sie mich erahnen könnte, dreht sie den Kopf und schaut mich direkt durch meine Windschutzscheibe hindurch an. Ihr Blick ist vorwurfsvoll. Als ob sie sauer wäre, dass ich nicht da war. Dieser Gedanke rauscht durch mich hindurch und ich mache instinktiv den Rücken gerade, plustere die Brust auf.

Ich bin aus dem Denali gestiegen, bevor ich überhaupt nachdenke, und die Dinge gehen augenblicklich schief.

Ein Typ mit Bomberjacke und einem Bart, der dringend mal gestutzt werden müsste, tritt hinter Story aus den Schatten. „Steig in das Auto oder deine Freundin ist tot." Die russischen Worte gelten mir. Die Waffe drückt auf Storys Schädel. Ich hebe langsam die Hände hoch. Schaue mich um. Ein Auto kommt angerast, hält zwischen mir und dem *mudak* mit Story.

Ich sehe den Kerl hinterm Steuer, einen anderen auf dem Beifahrersitz. Langsam öffne ich die Hintertür. Nicht, weil ich einsteige, sondern weil ich sehen will, wie viele Kerle ich umbringen muss.

Die Rückbank ist leer. Einfach. Ich muss nur warten,

bis der Kerl mit der Waffe sich von Story entfernt. Was sie betrifft, werde ich kein Risiko eingehen.

Ich werde warten, bis wir im Auto sind, um die Typen umzubringen.

Nur dass das Arschloch zu wissen scheint, was mir wichtig ist, denn er krallt sich Storys Arm und drängt sie zum Wagen. „Einsteigen", bellt er mit dickem Akzent. Er macht keine Anstalten, ihr die Tür zu öffnen.

Story blickt mich mit Panik in den Augen an und ich versuche Ruhe zu vermitteln. Ich werde nicht zulassen, dass die Typen sie entführen. Nie im Leben. Ich würde mich ohne mit der Wimper zu zucken opfern, bevor ich sie auch nur ein Haar an Storys Kopf krümmen lasse.

Natürlich haben sie genau darauf gesetzt. Ich bin mir sicher, ihr Plan ist es, Story zu foltern und mich zum Singen zu bringen. Die Identität jedes Klienten zu verraten, an dem Skal'pel' herumgeschnippelt hat.

Fuck! Wie konnte ich sie nur in diese Scheiße mit hineinziehen?

Story zieht am Türgriff. Meine Hand liegt auf meiner Waffe, versteckt hinter meinem Rücken. Unsere Blicke treffen sich über die leere Rückbank hinweg.

Ich brauche nur einen passenden Moment.

Eine Ablenkung. Die Waffe, die nicht mehr auf Story gerichtet ist.

Meine wunderschöne, mutige Schwalbe liest meine Gedanken. Sie rammt ihren Gitarrenkoffer in den Magen ihres Kidnappers. Ich schieße quer über die Rückbank auf das Arschloch, dann den Typ auf dem Beifahrersitz.

In der nächsten Sekunde habe ich den Hals des Fahrers in der Hand. Ich breche ihm das Genick.

Dann schlage ich die Hintertür zu, wische meine Fingerabdrücke vom Griff. Renne um den Wagen herum und schiebe die Leiche von Storys Angreifer auf die Rück-

bank, schlage die Tür zu und wische auch dort die Fingerabdrücke vom Griff.

Story ist zurückgewichen, der Schock steht noch
immer auf ihr Gesicht geschrieben. Ihre Augen sind
zweimal so groß wie gewöhnlich.

Fuck!

Ich zeige auf meinen Denali, bete, dass sie nicht vor
mir davonrennen wird, aber zu meiner Erleichterung läuft
sie zum Denali und steigt ein. Sie vertraut mir noch immer.
Trotz allem, was sie gerade gesehen hat.

Ich lasse das Fenster der Fahrertür hinunter, lege den
ersten Gang ein und drücke den Fuß des Fahrers auf das
Gaspedal. Dann lenke ich durch das Fenster hindurch, um
das Auto vom Parkplatz zu rollen. Als ich die Gasse hinter
dem Club erreiche, lenke ich den Wagen die Straße hinunter, jogge noch einen halben Block neben dem Auto her,
bis ich mir sicher bin, dass es direkt bis zur nächsten
größeren Straße rollen wird.

Ich fahre herum und blicke direkt in zwei grelle
Scheinwerfer, aber es ist mein Denali und Story sitzt am
Steuer.

Das ist mein Mädchen.

Ich laufe zum Wagen, reiße die Fahrertür auf und
Story klettert auf den Beifahrersitz, behände wie immer.

Nie in meinem Leben habe ich dringender sprechen
wollen. Ich strecke den Arm aus und nehme Storys Hand,
trete im selben Moment aufs Gaspedal, um hier nichts wie
zu verschwinden, fahre rückwärts und ohne Licht die
Gasse hinunter, bis wir aus der Umgebung verschwunden
sind.

Die Tatsache, dass sie kein Wort sagt, macht mir eine
Heidenangst. Ich bin mir sicher, sie steht unter Schock. Ich
kann gar nicht beschreiben, wie dankbar ich bin, dass sie
aus freien Stücken in meinen Denali gestiegen ist.

Denn wenn sie das nicht getan hätte, hätte ich sie dazu zwingen müssen. Story ist hier nicht mehr länger in Sicherheit. So viel ist klar. Denn ich weiß nicht, ob ich heute Abend die wirkliche Bedrohung eliminiert habe oder nur eine weitere Gang von Söldnern.

Story hat die Augen aufgerissen und ihr Atem geht hektisch, aber sie wendet den Kopf, schaut über ihre Schulter zurück. Sie hat nicht vollkommen dichtgemacht.

Ich will ihr sagen, dass alles okay ist.

Ich werde nicht zulassen, dass ihr irgendjemand wehtut.

Dass sie für eine Weile mit zu mir kommen muss, um unterzutauchen.

Ich will ihr sagen, dass es mir leidtut. So verdammt leid. Nichts übertrifft meine Verzweiflung darüber, sie dieser Gefahr ausgesetzt zu haben. Ich habe sie zu einer Zielscheibe gemacht. Das ist unverzeihlich.

„Wo fahren wir hin?", fragt sie auf einmal.

Ich antworte mit einem hoffentlich beschwichtigenden Händedruck. Ihr Handy klingelt, aber sie geht nicht ran.

Ich fahre direkt zu meiner Wohnung in Ravils Gebäude – das die Nachbarn „den Kreml" getauft haben, weil das komplette Gebäude von Russen bewohnt wird. Als ich parke und den Motor ausschalte, dreht sich Story zu mir um. Ihr Gesicht ist blass und todernst.

„Erklärst du mir, was los ist?"

Fuck.

Ich steige aus, gehe um den Wagen herum, um die Beifahrertür zu öffnen, aber sie ist schon herausgesprungen, den Gurt ihrer Gitarre über die Schulter geworfen.

Ich nehme ihr Gesicht in beide Hände, streichle mit meinen Daumen über ihre Wangen.

Sie nickt. „Ich bin okay."

Fuck. Ihr Gedankenlesen macht sie nur noch zwanzig-tausend Mal anziehender.

Ich atme tief ein und nicke zurück. Ich nehme ihre Hand und führe sie zu der Reihe von Fahrstühlen, ziehe meine Schlüsselkarte durch den Kartenleser, damit ich bis ins oberste Stockwerk fahren kann. Das Penthouse, das Ravil mit seiner Zelle teilt.

Seit er im November einen kleinen Jungen bekommen hat, warte ich nur darauf, dass Ravil uns alle rausschmeißt – uns in eine andere Etage verfrachtet, damit er das Pent-house für seine neue Familie nutzen kann. Aber anschei-nend macht es Lucy, seiner neuen Frau, nichts aus.

Die beiden anderen Frischvermählten – Maxim und Sasha – scheinen auch nichts gegen eine Wohngemein-schaft zu haben. Was, ehrlich gesagt, umso besser für mich ist. Es ist schwieriger, in kleinen Gruppen zu verschwinden, und verschwinden ist definitiv mein Spezialgebiet.

Meine Suite hat vom Flur mit den Aufzügen aus seine eigene Eingangstür, was jetzt gerade praktisch ist, denn es ist bereits spät. Und selbst, wenn es das nicht wäre, würde ich Story nicht dem Chaos dieser Riesen-WG aussetzen wollen.

Ich glaube, der eigene Eingang soll eine Entschädigung dafür sein, dass ich keinen Seeblick habe, auch wenn mir das herzlich egal ist. Meine bodentiefen Fenster gehen zur Stadt hinaus.

Ich ziehe meine Schlüsselkarte durch den Leser an der Tür und drücke die Tür auf. Die Jalousien sind zugezogen und meine Suite liegt im Dunkeln.

Story tritt ein und ich schalte eine Lampe an, damit sie etwas sehen kann. Alles im Penthouse ist teuer und geschmackvoll eingerichtet, aber der Dekorateur, den Ravil beauftragt hat, hatte wohl die Ansage erhalten, dass ich kein Interesse an ausgefallenen Dingen habe, also ist meine

Suite größtenteils leer. Es gibt ein niedriges, minimalistisches Plattformbett und einen Sessel mit viel zu dicken Polstern. Die Nachttische und die Kommode sind aus Fünfzigerjahre-Teakholz gefertigt. Vor dem Fenster steht ein kleiner Tisch mit zwei Stühlen. Vermutlich sind alle Möbel irre teuer – ich habe keine Ahnung von so was. Es ist mir egal. Es ist ein Platz zum Schlafen – das ist alles, was mir wichtig ist.

„Ist das deine Wohnung?" Sie schaut zu mir auf.

Ich nicke.

Sie scheint immer noch mitgenommen und angespannt zu sein. Ich ertrage es nicht. Ich würde verflucht noch mal alles tun, um auszulöschen, was gerade dort passiert ist. Was sie mich hat tun sehen.

Fuck!

Sie stellt ihren Gitarrenkoffer ab und zieht ihren bordeauxfarbenen Mantel aus, hängt ihn über den Hals des Koffers. „Wo ist die Küche?"

Ich ziehe die Augenbraue hoch und mime essen.

„Nein, ich habe keinen Hunger. Es ist nur seltsam, dass du keine Küche hast."

Ich nicke. Ich weiß nicht, wo ich überhaupt anfangen soll, um ihr zu erklären, dass ich mit siebeneinhalb anderen Leuten zusammen wohne – sechs Russen, einer Amerikanerin und einem Baby namens Benjamin.

Sie streift ihre Springerstiefel ab und geht ins Badezimmer. Sie trägt einen Mikro-Minirock aus Kord, der an den Rändern schon etwas ausgefranst ist, darunter ein Paar blasspinke Strumpfhosen. Obenrum ein hautenges T-Shirt mit einem Regenbogen quer über der Brust und abgeschnittenen Ärmeln. Ich glaube fast, es hat einem Kind gehört, bevor es in Storys Besitz übergegangen ist.

„Wow. Das ist ja … wunderschön." Sie hat die Badezimmertür geöffnet und betrachtet die riesige Dusche. Sie dreht das Wasser an und blickt mich über ihre Schulter an. „Sieht aus, als wäre genug Platz für zwei."

Es klingt nicht flirtend, sie klingt beinah … verletzlich.

Sie braucht mich. Es ist mein Job, mich um sie zu kümmern. Ich folge ihr ins Bad, ziehe mich im Gehen aus. Sie lässt ihren Rock zu Boden fallen und windet sich aus der Strumpfhose. Ich ziehe ihr das T-Shirt über den Kopf und öffne ihren BH. Ich verspüre nicht das offensive Drängen wie beim letzten Mal. Den wilden Sturm der Lust, der mich rau und heftig mit ihr sein ließ. Dieses Mal ist das Bedürfnis, mich um sie zu kümmern, zu stark.

Sie hat gerade gesehen, wie ich drei Männer umgebracht habe. Sie hat es gesehen, und trotzdem ist sie noch hier bei mir. Sie hat nicht protestiert, als ich sie hierhergebracht habe, und sie hat auch noch nicht versucht, abzuhauen.

Sie hat mich gebeten, mit ihr unter die Dusche zu kommen.

Aber sie ist nicht okay. Das spüre ich im tiefsten Inneren, und mein Bedürfnis, sie zu beruhigen, geht vor.

Ich weiß, dass ich recht habe, als sie sich einfach umdreht und in die Dusche steigt. Als ob sie die Ereignisse der Nacht abwaschen wollte. Ich ziehe mich fertig aus und steige nach ihr in die Dusche, schließe die Tür der Kabine.

Ich lasse ihr Raum, aber sie kommt auf mich zu, ihre Finger streifen über meine haarige Brust.

„Warum warst du heute Abend nicht da?", fragt sie.

Ich zucke zusammen, die Frage trifft mich wie ein Schlag in die Magengrube. Ich hatte versucht, mir einzureden, dass es Story nicht viel ausmachen würde. Dass meine Abwesenheit sie nicht verletzten würde, aber das hat sie eindeutig getan. Ich gleite mit meinen Fingerspitzen über ihre Wange, fahre den Wassertropfen über ihre Nase hinterher, dann über ihre Lippen.

„War es wegen dieser Typen?"

Fuck. Ich will ihr nicht sagen müssen, dass ich verschlafen habe. Und natürlich habe ich ohnehin keine Worte, selbst wenn ich es erzählen wollte. Ich trete näher auf sie zu, führe sie langsam rückwärts, bis ihr Rücken an die Wand aus weichem Quarz stößt. Meine Hände gleiten sanft über ihre Unterarme. Eine Hand lege ich auf ihre Taille, die andere hinter ihren Nacken. Ich lege meine Stirn auf ihre.

„Es tut dir leid", murmelt sie, vollführt wieder diesen Trick mit dem Gedankenlesen.

Ich nicke.

Als sie zu mir aufschaut, stehen Tränen in ihren Augen. „Ich habe Angst, Oleg." Sie atmet schluchzend ein. „Ich weiß nicht, was los ist, und du kannst es mir nicht erklären."

Ich lege meine Arme um sie und sie presst ihre Wange an meine Brust, weint. Ich halte sie fest, bis ihre Tränen versiegen. Es dauert nicht lange. Sie schnieft und schiebt mich sanft fort. Ich nehme das Seifenstück in die Hand und schäume es auf, dann beginne ich, einen ihrer Arme bis zu ihren Fingern hinunter einzuseifen, massiere jede einzelne ihrer rauen Fingerspitzen. Ich drehe sie herum und wasche ihren Rücken, massiere ihren Nacken, fahre mit den Händen ihre Seiten hinunter, kralle meine Finger besitzergreifend in ihren Arsch.

Sie seufzt leise auf. „Ja."

Ich seife ihre andere Schulter und den Arm ein, dann ihre Brüste, presse meinen Oberschenkel zwischen ihre Beine und drücke sie an die Wand der Dusche. Mit meiner Hand in ihren nassen Haaren ziehe ich ihren Kopf in den Nacken. Sie öffnet ihren Mund. Unsere Lippen verbinden sich zu einem glühenden Kuss, dann lösen sie sich wieder voneinander.

„Ich nehme die Pille", murmelt sie.

Ich schaue in ihr Gesicht, will sicher sein, dass ich sie richtig verstehe.

„Bist du sauber?"

Ich nicke. Ich bin definitiv sauber. Ich hatte nur zweimal Sex, seit ich aus dem Gefängnis entlassen wurde, und habe beide Male ein Kondom benutzt.

„Ich auch." Ihre Finger strecken sich nach meinem Schwanz aus.

Das hatte ich eigentlich gar nicht vorgehabt, es sei denn, ich wäre mir sicher gewesen, dass sie es braucht, und anscheinend tut sie das.

Mit einem einzigen, schnellen Stoß versenke ich meine Erektion in ihr. Ohne Kondom in ihr zu sein ist ein ganz anderes, unfassbares Level. Aber es geht nicht um mich. Das hier ist für sie. Ich muss meiner *lastotschka* geben, was sie braucht.

Sie keucht, hebt ein Bein an, um es um meine Taille zu schlingen, hält sich an meinen Schultern fest, um die Balance zu halten. Ich fülle sie aus, pumpe in sie hinein und hinaus, berühre ihre Haut unter meinen Fingern, als würde ich sie anbeten.

Ihr Atem ist heiser. Ihre Augen starren in mein Gesicht, intensivieren den Augenblick. Sie sucht nach etwas. Einer Verbindung? Wahrheit? Vertrauen?

Ich wünschte, ich wüsste, wie ich ihr das alles geben könnte. Ich weiß nur, dass sich unsere Körper zusammen unglaublich richtig anfühlen. Unsere Haut, nass und glitschig. Die Gemeinschaft dieses Akts, das Zusammenkommen für eine gemeinsame Erlösung. Ich weiß, dass ich es ebenso sehr brauche wie sie, auch wenn ich bereit wäre, mir diese Lust zu verwehren, wenn ich dadurch ungeschehen machen könnte, was heute Nacht passiert ist.

Ich knete ihren Arsch mit meinen Fingern, massiere

ihn, streichle sie zwischen ihren Arschbacken. Drücke mit einem Finger gegen ihren Anus.

Sie reißt überrascht die Augen auf und ihre Hüften wiegen sich hektischer, nehmen mich tiefer, gleichen sich meinen Stößen an.

Gefällt dir das? Soll ich dir meinen Finger in den Arsch stecken, während ich dich kommen lasse?

Das würde ich sagen, wenn ich meinem Mädchen schmutzige Dinge sagen könnte.

Ich beuge den Kopf und meine Lippen verschmelzen mit ihren, trinken ihr Stöhnen, während ich meine Fingerspitze in ihren Anus hineinpresse. Als sie den Kopf in den Nacken biegt, küsse ich ihren Hals und pumpe sacht mit meinem Finger hinein und hinaus, nur bis zum ersten Knöchel, während ich ihre Hüften festhalte und in sie hineinstoße.

Sie zersplittert – wirft sich zügellos in meine Arme, ihre beiden Beine eng um meine Taille geklammert, während sie kommt. Ihre Fingernägel krallen sich in meinen Rücken und ihre sich zusammenziehenden Muskeln bringen mich zu meinem eigenen Höhepunkt. Ich bleibe tief in ihr vergraben, reibe aber ihren Kitzler über meine Lenden, meine Erektion pumpt mit jedem kleinen Stoß. Ich komme in ihr und sie drückt meinen Schwanz noch mehr, pumpt meinen Samen aus mir heraus. Ich liebe es so verflucht sehr, dass ich alles spüren kann. Dass ich in ihr bin, ohne irgendeine Barriere zwischen uns.

„Oleg." Sie klingt gebrochen.

Ich stelle sie nicht auf die Füße. Ich will sie nie wieder loslassen. Vorsichtig ziehe ich meinen Finger aus ihrem Arsch und wasche uns beide unter dem warmen Wasser ab, dann trage ich sie aus der Dusche, noch immer um meine Taille geschlungen. Ich schnappe mir ein Handtuch und schlinge es fest um ihren Rücken und ihren Arsch, benutze es, um sie fest an meinen Körper zu ziehen. Vorsichtig, als ob sie aus Glas wäre, setze ich ihren Hintern auf der Anrichte im Bad ab, das Handtuch weich unter ihre Backen geklemmt, und benutze die Enden, um ihr Gesicht trocken zu tupfen. Das Make-up um ihre Augen ist verwischt, aber ich weiß nicht, was ich damit machen soll. Das werden wir morgen früh herausfinden.

Ich fahre mit dem Rand des Handtuchs zwischen ihren Brüsten entlang, hinunter zu ihrem Bauch, wickle beide Enden um ihre Oberschenkel, um sie abzutrocknen, dann hebe ich sie wieder in meine Arme, wickle das Handtuch um ihren Rücken und trage sie in mein Bett.

Die ganze Zeit über sagt Story kein Wort, beobachtet mich nur mit ihren großen braunen Augen. Behutsam lege ich sie ab, schalte das Licht aus, bevor ich mich neben sie lege. Das chaotische Wummern in meiner Brust beruhigt sich, als sie sich augenblicklich zusammenrollt und an mich drückt, ihren Körper an meine Seite schmiegt, ihren nassen Kopf auf meiner Schulter ablegt.

„Du bist ganz warm", murmelt sie.

Sie hat recht, ich verbrenne regelrecht. Aber mir ist alles egal, außer Story im Arm zu halten.

SECHSTES KAPITEL

Story

ALS ICH AUFWACHE, weiß ich für einen Augenblick nicht, wo ich bin. Die weichen Laken, das warme Bett. Das behagliche Empfinden. Ein Gefühl von Sicherheit und der Anwesenheit eines anderen Menschen, aber ich erinnere mich nicht ganz …

Ich öffne die Augen und alles kommt zurück.

Oleg.

Es ist erstaunlich, wie beruhigend seine Anwesenheit auf mich wirkt. Sie erdet mich. Wenn ich mit ihm zusammen bin, scheint sich das Chaos in meinem Kopf zu beruhigen.

Oleg ist schon aufgestanden und sitzt angezogen an dem Tisch neben dem Fenster. Eine Tüte mit Bagels aus einem Laden in der Nähe steht auf dem Tisch, ebenso ein Becher Kaffee. Der Geruch allein reicht aus, um mich aus dem Bett zu scheuchen.

Ich will nicht an gestern Abend denken.

Die Waffe an meinem Schädel.

Die drei Männer, die Oleg umgebracht hat. Den Ärger, in dem er stecken muss. Ich weiß, ich muss Antworten verlangen – wir werden schon einen Weg finden, miteinander zu kommunizieren –, aber etwas in mir ist sich nicht sicher, ob ich überhaupt wissen will, in was für Ärger er steckt.

Ich war gestern Abend Zeugin eines Mords.

Ich will nicht einmal an all die schrecklichen Dinge denken, die das bedeuten könnte. Im Augenblick, ohne Olegs Geschichte zu kennen, kann ich nur meine eigenen Legenden dazu erspinnen. Er ist der Unschuldige, der gejagt wird. Er hat das getan, um mich zu beschützen, die Frau, die er liebt, weil ich in diese Sache hineingeraten bin.

Das ist die schöne Art und Weise, wie ich mir die Ereignisse zurechtdrehe.

Das ist es, was ich schon immer getan habe. Ich lebe in einer Welt zwischen Fantasie und Realität. Mein Leben war noch nie strukturiert oder geordnet. Ich hatte das absolute Gegenteil von dem, was man als ein „stabiles Elternhaus" beschreiben könnte. Es gab Liebe – so viel Liebe –, aber es war nie stabil.

Aber was, wenn es hässlicher ist als das? Was, wenn Oleg in dieser Geschichte der Böse ist?

Nein.

Das ist er nicht. Das weiß ich im tiefsten Inneren meiner Seele. Nicht der Mann, der mich berührt, als ob ich das Kostbarste im ganzen Universum wäre. Der mich anschaut, als ob ich der einzige andere Mensch auf der Welt wäre. Er kann einfach nicht böse sein.

Genauso, wie meine Mutter kein schlechter Mensch ist, nur weil sie Nervenzusammenbrüche, ständig wechselnde Freunde und üble Trennungen hatte. Und auch mein Vater ist kein schlechter Mensch, obwohl er zu viel trinkt, mit jedem Groupie schläft, das ihm über den Weg läuft, und seine eigenen Kinder immer hinten angestellt hat.

Ich habe mein ganzes Leben in totalem Chaos verbracht. Ich glaube, deshalb ziehe ich es vor, allein zu leben. Weil meine Gedanken chaotisch und durcheinander sind und für gewöhnlich, sobald ich jemand anderen mit in mein Leben hole, verliere ich mich einfach vollkommen. Nur dass das bei Oleg nicht zu passieren scheint. Vielleicht, weil er nicht spricht. Ich will das nicht als einen Vorteil bewerten, aber nicht nur, dass er nichts zu dem Lärm in mir hinzufügt, *er absorbiert ihn sogar.*

Jetzt, da ich es identifiziert habe, bin ich mir sicher, dass es genau das war, was es so herrlich für mich gemacht hat, ihn bei meinen Konzerten zu haben. Irgendwie hat er mir inmitten all des Chaos Raum geschaffen.

„Guten Morgen, Sonnenschein." Ich küsse ihn auf die Stirn.

Olegs dunkler Blick streift über meinen nackten Körper und verschleiert sich.

Meine Nippel stellen sich bei dieser Anerkennung auf.

Ich provoziere ihn absichtlich, tänzle aus seiner Reichweite auf die Vorhänge zu, neugierig, was sich dahinter befindet. Ich reiße sie auf und schnappe nach Luft. „Wow."

Eine Wand aus riesigen, bodentiefen Fenstern, die einen Blick über die ganze Stadt freigeben. „Das ist ja unglaublich, Oleg." Ich werfe einen weiteren Blick auf seine Wohnung, die jetzt vom Tageslicht erhellt wird, bewundere, was ich gestern Abend in meinem Schock nicht wahrgenommen habe. Die Wohnung ist umwerfend. Und teuer. Seltsam, weil es nur ein Studio ohne Küche ist – nicht einmal ein Mini-Kühlschrank, es sei denn, ich habe etwas übersehen –, aber absolut nobel. Wir befinden uns in einer Art kleinem Penthouse im obersten Stockwerk eines

Gebäudes, das sich in unmittelbarer Nähe zum Lake Michigan befinden muss. Ich wette, andere Wohnungen im Haus haben einen Seeblick.

„Können die Leute hier reinschauen?", frage ich, bemerke plötzlich, dass ich ihnen eine ziemliche Show bieten würde.

Oleg macht mit seinen Lippen ein Plopp-Geräusch. Ich drehe mich um und erblicke ein T-Shirt, das auf mich zugeflogen kommt.

„Danke." Ich fange es auf und schüttle es aus. Es ist eins von Olegs T-Shirts – weiche Baumwolle, jägergrün. Es ist riesig. Ich ziehe es mir über den Kopf und es fällt fast bis zu meinen Knien.

„Ist das hier ein Hotel?"

Oleg schüttelt den Kopf.

„Ist das deine Wohnung?"

Ein Nicken.

„Ich liebe es." Ich sause an ihm vorbei und springe aufs Bett, was leider nicht federt. „Nur, dass dein Bett keine Federn hat." Ich nehme ein Kissen und werfe es nach ihm. „Du brauchst ein Bett mit Federn, damit ich darauf herumhüpfen kann."

Er fängt das Kissen auf. Seine Mundwinkel verziehen sich in ein kaum merkliches Lächeln. Mir wird klar, dass ich den Mann noch nie – nicht ein einziges Mal – habe lächeln sehen. Sein Gesicht ist für gewöhnlich so nichtssagend wie seine Stimme, was es doppelt so schwer macht, ihn zu lesen.

Ich habe mich bisher immer an seinem intensiven Starren orientiert – alles dort hineingelesen. Oder vielleicht auch nur in seine robuste Gegenwart.

Ich springe vom Bett und gehe zu ihm, als ob ich wie von einem Magneten angezogen werde. Jetzt, wo er mich berührt hat, kann ich nicht genug davon bekommen. Ich brauche mehr von diesem riesigen Bär von Mann, der mich immerzu beobachtet. Ich drücke ihn in den Stuhl und steige auf seinen Schoß, passe auf, seine Wunde nicht zu berühren. Ich schätze, ich sehne mich nach seiner Berührung, weil er mir keine Worte geben kann. Das ist nicht einmal sexuell – obwohl, *mein Gott – gestern Abend!* Aber im Augenblick würde ich jeden Kontakt nehmen, den ich kriegen kann.

Oleg zieht mich zu sich, legt seine Arme um meine Hüften und drückt mich an sich. Ich lehne meinen Kopf gegen seine Riesenschulter und er schüttelt die Tüte mit den Bagels auf und hält sie mir unter die Nase.

Ich stecke meine Hand in die Tüte und fische nach einem Zimt-Rosinen-Bagel. Oleg öffnet die Packung Frischkäse und reicht mir ein Plastikmesser.

„Mmh, lecker." Ich greife nach dem Kaffee, öffne ein winziges Becherchen Kaffeesahne und schütte es in den Becher. „Die sind immer viel zu klein, findest du nicht auch?"

Natürlich reagiert er nicht auf meine Worte. Das habe ich auch nicht erwartet. Kein Problem, ich kann auch für zwei reden.

„Ich brauche immer mindestens fünf oder so für einen Kaffee." Ich öffne die drei weiteren Becherchen, die noch auf dem Tisch liegen, und kippe sie in meinen Kaffee, dann probiere ich einen Schluck. Immer noch zu schwarz.

Oleg runzelt die Augenbrauen, als ob er besorgt wäre.

Ich zucke mit den Schultern. „Ich werde es überleben. Ich bin vor allem dankbar für den Kaffee. Trinkst du keinen Kaffee? Wann hast du überhaupt die Bagels besorgt?" Ich richte mich auf seinem Schoß auf und verstreiche den Frischkäse. Ich drehe mich zu ihm um, ziehe fragend eine Augenbraue hoch. Ich schwöre zu Gott, er muss anfangen, wenigstens zu *versuchen* zu kommunizieren. Ich meine, er könnte Handzeichen machen. Er könnte Dinge aufmalen, wie er es in meiner Wohnung gemacht hat, als er mir mitgeteilt hat, dass ich den Van umparken muss.

Es ist ein Problem für mich. Oleg ist nicht nur stumm. Es ist fast so, als ob er auch alle anderen Kommunikationsarten aufgegeben hätte.

Vielleicht hat nie jemand versucht, mit ihm zu kommunizieren. Er wurde abgeschrieben. Oder er hat sich selbst abgeschrieben. Diese Vorstellung schickt einen spitzen Schmerz direkt in mein Herz, denn es klingt plausibel, aber ich stähle mich gegen den Schmerz.

Ich weiß, dass ich vermutlich verrückt bin. Es hätte eine Alarmglocke sein sollen, als er vor meiner Wohnung angeschossen wurde oder als ich dabei zugesehen habe, wie er innerhalb von fünfzehn Sekunden gekonnt drei Männer umgebracht hat. Aber das war es für mich nicht. Ich weiß auch nicht, ich habe in meinem kurzen Leben einfach schon zu viele verrückte Dinge erlebt. Ich habe den Tod erlebt. Keinen Mord, aber eine Drogenüberdosis auf eine Party und einen Autounfall. Oh, und zwei meiner Freunde haben Selbstmord begangen, als ich in der Highschool war. Meine Toleranz für Trauma ist robust.

Für mich ist die Alarmglocken diese Seite von Oleg. Die versteinerte Miene eines Mannes, der nicht auf meine Fragen reagiert. Ich will den Kerl sehen, der seine Gedanken spürbar und hörbar macht, durch seine Berührungen, durch seine Energie. Den Kerl, den ich in meiner Wohnung kennengelernt habe, bevor seine Freunde aufgetaucht sind.

Ich weiß nicht, was mit ihm los ist. Ich weiß nicht, wer diese Typen waren oder was sie von ihm wollten. Ich weiß nicht, worüber Oleg überhaupt nachdenkt und was er vorhat. Aber ich weiß ganz sicher, dass Oleg einen Weg finden muss, mir die Dinge zu erklären.

Ich wünschte, ich hätte ein Smartphone. Vermutlich könnten wir eine App finden, die für uns übersetzt, aber ich habe nur ein Klapphandy. Ich bin dickköpfig, was ein Upgrade angeht – zum einen, weil es mir gefällt, wie schockiert die Leute sind, dass ich noch immer diese uralte Handy-Technologie benutze, zum anderen, weil das Ausgaben sind, die ich nicht tätigen will. Mein Geld fließt direkt in die Band. Und bisher habe ich noch nie ein hochwertigeres Handy gebraucht.

Ich beende mein Bagel- und Kaffeefrühstück. „Ich habe dich gestern Abend vermisst. Bei meinem Konzert." Ich sage das nicht, um ihm ein schlechtes Gewissen zu machen. Sondern weil ich will, dass er es weiß. Dass er mir wichtig ist. Wir mögen in all den Monaten kaum gesprochen haben, aber ich kann seine Beteiligung und seine Vitalität so instinktiv spüren wie die Saiten unter meinen Fingern oder das Mikro in meiner Hand.

Sein Blick ist voller Bedauern.

„Wo warst du?"

Sein Ausdruck verschließt sich. Wird leer. Es ist sein Keine-Antwort-Gesicht. Frustration steigt in mir auf. Ich lege die Gitarre zurück in den Koffer.

„Warst du untergetaucht?"

Keine Antwort.

„Warum waren diese Kerle hinter dir her?"

Natürlich kann er das nicht beantworten, aber er ist wie versteinert und das macht mich absolut wahnsinnig. Ich lasse die Schlösser an meinem Gitarrenkoffer zuschnappen und rutsche von seinem Schoß. „Hör zu, du kannst das nicht mit mir machen. Ich weiß, dass du nicht sprechen kannst, aber es gibt so viele andere Möglichkeiten, um zu kommunizieren, und du versuchst es nicht einmal."

Er starrt mich mit großen Augen an. Wenigstens habe ich es geschafft, seinen Gesichtsausdruck zu verändern.

Ich warte ab, aber er regt sich noch immer nicht. Keine Geste. Kein Versuch.

„Na schön. Für sowas muss ich nicht hier bleiben", sage ich, auch wenn es sich vollkommen falsch anfühlt, abzuhauen.

Und ich bin ein notorischer Abhauer.

Aber das musste irgendwann passieren. Ich wusste es in dem Augenblick, als es angefangen hat. Alle meine Beziehungen verpuffen irgendwann. Diese hier ist nur eher explodiert als verpufft. Es tut mir definitiv leid, dass die Dinge so gelaufen sind, aber ich muss den Schaden begrenzen und verschwinden.

Oleg greift nach meinem Arm. Seine Hand ist sanft, aber er hält mich eindeutig fest. Ich blicke ihn an. Er schüttelt den Kopf.

„Was, nein? Du musst mir mehr verraten."

Er deutet auf die Tür und schüttelt den Kopf. Okay, er versucht es wenigstens, aber das macht mich nur noch wütender. Er kann mir nicht einfach sagen, dass ich nicht gehen darf, und sich ansonsten weigern, mit mir zu kommunizieren. Ich schüttle seine Hand ab. Gehe ins Bad und benutze die Toilette und sein Mundwasser. Ich finde meine Anziehsachen und ziehe meinen Slip an, die Strumpfhose und den Rock, der unter Olegs langem T-Shirt kaum noch hervorschaut.

Oleg steht in der Mitte seiner wunderschönen Wohnung. Er beobachtet mich, Unbehagen in seinen Zügen.

„Man sieht sich." Ich stelle mich auf die Zehenspitzen und gebe ihm einen Kuss auf die Wange. Ein Muskel in seinem Kiefer spannt sich an. Ich weiß, dass er den Kopf schüttelt, aber ich ignoriere es und gehe an ihm vorbei zur Tür, wo ich meine Füße in die Stiefel stopfe und mir meine Jacke und meine Gitarre schnappe.

Ich spüre, wie Oleg hinter mir auf mich zukommt, aber ich reagiere nicht auf ihn. Nicht, bis seine riesige, muskulöse Hand gegen die Tür drückt und mich am Gehen hindert.

„Im Ernst?" Meine Stimme wird tief vor Fassungslosigkeit. „Du hältst mich auf?" Ich bin daran gewöhnt, dass Oleg ein Gentleman ist. Mich gefangen zu halten kommt mir untypisch vor.

Seine Hand rührt sich nicht von der Stelle.

Ich wirble zu ihm herum, das Kinn herausfordernd in die Höhe gestreckt. Ich kann Bedauern in seinem Blick erkennen. Seine Brauen sind herabgezogen, seine Augen aufgewühlt. Er schüttelt den Kopf.

Mir wird plötzlich klar, dass die Geschichte in meinem Kopf womöglich eine ganz andere ist als bei ihm. Hält er mich auf, weil er versucht, mich zu beschützen, oder hält er mich gefangen? Ein ernüchternder Gedanke steigt in mir auf. Hat er Angst, ich würde ihm die Polizei auf den Hals hetzen?

„Ich werde niemandem von gestern Abend erzählen. Das weißt du, oder?"

Ohne zu zögern, nickt er.

Okay, er vertraut mir.

„Alles klar. Gut. Ich muss jetzt wirklich nach Hause."

Er nimmt seine Hand noch immer nicht von der Tür.

„Oleg." Ich versuche, seinen Oberkörper fortzuschieben, was mich keinen Millimeter weiterbringt. „Ich bleibe nicht hier, damit du weiter mauern kannst."

Seine Augen werden weit vor Überraschung. Er nimmt die Hand von der Tür und ich nutze den

Moment und greife nach der Klinke, um die Tür aufzureißen.

Sie knallt vor meinem Gesicht wieder zu. Oleg verpasst meinem Arsch einen einzelnen Klaps, als ob ich ein unartiges Kind wäre. Es brennt und prickelt, lässt Wärme in meinem Inneren erblühen.

„Dein Ernst? Jetzt willst du mir noch den Hintern versohlen?" Jetzt bin ich verärgert *und* heiß. Mein Slip ist schon feucht. Ich werfe einen herausfordernden Blick über die Schulter. „Tja, das solltest du dann besser auch zu Ende bringen oder ich werde richtig sauer."

Er reißt die Augenbrauen in die Höhe. Er bewegt sich langsam, als ob er sich vergewissern wollte, dass er mich auch richtig verstanden hat, greift sich mit einer Hand meine beiden Handgelenke und drückt sie über meinem Kopf gegen die Tür. Als ich nicht protestiere, haut er mit seiner anderen Hand auf meinen Arsch, diesmal fester, dann drückt er die geschlagene Backe energisch zusammen.

Ich stoße einen bebenden Atemzug aus, meine Pussy zieht sich zusammen. Er schiebt meine Füße auseinander. Ich biege den Rücken durch und zeige ihm, dass ich es wirklich will. Er zieht mir das T-Shirt über den Kopf und legt meine Hände flach auf die Tür. Er lässt meine Hände unbeaufsichtigt und schlingt seinen Unterarm um meine Taille, reißt mit der anderen meinen Slip meine Beine hinunter. Dann setzt er mit schnellen, harten Schlägen meinen Arsch in Brand. Wie immer, wenn Oleg entscheidet, loszulegen, hält er sich nicht zurück.

Ich keuche und ziehe meine Arschbacken zusammen. Es ist zu viel, aber es fühlt sich auch so gut an, ist so aufregend für mich, dass ich mir auf die Unterlippe beiße, um nicht zu protestieren.

Ich winde mich unter dem Ansturm der Hiebe. Ich

befinde mich genau auf der Grenze zwischen Schmerzen und Lust. Ich hasse und liebe es gleichzeitig. Aber als er seine Finger zwischen meine Beine schiebt und sie über meine Pussy legt, während er mir weiter den Arsch versohlt, kippe ich *sowas* von auf die Seite der Lust. Wahnsinnige, erotische Lust.

„Ja", flüster-stöhne ich, als seine Finger sich zwischen meinen Beinen zu bewegen beginnen. Ich biege den Rücken durch, strecke den Arsch heraus und reibe mich an seiner Handfläche. Es ist unglaublich.

Die beste Sache jemals.

„Au. Oh … Oleg", keuche ich.

So unerwartet. Ich hatte keine Ahnung, dass mir so etwas gefallen würde.

Einer seiner Finger gleitet in mich hinein, während ich weiterhin auf seiner Hand reite. Ich tanze unter den brennenden Schlägen, die er austeilt, winde mich, bäume mich auf. Meine Wange presst sich gegen die Tür. Ich erkenne diese keuchende, geile Frau gar nicht wieder, deren triefend feuchte Erregung Olegs Finger benetzt, während er mir heftig den Arsch versohlt bis ich –

Komme.

Oh Gott, und wie ich komme. Heiße, schnelle Explosionen der Lust gehen in meinem Inneren los wie Popcorn. Ich sehe nur noch Sterne.

Ich greife mit meiner Hand nach hinten, um meinen Arsch vor weiteren Schlägen abzuschirmen, und Oleg hält sie mir augenblicklich auf den Rücken, als ob ich seine Gefangene wäre, massiert mein brennendes Fleisch mit festem Druck. Seine andere Hand macht sich noch immer zwischen meinen Beinen zu schaffen, seine Finger pumpen langsam in mich hinein und hinaus, während ich mich an seiner Hand reibe.

~

Oleg

Ich LASSE meinen Finger aus Story herausgleiten. Meine Lippen finden ihren Kiefer, wandern hinauf zu ihrem Ohr, hinterlassen eine Spur aus heißen Küssen auf ihrer weichen Haut. Ich atme ihren süßen Vanilleduft ein. Meine *schalunja* hat ihr Spanking geliebt. Ihre Säfte benetzen meine Finger, ihr Puls unter meinen Lippen ist noch immer hektisch. Ich wünschte, ich hätte bei den Unterhaltungen im Wohnzimmer besser zugehört, als es darum ging, wie man Frauen auspeitscht.

Ravil hat seine Frau Lucy in irgendeinem privaten Club in D.C. kennengelernt, wo er so etwas mit ihr gemacht hat. Und letzten Monat hat Pavel eine Freundin von Sasha einvernehmlich zu seiner Sklavin gemacht, nachdem er in dem Schwesterclub in L.A. ihr Dom war. Er verbringt jede Nacht damit, per Videoanruf ihre sexuelle Gefügigkeit einzufordern, und fliegt jedes Wochenende dorthin, um sie persönlich zu fesseln und auszupeitschen. Das ist schon mehr, als ich überhaupt wissen wollte. Ich habe bei dem Geplänkel nie zugehört, weil ich meine Zeit nicht damit verbringen wollte, mir vorzustellen, wie mein Mitbewohner verdrehten Sex hat.

Jetzt allerdings wünsche ich mir, ich wüsste mehr über die Feinheiten Bescheid. Langsam gleite ich mit meinem Mittelfinger durch ihr geschwollenes, feuchtes Fleisch. Jedes Mal, wenn ich ihren Kitzler umkreise, kommt sie erneut – ein Nachbeben, bei dem sich ihre Muskeln zusammenziehen und sie nach Luft schnappt.

Will sie meinen Schwanz? Was hiervon hat ihr gefallen? Der Schmerz oder die Dominanz? Vielleicht nicht der

Schmerz, denn sie hat am Ende ihren Arsch bedeckt, als ob es zu viel gewesen wäre. Ich teste meine Vermutung und benutzte ihre Handgelenke hinter ihrem Rücken, um sie zum Bett zu manövrieren.

Sie kommt einfach mit. Bereitwillig. Fügsam. Sie will mehr.

Glaube ich zumindest. Ich sitze auf der Bettkante und stelle sie zwischen meine gespreizten Knie. Mein Schwanz drängt sich gegen meine Jeans. Ich befreie Story von ihrem Höschen, das noch immer um ihre Oberschenkel hängt. Ihre Wangen sind gerötet, ihre Augen glasig.

Ich ziehe an ihren Hüften und sie folgt meiner Führung, geht in die Knie. Sie streckt die Hand nach meinem Schwanz aus, aber ich halte ihre Hände fest und lege sie auf ihren Kopf, sodass sich ihre Brüste heben und spreizen. Ihre Nippel sind hart und groß. Ich beuge mich vor, um sie mit meinen Lippen zu berühren. Mit meinen Lippen sauge ich leicht daran. Ich stecke mir einen Finger in den Mund und befeuchte ihn, dann fahre ich damit um ihren Nippel.

Sie stößt ein leises Stöhnen aus. „Das ist … heiß." Ihre Stimme klingt heiser. Ich drücke ihren Arsch und lege meinen Kopf zur Seite, lasse sie wissen, dass sie weitersprechen soll. „Ich mag es, wenn du mit mir den Big Daddy spielst. Ich mag es sehr." Ihr Kopf fällt in den Nacken, als ich meinen Mund über ihren anderen Nippel beuge. „Ich wusste nicht einmal, was mir fehlt, aber jetzt …" Sie leckt sich über die Lippen und mein Schwanz presst sich gegen den Reißverschluss meiner Jeans. „Ich fürchte, du hast gewöhnlichen Sex für mich ruiniert."

Ach, fuck. Ich befreie meine Erektion.

Sie greift danach, aber wieder halte ich ihre Hände fest, führe sie diesmal hinter ihren Rücken. Ich lege meine

Hand auf ihren Hinterkopf und führe ihren herrlichen Mund hinunter auf meinen Schwanz.

Ich komme fast augenblicklich, als sie mich in den Mund nimmt. Heiß. Feucht. Üppig. Ihr Mund ist köstlich. Ich muss mich zurückhalten, um meinen durchaus stattlichen Schwanz nicht in ihren zarten Hals zu rammen.

Sie scheint ihre Position zu lieben – meine Pseudo-Gefangenen zu sein. Zum Schein gezwungen zu werden, meinen Schwanz zu lutschen. Ihr Kopf hüpft über meinem Schwanz enthusiastisch auf und ab, mit ihrer Zunge leckt sie über die Unterseite, über meine Eichel. Sie bedeckt ihre Zähne mit ihren Lippen und schnellt in raschen, kurzen Bewegungen über die Spitze meines Schwanzes.

Meine Finger krallen sich in ihre champagnerblonden Haare, ballen sich vor Lust zu Fäusten.

Es bringt mich fast um, dass ich keine Zunge habe, um den Gefallen zu erwidern. Wenn ich eine Zunge hätte, würde ich sie meinen Schwanz nicht lutschen lassen, es sei denn, sie würde gleichzeitig auf meinem Gesicht sitzen. Ich würde immer wollen, dass sie zuerst kommt. Am heftigsten kommt. Am lautesten.

Meine süße *lastotschka*.

Ich will kommen, aber ich möchte mich lieber für Storys Vergnügen zurückhalten, also stoppe ich sie, ziehe behutsam an ihrem Haar, damit sie sich von mir löst. Sie leckt sich die Lippen, ein Anflug von Herausforderung in ihren Augen.

Sie will definitiv noch mehr.

Fuck sei Dank. Ich bin unglaublich demütig darüber, dass sie etwas von mir will. Dass sie es von mir empfängt. Nach dem, was letzte Nacht passiert ist, und nachdem ich sie davon abgehalten habe, zu gehen, hätte sie genauso gut für immer mit mir abschließen können. Die ganze Sache hätte auf tausend verschiedene Arten ausgehen können, aber nicht auf diese, und ich bin unendlich dankbar, dass wir uns jetzt hier befinden.

Sie steht auf, ich lasse es zu, will von ihr wissen, was sie braucht. Sie setzt sich rittlings auf meine Hüfte, nimmt meinen Schwanz und führt ihn in sich hinein.

Ich stoße ein Stöhnen aus. Normalerweise versuche ich, alle Geräusche aus meinem Mund zu ersticken, weil ich es hasse, diese wirren Silben zu hören, aber das hier klingt so, wie es soll. Wie Lust. Wie Dankbarkeit.

Story knöpft mein Hemd auf, während sie langsam mit den Hüften wiegt, mich mit jedem Mal ein klein wenig tiefer nimmt. Als sie das Hemd geöffnet hat, reiße ich es mir vom Körper und greife in meinen Nacken, um mir mein Unterhemd in einer Bewegung über den Kopf zu ziehen.

„Mmh", murmelt Story. „Das ist heiß." Ihre blau lackierten Fingernägel kratzen über meine Brust. „Ich bin so heiß darauf. Auf dich." Sie brabbelt atemlos.

Ich will die Luft anhalten, um sicherzugehen, dass ich nicht eine Silbe überhöre. Dass ich mich an jedes einzelne Wort erinnere.

„Du bist wie ein großer Papa-Bär, der mir den Hintern versohlt und dann kuschelt. Ich werde definitiv dein unanständiges Mädchen sein."

Bljad. Ihre Worte lassen die Zügel meiner Kontrolle durchreißen. Ich vergrabe meinen Schwanz in ihr und drehe sie auf den Rücken, beginne, in sie hineinzupumpen. Sie wiegt enthusiastisch mit den Hüften, biegt ihre Knie hoch, um mich zu empfangen. Ich erwische ihre Handgelenke und halte sie neben ihrem Kopf fest, ficke sie mit mehr Aggression, als ich sollte.

„Oh Gott", stöhnt sie. „Du bist so groß. Das ist so gut."

Ich verändere die Stöße, werde schnell und kurz,

hämmere in sie hinein. Ihre Titten hüpfen auf und ab. Ihre Augen rollen in ihren Kopf zurück. Der Anblick ihrer Ekstase lässt mich beinah kommen, und ich will sichergehen, dass ich es ihr richtig besorge, also ziehe ich mich aus ihr heraus und rolle sie auf den Bauch.

„Oh Gott, ja", spornt sie mich an, spreizt ihre Beine weit. Ihr Arsch ist noch rot von meiner Hand − roter, als ich erwartet hatte, aber jedes Schuldgefühl, das ich darüber möglicherweise empfinden könnte, ist ausgelöscht, als sie mir einen Blick über die Schulter zuwirft.

Sie will es.

Das ist das erste Mal, dass ich wirklich an einen Gott glaube.

Das erste Mal, dass ich mich glücklich schätze.

Ich dringe von hinten in sie ein, schaudere bei diesem Winkel vor Lust.

„Ja, ja, ja", singt Story. „Das ist so gut. Hallo, G-Punkt-Sex."

Ich stoße in sie hinein und hinaus, knalle mit meinen Lenden bei jedem Stoß gegen ihren süßen Arsch.

Sie stützt sich mit den Händen an der Wand ab, reckt ihren Arsch für mich in die Höhe, der heißeste Anblick, den ich je in meinem Leben gesehen habe.

Ich will ihr sagen, wie umwerfend sie ist. Wie unglaublich heiß und wunderschön und atemberaubend, aber das kann ich nicht. Also begnüge ich mich damit, sie mit jedem letzten Tropfen an Leidenschaft in meinem Herzen zu ficken. Die Zeit scheint stillzustehen. Oder vielleicht läuft sie auch schneller. Ich bin mir nicht sicher. Mein Verstand löst sich auf. Mein Körper und Storys Körper vereinen sich, mein Geist und Storys Geist kommunizieren.

Ich biete ihr alles dar, was ich habe − meine Kraft, meine Dominanz, meinen Schutz, aber damit auch jede Schwäche − die Makel meiner Sünden, meine Entstellung, mein obsessives Verlangen nach ihr. Sie empfängt es alles. Wie eine Göttin, die weiß, dass all das ihr gehören kann. Es zu empfangen, zu verwandeln und zurückzugeben. Sie ist die Liebe selbst. Oder vielleicht liegt das auch an mir. An dem, was ich für sie empfinde. Ich kann es nicht genau sagen, weil es sich alles in einem einzigen, herrlichen Strom von Energie verbindet.

Sie kommt als Erstes, aber in dem Augenblick, als sie das tut – ein Zusammenziehen ihrer Muskeln –, komme auch ich. Ich brülle auf – vergesse, das Geräusch zu unterdrücken, zu dämpfen. Ich brülle und hämmere in sie hinein und mein Sperma durchströmt mich in heißen Wellen der Ekstase.

Ich kneife die Augen zu, weil sich der ganze Raum dreht. Ich hatte meine Verletzungen ganz vergessen – war viel zu vereinnahmt von meinem kleinen Luder.

Ich ziehe mich aus ihr heraus und drehe sie herum, dann dringe ich noch einmal für drei köstliche Stöße in sie ein. Ich wringe einen weiteren Orgasmus aus meiner kleinen Schwalbe heraus. Sie blickt mir in die Augen, biegt den Rücken durch, dann kommt sie unter mir.

Ich summe leise. *Ja ljublju tebja.*

Sie wird ganz still und blinzelt mich an, beinah so, als könnte sie meine Gedanken lesen.

Meine *lastotschka* kann Gedanken lesen. Oder ich projiziere meine Gefühle so deutlich, dass ich nicht einmal sprechen brauche. Ich vergrabe mein Gesicht in ihrem Nacken, küsse die weiche Haut, dann wandern meine Lippen ihren Hals hinunter. Beten meine herrliche Schwalbe an.

Es war viel zu früh für ein *Ich liebe dich.* Und Story ist ein flatterhafter Vogel.

Sie kaut auf ihrer Wange herum. „Oleg, ich –" Ich lege ihr einen Finger auf die Lippen. Natürlich liebt sie mich nicht. Sie kennt mich kaum. Das ist nichts, was ich laut gesagt hätte, wenn ich gekonnt hätte.

Sie schlingt ihre Beine um meinen Rücken, um meinen Körper auf sich zu ziehen, als ob der Augenkontakt zu intensiv für sie wäre. Ich rolle uns auf die Seite, damit ich sie nicht erdrücke.

Sie vergräbt ihr Gesicht in meiner Brust. „Ich mache dieses ganze Beziehungs-Ding nicht." Ihre Worte klingen gedämpft von meiner Haut hervor. Ihr Atem streicht über meine Brust. „Deshalb habe ich dich nie gebeten, mich nach Hause zu bringen. Beziehungen enden für mich immer sehr schnell. Ich kann diese Sache mit der Liebe nicht. Meine Mutter hat ihr Leben ruiniert, weil sie immer der Liebe nachgejagt ist." Sie schmiegt ihre Wange an meine Brust, beinah wie eine Katze. „Und ich wollte wirklich nicht, dass wir enden. Ich mag, was wir haben. Dass du zu meinen Konzerten kommst. Mir zuschaust. Mich unterstützt. Ich mochte das und ich wollte nicht, dass es endet."

Sie klingt aufgewühlt.

Ich lege meine Arme um sie und ziehe sie an mich, summe in ihr Ohr. *Ja ljublju tebja.*

Ich will es nicht projizieren. Ich wollte es nicht einmal denken, aber es ist die Wahrheit. Ich liebe sie. Es ist mir egal, wenn sie mich nicht liebt. Selbst wenn sie mich nicht haben will, ich werde nicht aufhören, auf ihre Konzerte zu gehen.

SIEBTES KAPITEL

Story

ICH ROLLE mich ein und schmiege mich in dem niedrigen Bett an Oleg, reibe mir den Arsch, der noch immer von Olegs großer Handfläche brennt. „Du hast mir den Arsch versohlt." Ein Anflug von Belustigung liegt in meiner Stimme. Ein Hauch der Verwunderung. „Ist das so ... dein Ding?" Ich glaube definitiv, dass es mein neues Ding ist. „Machst du das mit jedem Mädchen?"

Er antwortet nicht.

„Hey Typ." Ich kneife seinen Nippel und er greift sanft meine Hand. „Ich habe dich was gefragt. Nur weil du nicht sprechen kannst, heißt das nicht, dass du nicht versuchen brauchst, zu kommunizieren."

Er zieht mich zurück in eine kuschelnde Umarmung an seiner warmen Brust und schüttelt den Kopf.

„Nein? Du machst das nicht mit jedem Mädel?"

Ein weiteres Kopfschütteln. Seine Hand gleitet zu

meinem Arsch und krallt ihn sich besitzergreifend. Mein Magen überschlägt sich vor Aufregung.

„Nur ich? Bin ich die Erste?"

Schulterzucken und Nicken. Er streichelt über meine Oberschenkel, über die Falte, wo mein Hintern auf meine Beine trifft.

„Du warst die ganzen Monate über so zurückhaltend damit, etwas zu versuchen. Du bist einfach nur gekommen und hast zugeschaut. Und jetzt finde ich plötzlich heraus, dass du rau und leidenschaftlich bist." Ich stütze mich auf einem Ellenbogen ab und schaue ihm ins Gesicht. Er hat feine Narben, die unter den Bartstoppel über sein Gesicht laufen. Der Kerl hat jede Menge Kämpfe hinter sich.

„Hey, wir müssen einen Weg finden, um miteinander zu sprechen."

Er nickt und greift in die Schublade seines Nachtti-sches. Ich sehe, dass er eine Liste der römischen Buch-staben in der Hand hält, daneben das kyrillische Alphabet zu den jeweils passenden Lauten.

„Du lernst unser Alphabet?" Mein Herz macht einen kleinen Sprung. „Für mich?"

Seine Augenbrauen runzeln sich, als er nickt, was vermutlich *natürlich für dich* bedeutet.

Ich stütze mich auf einer Hand ab, richte mich auf. „Wir sollten Gebärdensprache lernen."

Oleg blinzelt mich an.

„Ich wette, sie unterrichten Kurse darin am Commu-nity College. Wir beide könnten es lernen. Und deine Freunde auch." Ich bin ziemlich begeistert von meiner Idee, auch wenn ich nicht weiß, warum ich langfristige Pläne mit diesem Kerl schmiede. Das jagt mir eine Heidenangst ein.

Oleg nickt, blickt in mein Gesicht, als ob er Angst hätte, dass ich verschwinde, wenn er den Blick abwendet.

„Ja? Dann informiere ich mich mal darüber."

Vielleicht knicke ich sogar ein und besorge mir ein Smartphone, damit wir mit einer Übersetzungs-App kommunizieren können.

Ich hole meine Gitarre, setze mich im Schneidersitz auf das Bett. Oleg bleibt, wo er ist, beobachtet mich mit der gleichen Intensität, mit der er mich auch bei den Konzerten beobachtet. Ich beobachte ihn, wie er mich beobachtet, und probiere den neuen Song aus, an dem ich gearbeitet habe. Den über den Sex. Mit ihm. Ich habe einen Refrain, aber noch keine Strophen. Keine Hookline.

Die Worte singe ich nicht, aber ich gehe sie im Kopf durch, während ich die Melodie spiele.

DU DRÄNGST MICH AN DIE WAND / *Deine Finger in meinem Haar*
Ich küsse, ich beiße, ich flehe nach mehr.
Ich weiß, wenn die Rakete fliegt, gibt es kein Zurück
Ich weiß, wenn die Rakete fliegt, schenkst du mir niemals mehr.

DIE INSPIRATION WILL mir im Augenblick allerdings nicht zufliegen. Ich bin zu dicht von der Aufregung der letzten Nacht und heute Morgen. Von meinen vernebelten Gedanken, weil ich immer noch zu leugnen versuche, was hier passiert. Ich bin sehr gut darin, Sachen zu unterdrücken.

Stattdessen schlage ich die Melodie von Van Morrisons „Brown-Eyed Girl" an. Ich weiß gar nicht, warum genau dieser Song jetzt aus mir herauskommt – es ist ein Song, den mein Dad immer für mich gespielt hat, als ich klein war. Er hat gesagt, es wäre mein Lied, weil meine Augen braun sind. Ich glaube, dieses Lied hat mir immer das Gefühl vermittelt, geliebt zu werden.

Und so fühle ich mich auch jetzt, als ich ihn unter Olegs glühendem Blick spiele. Wenn ich nur all die kleinen Augenblicke meines Lebens zusammenfügen könnte, in denen ich mich geliebt gefühlt habe. Sie in einen Teppich verweben könnte, der von Dauer ist.

Aber es ist nicht von Dauer. Ich weiß es besser, als daran zu glauben, dass das passieren könnte.

Ich schließe meine Augen und singe leise den Text mit, lasse mich in die Melodie fallen. Meine Finger gleiten über die Bünde, ich kenne die Akkorde auswendig, spüre die Noten. Habe das Lied im Herzen.

Oleg kann nicht mitsinge, aber ich schwöre, ich kann ihn zuhören spüren. Wie er jede einzelne Note einsaugt. Jedes Wort. Die gleiche Freude aus der Musik ziehen kann, die ich hineinlege. Meine Freude, seine. Seine, meine.

Als ich aufhöre, zu spielen, öffne ich die Augen und schaue ihn an.

Mein Handy klingelt in meiner Tasche auf dem Fußboden. Oleg steht auf und zieht sich seine Hose an. Er holt mein Handy und schaut auf den Bildschirm. Flynns Foto leuchtet auf dem Display auf. Für einen Augenblick glaube ich, er lässt mich nicht rangehen, aber dann gibt er mir das Handy.

„Hey", antworte ich und schaue Oleg an. Mein Magen zieht sich zusammen, als die Realität mit aller Macht auf mich hereinbricht.

„Hey." Flynns Stimme klingt benommen vom Schlaf. „Ich wollte nur hören, ob es dir gutgeht. Ich habe gestern Abend versucht, dich zu erreichen, weil dein Auto noch auf dem Parkplatz stand."

„Hast du? Tut mir leid, ich habe es nicht gehört", lüge ich. Ich bin tatsächlich gerührt, dass mein Party-Bruder hören will, ob alles in Ordnung ist. Normalerweise ist es immer andersherum. Ich werde seinetwegen panisch, weil ich eine Party um vier Uhr morgens verlassen habe und er noch dageblieben ist, völlig zugedröhnt.

„Na ja, dir scheint's ja gutzugehen, wollte ich nur wissen. Ich brauche keine Einzelheiten."

„Ja, alles bestens." Ich weiß nicht, warum ich wieder Olegs Gesicht studiere. Ist alles bestens? Werden die Dinge bestens für ihn sein? Ich weiß die Antwort auf diese Frage nicht. Ich weiß nur, dass er mich aufgehalten hat, als ich gehen wollte. Was ich dann sehr schnell wieder vergessen habe, weil er mich zweimal hintereinander zum Höhepunkt gebracht hat.

„Okay. Bis später."

„Genau. Bis dann." Ich lege auf.

Oleg nickt, als ob er das Gespräch absegnen würde. Ob er absegnet, dass Flynn hören wollte, wie es mir geht, oder ob er meine Antworten gutheißt, weiß ich nicht.

Ich stehe auf und gehe zum Badezimmer. „Ich gehe noch mal unter die Dusche", lasse ich Oleg wissen.

Ich bin nur minimal enttäuscht darüber, dass er mir nicht hinterherkommt. Ich glaube, ich könnte zu diesem Zeitpunkt nicht noch mehr Sex durchstehen. Der Kerl ist riesig und heftig und ich bin definitiv ein wenig wund.

Trotzdem, ich bin schon jetzt wieder ganz aufgeregt darauf, es wieder zu tun. Ich kann es nicht erwarten, auf diese neue Art und Weise herumzuexperimentieren. Sein unanständiges Mädchen zu spielen. Seine Bestrafung und seine Dominanz zu empfangen, zusammen mit dem Vergnügen, von seinen Armen umschlungen zu werden, wenn es vorbei ist. Etwas, was ich nie zuvor gewollt habe.

Ich bin definitiv wie eine Katze, was Männer angeht. Ich will sie zu meinen eigenen Bedingungen haben. Ich gehe zu ihnen, wenn ich will. Verschwinde, wenn ich will.

Ich bin das Gegenteil von anhänglich. Also ist allein die Tatsache, dass ich nach dem Sex im Arm gehalten werden will, absolut seltsam. Aber der Sex war auch intensiv gewesen.

Genauso wie Oleg.

Vielleicht ist das die Sucht.

Ich stelle das Wasser an und nehme eine lange Dusche, weigere mich, mich mit den unerwünschten Gedanken herumzuschlagen, die mir durch den Kopf rasen. Gestern Abend war ich zu schockiert, um die Dinge wirklich zu betrachten, und jetzt will ich es nicht.

Oleg steckt in Schwierigkeiten. So viel ist klar. Jemand will irgendwas von ihm. Zuerst haben sie ihn vor meiner Wohnung angegriffen. Dann haben sie ihn vor Rue's gefunden. Und sie haben mich geschnappt, um ihn in ein anderes Auto zu zwingen. Was bedeutet, dass ich seine Schwachstelle bin. Ich bin das Druckmittel gegen ihn.

Es ist total dämlich, dass ich mich davon geschmeichelt fühle. Aber noch dämlicher ist, wie sehr ich hier bei ihm bleiben will. Wie sehr ich denke, dass das auch mein Problem ist. Dass wir da gemeinsam drinstecken.

Aber es gibt kein gemeinsam, wenn er mir die Dinge nicht erklären kann – oder sich weigert, sie zu erklären.

Und es sollte ohnehin kein gemeinsam geben, weil ich nicht vorhabe, lange genug hierzubleiben, um diese Sache zu einer Beziehung werden zu lassen.

Oleg

STORY SCHLÜPFT in ihre Anziehsachen von letzter Nacht und zieht eins meiner Hemden aus dem Schrank, um es über ihr winziges T-Shirt zu ziehen. „Ist es okay, wenn ich mir das ausleihe?"

Ich nicke, bin absurderweise erfreut, meine Anziehsachen an ihrem Körper zu sehen. Sie macht die Knöpfe nicht zu, trägt es wie eine lange Jacke.

„Wenn das also dein Kleiderschrank ist, was ist dann das hier?" Sie öffnet die Verbindungstür zum Rest des Penthouse.

Aus dem Wohnzimmer klingen Stimmen herüber, dazwischen zarte Geräusche vom kleinen Benjamin, der meckert, als ob er bald schlafen müsste.

Story fällt der Mund auf, ein übertriebenes „O".

„Wer ist denn da drüben?", flüstert sie übertrieben. Sie schleicht auf Zehenspitzen los, als ob sie in einem Scooby-Doo-Comic wäre.

Ich zögere. Mein egoistisches Ich will Story ganz für sich allein behalten. Außerdem habe ich den Jungs noch nicht erzählt, was gestern Abend passiert ist. Und das hätte ich tun sollen. Ravil wird mich für meine Auslassung an den Eiern aufknüpfen, aber das wird er womöglich ohnehin tun, wenn er von meiner Vergangenheit erfährt, also kann ich hier überhaupt nicht gewinnen.

Story rennt-schleicht barfuß den Flur hinunter wie ein kleines Mädchen, hält am anderen Ende inne und späht um die Ecke ins Wohnzimmer.

Ich dränge mich hinter sie, schlinge meinen Arm um ihre Taille. Mein Kopf dröhnt, schmerzt hin und wieder noch immer von der Gehirnerschütterung.

„Du wohnst nicht allein", sagt sie mit fragender Stimme. „Das erklärt das Fehlen einer Küche in deinem Zimmer."

Ich schiebe sie hinaus ins Wohnzimmer.

Wie üblich haben sich alle im Wohnzimmer versammelt. Dima sitzt mit seinem Laptop auf dem Schoß vor dem Fernseher. Pavel sitzt auf der Couch, schaut ebenfalls fern. Maxim und Sasha sind in der offenen Küche. Nikolai frühstückt neben der Anrichte. Ravil hat Benjamin über seiner Schulter, wippt vor der Fensterwand, die auf den Lake Michigan hinausführt, sanft auf und ab.

Sasha entdeckt uns und stößt einen Freudenschrei aus. Sie schaltet den Standmixer aus, in dem sie sich gerade einen Smoothie zubereitet. „Story ist da!"

Sie und Maxim tragen ihre Laufsachen, sind vermutlich gerade von einem Lauf zurückgekommen. Sasha, die so freundlich und sozial ist, wie ich grimmig und stumm bin, hat Story an dem Abend im Rue's kennengelernt, als die ganze Truppe mich begleitet hat, um das Mädchen zu sehen, in das ich mich verliebt hatte. Sie hat dafür gesorgt, dass Story meinen Namen erfahren hat, und ihr versichert, dass ich kein totaler Stalker bin.

Pavel stellt den Fernseher aus und dreht sich zu uns um. „Oleg, du Biest."

„Halt den Mund", sagt Sasha, was gut ist, denn ich hatte ihm mit meinem grimmigen Starren genau das Gleiche sagen wollen. „Hier, lass mich dir noch einmal alle vorstellen, du erinnerst dich vermutlich nicht mehr. Ich bin Sasha, das ist mein Mann Maxim. Nikolai und Dima sind Zwillinge, falls du dir das nicht schon gedacht hast. Pavel ist der auf der Couch, der gerade seiner Freundin in L.A. sextet, die er erst vor ein paar Stunden gesehen hat. Und das mit dem Baby ist Ravil. Das hier ist sein Haus."

Eine sehr diplomatische Art, um zu sagen, dass Ravil unser Boss ist. Sasha fällt es so leicht, sich zu unterhalten, genau wie Maxim. Jetzt, nachdem sie sich ineinander verliebt haben, sind sie zu einem regelrechten Power-Paar geworden. Vor allem mit Sashas Geld und Maxims Strategie.

Ravil schaut herüber, wiegt Benjamin noch immer auf

seiner Schulter in den Schlaf. Trotz dieser Ablenkung ist sein Blick gestochen scharf. Ich habe nie zuvor jemanden mit ins Penthouse gebracht, seit ich hier wohne. Ich gehe nicht unter Leute. Ich gehe nicht aus, außer ins Rue's.

„Das ist also Story", sagt er unverfänglich. Er kommt nicht herüber, wippt einfach weiter das Baby. „Tut mir leid, dass ich dich noch nie habe singen hören. Ich bin Olegs Boss."

Story winkt in die Runde. „Freut mich, euch alle kennenzulernen – noch mal. Diese Wohnung ist der absolute Wahnsinn." Sie deutet auf die Aussicht auf den See.

Ich ziehe an der Frühstücksbar einen Hocker hervor, damit sie sich setzen kann. Sie muss nach dem ganzen Sex langsam ziemlich Hunger auf Mittagessen haben. Ich bin jedenfalls am Verhungern.

„Ich dachte, ich hätte heute Morgen eine Gitarre gehört, aber ich dachte, das wäre ein Radio. Wie war das Konzert gestern Abend?", fragt Sasha.

Story wirft mir einen Blick zu. Ich sende ihr das mikroskopischste Kopfschütteln und sie scheint mich zu verstehen. „Es war gut. Ja." Sie verliert kein Wort über die Männer, die ich umgebracht habe.

Ich gehe in die Küche und ziehe die Zutaten für ein Sandwich hervor, halte sie fragend in die Höhe.

„Ein Sandwich? Ja, sehr gerne, Danke."

Sasha und Maxim blicken sich an, als ob es so erstaunlich wäre, dass ich ein Sandwich mache. Oder vielleicht, dass ich anbiete, jemand anderem eins zu machen. Oder einfach die Tatsache, dass ich kommuniziere.

„Magst du einen Mangosmoothie?", bietet Sasha Story an und hält den Mixer hoch.

„Klar, danke."

Sasha gießt ihr ein Glas ein und lehnt sich dann mit den Unterarmen auf die Anrichte, Story gegenüber.

Ravil hat es endlich geschafft, Benjamin zum Einschlafen zu bringen, und kommt herüber, um Story die Hand zu schütteln. „Wer ist denn dieses süße Baby?", gurrt sie mit weicher Stimme, um ihn nicht aufzuwecken.

Ravil dreht sich herum, damit Story Benjamins winziges, schlafendes Gesicht sehen kann. „Das ist Benjamin. Er ist heute vier Monate alt."

„Alles Gute zum Vier-Monats-Geburtstag, kleiner Mann", säuselt Story, streichelt ihm zärtlich über den Rücken. „Herzlichen Glückwunsch, er ist engelsgleich."

Ich bin vollkommen fasziniert von ihr. Wie wunderschön sie aussieht, als sie mit dem Baby spricht. Wie einfach und natürlich alles für sie ist. Ich wohne mit diesen Leuten seit zwei Jahren zusammen – diese Männer sind meine *Bratwa Brüder* – und sie scheint sich schon nach einer Minute wohler mit ihnen zu fühlen als ich.

Ich schmiere zwei Sandwiches und schneide noch einen Apfel auf, dann lege ich alles auf einen Teller und bringe ihn zu Story.

„Danke. Meine Frau bekommt in unserem Zimmer gerade eine Massage, aber hoffentlich kannst du sie bald kennenlernen."

„Von Natascha?", meldet sich Nikolai zu Wort. „Ich glaube, ich mache danach auch einen Termin mit ihr aus."

Dimas Kopf fährt herum und er starrt seinen Bruder grimmig an. „Wovon redest du?"

„Von einer Massage." Nikolai klingt ein wenig zu unschuldig. Irgendeine Sauerei geht da zwischen den beiden Brüdern vor sich, von der wir nichts ahnen. „Das klingt gut. Ich glaube, ich mache auch einen Termin bei Natascha."

„Was, *für dich*?" Dima geht förmlich an die Decke.

„Ja. Es sei denn, du machst das für mich." Nikolai zieht fragend eine Augenbraue hoch.

„Ich bringe dich verflucht noch mal um." Ich habe Dima noch nie eine Drohung aussprechen hören. Vor allem nicht gegen seinen Bruder.

„Wow. Okay." Ravil räuspert sich. „Klingt so, als ob ihr beiden ein paar Dinge klären müsstet."

„Nein, ich glaube, es ist alles okay." Nikolai nimmt eine Zeitschrift vom Couchtisch und tut so, als ob er darin lesen würde. „Es sei denn, er will, dass ich den Termin für ihn mache."

Dima wechselt ins Russische. „Ich schmeiße dich vom Dach, wenn du nur ein Wort mit ihr sprichst, das ist mein absoluter Ernst."

Ravil zuckt mit den Schultern. „Was ein Glück, dass wir keine Zwillinge bekommen haben. Ich lege Benjamin schnell hin, dann komme ich wieder."

„Wohnt ihr *alle* hier?", fragt Story und zieht sich den Teller mit den Sandwiches ran, rutscht mit ihrem Hocker zur Seite, damit ich auch Platz finde. Maxim und Sasha setzen sich auf die Hocker uns gegenüber.

„Genau. Zuerst waren es nur die Jungs und dann ist Lucy – Ravils Frau – eingezogen. Dann hat Maxim mich aus Moskau hergebracht", erklärt Sasha. „Es war eine arrangierte Ehe, aber ich habe mich entschieden, ihn zu behalten." Sie zwinkert Story zu.

„Ich schätze, euch wird nie langweilig hier."

„Nein", lacht Sasha. „Aber mir gefällt's. Ich bin Einzelkind, also ist es schön, jede Menge Leute um mich zu haben."

Story lächelt. „Ich bin in totalem Chaos aufgewachsen. Zwei Geschwister, eine Mutter, die … emotional nicht stabil ist, ein Dad, der gefeiert hat wie ein Rockstar. Jede Menge Liebe, aber nicht besonders viel Regelmäßigkeit. Ich habe also eine ziemlich hohe Toleranz für Chaos."

„*War* dein Dad denn ein Rockstar?", fragt Maxim. „Trittst du in seine Fußstapfen?"

Storys Lachen ist grimmig. „Er glaubt, dass er das ist. Er hat eine Coverband für Classic Rock, mit der er seit den frühen Achtzigerjahren in Chicago auftritt. Die Nighthawks?"

Es ärgert mich, dass ich das nicht über sie wusste. Dass ich es nicht hinbekomme, einfache, entspannte Unterhaltungen zu führen. *Bljad*. Bis zu diesem Wochenende war es mir eigentlich scheißegal, dass ich nicht richtig kommunizieren kann. Ehrlich gesagt habe ich es sogar irgendwie vorgezogen. Das tue ich noch immer, und diese widersprüchlichen Sehnsüchte bereiten mir Kopfschmerzen.

Maxim schüttelt den Kopf. „Kenne ich nicht. Habt du und dein Bruder deshalb Gitarre spielen gelernt?"

„Genau. Mein Dad hat im Wohnzimmer Unterricht gegeben, als ich ein Kind war."

„Was hast du heute Morgen gespielt? Das war ein Oldie, oder?", fragt Sasha.

„Van Morrison – ja. Mein Dad hat es immer für mich gespielt, weil ich braune Augen habe."

Sasha mustert Story. „Was ist deine natürliche Haarfarbe?"

Story schnalzt mit der Zunge. „*Pink*", sagt sie, als ob sie beleidigt wäre, dass Sasha nicht glaubt, es wäre ihre natürliche Haarfarbe. „War nur Spaß. Ein dreckiges Blond."

„Ich liebe deinen Look", sagt Sasha. „Du rockst wirklich den Rockstar."

Storys Lippen zucken in ein Grinsen. „*Rockst den Rockstar*. Das klaue ich mir vielleicht für einen Song."

„Nur zu." Sasha strahlt sie an, als ob sie beste Freundinnen wären.

Es ist falsch, wie sehr ich mir wünsche, dass sie das wären. Wie sehr ich mir wünsche, dass Story hierbleibt.

„Und spiel ruhig, so viel du willst, solange du hier bist. Wir lieben deine Musik", fügt Maxim hinzu.

Ich esse den letzten Bissen meines Sandwiches, stehe auf und stelle mich zu Story, lege meine Hand auf ihren Rücken. Sauge diese köstlichen Häppchen über ihr Leben auf. Story lehnt sich an mich, lässt ihren Kopf gegen meine Brust sinken. Wieder blicken Maxim und Sasha sich an, als ob sie nicht glauben könnten, dass ich jemanden im Arm halte. Oder vielleicht, dass jemand sich an mich kuschelt.

Es kommt mir selbst seltsam und fantastisch vor, dass Story mich akzeptiert hat. Wir wurden im Handumdrehen von Freunden zu Liebhabern.

Beziehungen enden für mich immer sehr schnell.

Sie glaubt, das hier wird enden, wie es gestartet ist. Vielleicht ist das ihre übliche Vorgehensweise mit Männern – lässt sich schnell auf sie ein und schmeißt sie auch schnell wieder raus. Das scheint zu ihrer rätselhaften Persönlichkeit zu passen.

Und sosehr mich der Gedanke an dieses Ende auch zerreißt, erhebt sich auch etwas Entschlossenes und Stures in mir. Ich werde trotzdem ihr gehören. Ich werde nicht aufhören, zu ihren Konzerten zu gehen. Ich werde sein, was immer sie von mir braucht. Auch wenn es nur der Kerl im Publikum sein sollte, dem sie vertrauen kann, wenn sie während ihrer Shows auf ihm herumklettert.

Ich küsse sie auf den Scheitel und sie schaut zu mir hoch, lächelt. Wieder küsse ich sie, diesmal auf die Stirn.

„Ich bin froh, dass ihr beiden endlich zusammengekommen seid", sagt Sasha mit einem warmen Lächeln.

Story schlägt die Augen nieder. „Ja."

Ich lege meine Hand in ihren Nacken und drücke ihn sanft. *Es ist okay,* will ich ihr sagen. Kein Druck. Ich gehöre dir, ob du mich haben willst oder nicht.

ACHTES KAPITEL

Story

ICH VERBRINGE NOCH eine weitere Stunde mit Oleg und seinen Freunden im Wohnzimmer, lerne auch Ravils Frau Lucy kennen, als sie vom Schwimmen zurückkommt. Anscheinend hat diese Millionärsbude auch einen beheizten Pool und einen Whirlpool auf dem Dach. Ich bin versucht, Oleg zu fragen, ob wir dort nackt baden können, aber ich werde langsam unruhig.

Je weiter der Tag voranschreitet, umso stärker wird das Gefühl in mir, in meine eigenen Wohnung zurückkehren zu wollen. Morgen habe ich meine Gitarrenschüler. Oder vielleicht ist das auch nur eine Ausrede. Eine unterschwellige, nagende Unruhe treibt mich an, hier zu verschwinden. Es ist das Drängen, das ich jedes Mal spüre, wenn Beziehungen einen gewissen Punkt erreichen. Diese hier ist schneller als gewöhnlich an diesem Punkt angekommen, aber sie war auch intensiver als gewöhnlich. Wir haben ein paar Monate in die letzte Woche gepackt.

„Na gut, ich sollte langsam los." Ich rutsche vom Hocker, auf dem ich seit dem Mittagessen gesessen habe.

Oleg stellt sich mir in den Weg, Sorge ist in sein Gesicht geschrieben.

Ich ändere die Richtung und versuche, den Hocker auf der anderen Seite hinunterzurutschen, mache ein paar flinke Schritte in Richtung von Olegs Zimmer. „War super, Zeit mit euch zu verbringen." Ich drehe mich um und winke der Gruppe zu. Oleg ist direkt hinter mir.

Ich gehe den Flur hinunter zu seinem Zimmer und schlüpfe wieder in meine Stiefel. Dann schnappe ich mir meine Jacke und die Gitarre.

Oleg schüttelt den Kopf.

„Oleg, ich kann nicht für immer hierbleiben."

Er rührt sich nicht, aber er blockiert die Tür.

„Kannst du mich nach Hause fahren?"

Er zögert, dann schüttelt er den Kopf.

„Kein Problem", lasse ich ihn wissen und hole mein Handy hervor. „Ich bestelle mir ein Uber."

Oleg nimmt mir das Handy aus der Hand.

„Hey." Ich verstehe, dass er nicht sprechen kann, aber langsam treibt er es wirklich auf die Spitze.

Er nimmt mein Gesicht in beide Hände, legt so viel Zärtlichkeit in diese Geste, dass ich kaum noch sauer auf ihn sein kann.

„Ich muss wirklich los."

Eine halbgare Idee steigt in mir auf. Scheinbar will er nicht, dass seine Freunde herausfinden, was gestern Abend passiert ist, also wirble ich herum und flitze zurück ins Wohnzimmer, dann reiße ich die Penthousetür zum Flur mit den Aufzügen auf.

Oleg ist direkt hinter mir, aber wie ich schon vermutet habe, fängt er mich nicht oder hält mich auf.

Die Tür eines Fahrstuhls ist offen und ich betrete die

Kabine. Ich drücke den Knopf, als Oleg seinen Körper zwischen die Türen des Fahrstuhls stellt und verhindert, dass sie sich schließen.

Er schüttelt den Kopf.

„Ich kann nicht für immer hierbleiben, Oleg. Ich fühle mich eingesperrt und du hast mir noch immer nicht erzählt, was los ist." Ich blicke ihn stechend an.

Er weicht ein wenig zurück, so viel muss ich ihm anrechnen. Als ob es ihm nicht einmal in den Sinn gekommen wäre, zu kommunizieren.

„Ich will mich deswegen nicht mit dir streiten", erkläre ich ihm, auch wenn wir gar nicht richtig streiten. Wir sind so viel liebevoller miteinander als die meisten anderen Leute, die ich kenne, selbst, wenn wir nicht einer Meinung sind.

Wieder schüttelt er den Kopf und bei dem Wort *streiten* werden seine Augen ganz groß.

Aber er weigert sich noch immer, sich zu bewegen. Er stemmt die Fahrstuhltür auf und deutet mit dem Kopf in Richtung seines Zimmers.

„Mh-mh. Ich muss wirklich los. Ich muss morgen unterrichten."

Er klopft mit seinen Fingerknöcheln an die Fahrstuhltür und deutet erneut mit dem Kopf auf sein Zimmer. Ich bekomme das Gefühl, dass er möglichst wenig bedrohlich wirken will, was für einen Kerl seiner Größe und Statur nicht gerade einfach ist. Ich habe gesehen, wie einschüchternd er für den verirrten Gitarrenschüler in meiner Wohnung gewesen war, und da musste er nichts weiter tun, als die Arme vor seiner massiven Brust zu verschränken.

Ich schlucke. „Du willst nicht, dass ich gehe."

Das Pingen des Aufzugs fängt an, höllisch zu nerven.

Wieder bedeutet er mir, mit ihm mitzukommen. Dieser Machtkampf wird langsam ein alter Hut.

Er tritt auf mich zu, nimmt meine Gitarre, dann kippt er mich ganz behutsam über seine Schulter. Mit seinem Fuß hält er die Fahrstuhltür auf. Seine Hand liegt über meinem Arsch. Kein Klaps diesmal, das hier fühlt sich einfach nur besitzergreifend an. Ich strample mit den Beinen. „Verdammt, Oleg. Das ist wirklich nicht mehr cool."

Er trägt mich durch den Flur zu der Tür, die direkt in sein Zimmer führt.

„Du musst mit mir reden", warne ich mit zugeschnürtem Hals. „Ich weiß auch nicht wie, aber du musst mir verdammt noch mal sagen, was los ist. Ich habe keinen Bock mehr auf Ratespielchen."

Oleg hält inne. Er steht regungslos im Flur, hält mich weiterhin über seine Schulter geworfen fest.

∼

Oleg

BLJAD.

Mein Leben ist hässlich. Ich war nie stolz auf irgendwas in meinem Leben, aber ich habe getan, was ich tun musste, um zu überleben. Trotzdem, es meiner kleinen Schwalbe zu offenbaren, ist etwas ganz anderes. Sie wird so schnell davonrennen, dass der Asphalt unter ihren Füßen schmilzt.

Und wenn ich diese Dunkelheit herauslasse, wenn ich Story von meiner Vergangenheit erzähle, sollte ich auch mit meinen Bratwa-Brüdern reinen Tisch machen. Den Verrat meiner Unterschlagung eingestehen. Ich wusste, dass dieser Tage irgendwann kommen würde, und ich habe mir jeden Tag gewünscht, dass es nicht passieren würde. Weil mir meine Familie wichtig geworden ist. Ich vertraue ihnen. Ich verlasse mich auf sie.

Und jetzt werden sie herausfinden, dass sie mir nicht vertrauen können.

Aber ich bin bereit, alles zu riskieren, um Story zu behalten. Sie hat gesagt, wir hätten uns gestritten, was mir eine Heidenangst eingejagt hat. Ich kann den Gedanken nicht ertragen, dass sie wütend auf mich ist. Diese Frau ist das Herz, dass in meiner verfluchten Brust schlägt. Ihr wehzutun oder sogar sie zu verärgern, ist das Letzte, was ich will.

Ich ändere die Richtung und gehe zurück zur Tür, die ins Penthouse führt, trage Story ins Wohnzimmer.

„Ähm … Ich bin mir ziemlich sicher, dass du sie gehen lassen musst, wenn sie loswill", bemerkt Nikolai von der Frühstücksbar, wo er an seinem Laptop arbeitet. Ich stelle Story auf die Füße und nehme den Notizblock und einen Stift von der Frühstücksbar, schiebe Nikolai beides unter die Nase.

Ich beginne, Story eine Nachricht aufzuschreiben – aber meine Worte sind schlicht und ungehobelt. Ich spreche nicht, also bin ich auch kein Autor. Nikolai liest die Nachricht und übersetzt sie, spricht über meine Schulter mit Story. „Ich kann dich nicht gehen lassen. Tut mir leid, Story."

„Ähm, was zur Hölle, Oleg?", sagt Nikolai. Sein Zwilling steht von seinem Arbeitstisch auf und kommt herüber, tippt im Gehen eine Nachricht in sein Handy. Vermutlich informiert er alle, sofort ins Wohnzimmer zu kommen.

Story hebt die Hand, die Augen den Zettel gerichtet, auch wenn sie ihn nicht lesen kann.

Ich kritzle erneut auf den Block. Nikolai übersetzt es

ihr. „Du schwebst meinetwegen in Gefahr. Du musst hierbleiben, wo ich dich beschützen kann."

Story nickt. „Okay, das habe ich mir schon gedacht. Die Leute, die hinter dir her sind, wissen, dass ich dir wichtig bin. Deshalb haben sie vor Rue's gewartet."

Ich blicke ihr in die Augen und nicke. Ich bin dankbar und schockiert darüber, wie viel Story verstanden hat, ohne dass ich es ihr gesagt habe. Und trotzdem ist sie gestern Abend nicht schreiend davongerannt.

Wie gedacht kommen nun auch Sasha und Maxim aus ihrem Zimmer, ebenso wie Ravil.

„Was für Leute sind hinter dir her?", fragt Nikolai.

„Soll das heißen, dass die Männer, die Maxim letzte Woche erledigt hat, nicht hinter Sasha her waren?" Ravils Tonfall ist gefährlich.

Ich nicke.

„Wann wolltest du mir das erzählen?", fragt Ravil.

Ich blicke ihn ausdruckslos an – meine übliche Reaktion, wenn ich mich nicht auf eine Unterhaltung einlassen will. Stumm zu sein macht es in der Regel einfach, Fragen auszuweichen.

„Wer hat vor Rue's gewartet?" Ravil richtet seinen Autorität nun auf Story.

„Irgendwelche Typen. Russen. Mir kam es vor, als ob sie auf mich gewartet hätten", erklärt Story. „Vor dem Hintereingang, auf dem Parkplatz. Oleg …" – ihr Hals bebt, als sie schluckt – „ähm, Oleg hat sich um sie gekümmert."

Maxim wirft mir einen grimmigen Blick zu. Dann richtet er sich behutsam an Story. „Tut mir leid, dass du das mit ansehen musstest."

Ravils abschätzender Blick bohrt sich in mich. Nach einem Augenblick der angespannten Stille sagt er, „Story, ich muss ein Wörtchen allein mit Oleg reden."

„Nein." Story tritt neben mich. Ich ziehe sie an meine Seite. „Ich stecke jetzt in dieser Sache mit drin und ich muss wissen, worum es geht", sagt Story bestimmt.

Maxim schüttelt den Kopf. „Nein, Püppchen. Alles, was du hörst, bringt dich nur in noch größere Gefahr. Wir helfen euch beiden, zu kommunizieren, aber –"

„Ich bin Teil dieser Sache." Meine *schalunja* hebt herausfordernd das Kinn.

„Oleg?", fragt Ravil.

Fuck. Natürlich will ich nicht, dass sie irgendwas davon hört. Aber wie sie so richtig angemerkt hat, sie steckt ohnehin schon in der Sache drin. Und ich bin nicht in der Lage, ihr viel abzusprechen. Sie hat gesagt, wir würden uns streiten, weil ich ihr nicht gesagt hatte, was los war.

Ich nicke.

„Na gut." Er deutet auf sein Büro. „Max." Ravil befiehlt Maxim, ihm zu folgen, und wir vier marschieren in Ravils Büro, dann schließt er die Tür und setzt sich hinter seinen Schreibtisch. Maxim lässt sich auf den Stuhl in der Ecke sinken. Ich ziehe einen Stuhl neben meinen, damit sich Story setzen kann, aber sie lässt sich stattdessen auf meinen Schoß fallen. Meine Arme schlingen sich um sie und ich ziehe sie an mich, bewege mein verletztes Bein zur Seite, damit ihr Gewicht nicht auf die Wunde drückt. Die Wunde ist heiß und pocht und macht es mir schwer, mich zu konzentrieren.

Ravil mustert mich für einen Augenblick nachdenklich. „In den zwei Jahren, in denen du schon in meiner Zelle bist, hast du nie über deine Vergangenheit gesprochen."

Ich rühre mich nicht.

„Ich weiß, dass du wegen eines Rauschgiftdelikts zwölf Jahre in einem sibirischen Gefängnis verbracht hast. Ich hatte geglaubt, du wärst davor schon in der Bratwa gewesen und sie hätten die dir Zunge rausgeschnitten, aber jetzt bin ich mir nicht mehr so sicher. Ich weiß, dass du im Gefängnis als Vollstrecker für Bratwa-Mitglieder gearbeitet hast. Timofey Gurin hat dein Empfehlungsschreiben an mich geschrieben."

Ich bleibe regungslos sitzen. Er hat mir keine Frage gestellt und ich kann die Stille nicht mit Geplänkel füllen. Story spielt mit meinen Fingern, die auf ihrem Bein liegen, drückt meinen Daumen.

„Ich hatte angenommen, du würdest vor etwas davonrennen, ansonsten hättest du Russland nicht verlassen. Ich dachte, es wäre deine alte Zelle. Das Empfehlungsschreiben hätte genauso gut in Moskau funktioniert. Oder in St. Petersburg. Oder Kazan. Aber du bist hierhergekommen, in ein Land, dessen Sprache du nicht gesprochen hast. Um für mich zu arbeiten, einen *pachan*, den du nie zuvor getroffen hattest."

Eine weitere Pause entsteht, in der sich das Schweigen ausbreitet.

„Du hast dich geweigert, mir zu erzählen, wer deine Zunge abgeschnitten hat."

Das stimmt. Als ich gerade hier angekommen war, hat er mich dreimal rundheraus gefragt und ich habe dreimal gemauert, so wie ich bei jedem mauere.

„Entweder wurde sie dir als Strafe abgeschnitten für etwas, was du schon verraten hattest, oder es war vorsorglich, damit du in Zukunft nichts verrätst."

Als ich weiter nicht reagiere, blafft er mich an. „*Was von beidem ist es?*"

Eilig ziehe ich mein Handy hervor und schreibe es auf.

Er liest die Notiz laut vor. „*Zukunft*. Das hatte ich vermutet. Jetzt ist also jemand hier aufgetaucht, um deine Geheimnisse aus dir herauszubekommen, ist es das?"

Ich nicke.

„Und sie haben spitz gekriegt, dass Story dein Schwachpunkt ist."

Ich lasse meine Stirn auf ihre Schulter sinken, der Schmerz meiner Lage rauscht mit erneuter Macht durch mich hindurch.

Es entsteht eine lange Pause, dann fragt Ravil, „Wer hat dir deine Zunge abgeschnitten, Oleg?"

Ich antworte nicht. Ich brauche seine Hilfe. Seinen Schutz. Wenn er mich rausschmeißt, sind Story und ich leichte Beute. Ich mag vielleicht ein herausragender Attentäter sein, aber sogar die einfachsten Dinge sind schwierig für mich, wenn ich nicht kommunizieren kann. Aber meine Antwort wird mich ebenfalls verdammen. Er schmeißt mich womöglich so oder so raus.

Es ist ein enormes Kopfgeld auf Skal'pel' ausgesetzt. Und jetzt eindeutig auch auf mich. Die Leute müssen glauben, ich wüsste, wie man an Skal'pel' rankommt. Oder ich würde die Namen seiner ehemaligen Klienten kennen. Vielleicht sucht jemand nach einem ganz bestimmten Klienten – wer weiß, warum ich plötzlich auf dem Radar aufgetaucht bin.

Story mustert mich noch eingehender als Ravil.

„Das war eine interessante Wahl, dir die Zunge abzuschneiden. Haben sie dir auch diese Rauschgiftsache angehängt?"

Bei dieser Frage zucke ich überrascht zusammen, gebe Ravil die Antwort, die er haben wollte.

„Siehst du, für mich spricht das von einer gewissen Zuneigung. Warum bringen sie dich nicht einfach um? Es sei denn, es war eine Person, die eine Abneigung gegen Mord hat. Aber in Anbetracht deines Trainings und deiner Fähigkeiten mit allen möglichen Waffen, nicht nur mit deinen Fäusten, bezweifle ich, dass das der Fall war. Das hast du nicht im Gefängnis gelernt."

Mein Herz hämmert schmerzhaft in meiner Brust. Ich ziehe Story enger an mich, die mich zu beruhigen versucht, indem sie mit ihren Fingern sanft über meinen tätowierten Unterarm fährt.

„Habe ich recht? Es gab Liebe zwischen euch. Er hat sich dafür entschieden, dich zum Schweigen zu bringen, anstatt dich zu töten. Damit du auf diese Weise seine Geheimnisse bewahrst."

Ich atmete stockend aus. Stimmte das?

Bljad. Ich wusste es nicht. Vielleicht. Ich kam von ganz unten. Ich war ein Nichts. Skal'pel' hat mir ein Zuhause und einen Job gegeben, als ich noch ein Junge war, der es allen recht machen wollte. Er hat mir das Gefühl gegeben, ein Mann zu sein, als ich gerade auf der Grenze zum Erwachsensein balancierte. Er war eine Vaterfigur, als ich niemanden hatte. Im Gegenzug war ich ihm gegenüber unendlich loyal.

Ich hatte geglaubt, diese Loyalität wäre gestorben, als er mich ruiniert hat, aber vielleicht ist ein Teil davon noch da.

Nein.

Ich schüttle den Kopf.

„Nein, du bewahrst seine Geheimnisse nicht?"

Ich starre Ravil an und plötzlich wird mir übel. Vermutlich bewahrte ich sie. Aber das war keine freiwillige Entscheidung. Ich kann verflucht noch mal nicht sprechen! Nur, dass ich glaube, dass Ravil recht haben muss. Etwas in mir will Skal'pel' womöglich noch immer beschützen, und damit im Umkehrschluss seine Klienten. Loyalität ist ein Charakterzug, den ich nicht ablegen kann.

Ravil faltet seine Hände und stützt sein Kinn darauf ab. „Wenn ich dich wählen lassen würde, Oleg, zwischen ihm und mir, wen würdest du wählen?"

Story dreht sich auf meinem Schoß herum und schaut

mich an. Ich hatte nicht die Flut der Trauer erwartet, die über mich hinwegrauscht, auch wenn ich mir mit meiner Antwort sicher bin. Ich trauere um das, was Skal'pel' mir angetan hat. Den Schmerz des Verrats von einem Mann, der wie ein Vater für mich war.

Ich deute auf Ravil.

Keine Frage. Er ist der besser Mann, hundertmal besser.

„Gut." Es liegt Mitgefühl in Ravils Blick. Als ob er meinen Schmerz sehen würde. „Dann hast du meinen Schutz. Und Story auch, selbstverständlich."

„Aber?", fragt Story.

Ravil zieht seine Augenbrauen hoch.

„Es klang, als ob da noch ein *Aber* kommen würde."

Sie hat recht, so hat es geklungen.

Ravil zuckt mit den Schultern. „Aber falls und wenn ich von dir verlange, dass du es ausspuckst, spuckst du es aus."

Ich breche in kalten Schweiß aus. Ich starre Ravil an.

„Es ist mir scheißegal, für wen du gearbeitet hast, Oleg", erklärt er mir und ich kann plötzlich wieder atmen. „Du hast mich nie hintergangen. Deine unerschütterliche Loyalität ist ein Teil von dir. Ich werde keine Fehler an dir suchen oder mehr in die Tatsache hineinlesen, dass du jemanden weiterhin nicht verraten willst, der dich verarscht hat."

Der ganze Raum scheint sich zu drehen. Ich weiß nicht, warum ich auf einmal heulen will wie ein verfluchtes Baby.

Story scheint zu spüren, was mit mir los ist, denn sie vergräbt ihr Gesicht in meinem Nacken und knabbert an meiner Haut.

Maxim verschränkt die Arme vor der Brust, blickt von

mir zu Ravil. „Irgendwas sagt mir, du weißt genau, für wen er gearbeitet hat."

Ravil breitet seine Hände aus. „Ich habe eine Vermutung."

„Dann bitte", fordert Maxim ihn auf. „Ich kann es nicht einrenken, wenn ich nicht weiß, womit wir es verdammt noch mal zu tun haben."

Ravil blickt ihn an. „Hast du schon mal einen guten Blick auf Olegs Zunge werfen können?"

Storys Griff um meinen Daumen wird fester und sie vergräbt solidarisch ihr Gesicht in meinem Hals.

Maxim wirft mir einen Blick zu, kratzt sich an der Nase, weiß, dass es ein empfindliches Thema für mich ist.

Ravil antwortet für ihn, scheinbar war die Frage rhetorisch. „Ich habe sie gesehen. Und der Schnitt sah verdammt sauber aus. Kein grober Schnitt. Keine sichtbare Vernarbung. Beinah, als ob sie weggeätzt wurde. Oder mit einem Laser entfernt wurde."

Laser. Das ist mir nie in den Sinn gekommen, aber es ergibt Sinn. Ich bin nicht mit einem Mundvoll Blut aufgewacht. Bei einem Schnitt wäre ich an meinem eigenen Blut erstickt. Ich bin einfach mit einem Stummel aufgewacht. Er war geschwollen und hat furchtbar wehgetan, aber er hat nicht geblutet.

Story schluckt, zieht den Kopf zurück, um mir in die Augen zu schauen. Ich ziehe sie wieder an mich.

Ich bin okay, will ich ihr sagen.

Sie scheint mich zu verstehen, denn sie nickt.

„Also, wie viele Ärzte kennen wir, die auf der falschen Seite des Gesetzes praktizieren? Schwarzmarkt-OPs? Womöglich Identitätsumwandlungen?"

„*Bljad*", flucht Maxim. „*Skal'pel'*. Du hast für Skal'pel' gearbeitet?"

Ich antworte nicht.

Maxim steht auf und kommt zu mir. Er legt mir die Hand auf die Schulter. „Du kannst es mir sagen. Mir ist es auch scheißegal, was du in der Vergangenheit gemacht hast. Du bist jetzt mein Bruder."

Ich blinzle, weil meine Augen plötzlich brennen, und nicke.

„Also vermute ich, du kannst mindestens zwanzig Typen identifizieren, die die Bratwa gerne tot sehen will", sagt Maxim.

Ich zucke mit den Schultern. Vielleicht. Es war nicht meine Aufgabe, mir Gesichter oder Namen zu merken – nicht die alten, nicht die neuen. Aber ja, könnte etwa hinkommen.

„Und du weißt nicht, wohin dein ehemaliger Boss untergetaucht ist?", fragt Ravil.

Ich schüttle den Kopf.

„Ich werde ihn für dich finden, Oleg", verspricht Maxim. „Und wenn du ihn nicht für das umbringen willst, was er dir angetan hat, werde ich es tun."

Ich bemerke das Unbehagen, das seine Bemerkung in mir hervorruft. Ich will ihn nicht umbringen. Zumindest habe ich das früher nicht gewollt.

Habe ich all die Jahre darauf gewartet, dass er mich kontaktiert? Dass er mich zurückholt?

Es kommt mir wahnsinnig vor, aber ich glaube, ein Teil von mir hat darauf gewartet. Als ob ich noch immer zu dieser grausamen Vaterfigur gehören würde. Ich hatte ihm nicht verziehen, aber ich habe gewartet.

Story drückt ihren Handrücken an meinen Hals, dann ihre Lippen an meine Stirn. Sie dreht sich zu Ravil um. „Ich weiß, diese Unterhaltung ist wichtig, aber er braucht einen Arzt. Oleg ist am Glühen."

NEUNTES KAPITEL

Story

RAVIL STEHT AUF. „RUF SVETLANA", sagt er zu Maxim, der sein Handy zückt und eine Nachricht schreibt. Mir erklärt er: „Sie ist Hebamme und wohnt hier im Haus. Vielleicht hat sie Antibiotika."

Ich will Oleg festhalten. Nicht wegen des Fiebers, auch wenn ich mir deswegen Sorgen mache. Sondern weil das, was auch immer gerade in diesen Büro vor sich gegangen ist, eine große Sache zu sein scheint. Wichtig für ihn. Und ich verstehe es immer noch nicht.

Ich bin teils erleichtert, teils frustriert, dass Oleg seine Mauern nicht nur für mich hochgezogen hat. Sie gelten jedem in seinem Leben − einschließlich der Leute, mit denen er zusammenwohnt und die ihm scheinbar etwas bedeuten.

Ravil hat ihn unerschütterlich loyal genannt und ich erkenne, dass er das auch für mich gewesen ist. Er hat irgendwann entschieden, dass er mein größter Fan ist, und dann hat ihn nichts mehr davon abgebracht. Und jetzt muss er mein Beschützer sein.

Seine Loyalität lässt mich für ihn genau das Gleiche empfinden. Normalerweise bin ich in Beziehungen flatterhaft und unstet – zumindest in intimen Beziehungen –, aber als ich ihn blutend in meinem Van gefunden habe, bestand für mich auf einmal gar keine Frage mehr, dass ich mich ganz und gar auf diese Sache mit ihm einlasse. Und es war auch keine Frage mehr, als wir vor Rue's angegriffen wurden. In was auch immer er drinsteckt, ich weiche ihm nicht von der Seite.

Wenn wir diese ganze Sache durchgestanden haben, werde ich vermutlich das Weite suchen, aber ich lasse meine Freunde nicht im Stich, wenn sie in Schwierigkeiten stecken.

Er ist mehr als ein Freund, flüstert eine Stimme in meinem Kopf.

Wieder vergrabe ich mein Gesicht in seinem Nacken, küsse seine heiße Haut. „Du solltest dich hinlegen", murmle ich.

Nein. Er rührt sich nicht, aber ich kann die Worte klar und deutlich in meinem Kopf hören.

Ich stehe auf und ziehe an seiner Hand. „Komm. Svetlana muss sich deine Wunde anschauen."

Er schlingt seinen Arm um meine Taille und zieht mich zurück auf seinen Schoß. Mit seinem Handy schreibt er einhändig eine Nachricht und schickt sie los.

Ravils Handy piept. Er liest die Nachricht und schaut mich an.

„Was schreibt er?", frage ich. Diese Hin und Her am Telefon treibt mich noch in den Wahnsinn.

„Er schreibt: *Sprich mit Story.*" Ravil sagt es, als ob er sich dafür entschuldigen würde. Als ob er schon wüsste, dass es mich verärgern wird, und das tut es.

Ich drehe mich auf Olegs Schoß herum und starre ihn grimmig an. „Ich habe dir gesagt, dass du das lassen sollst."

Sein Starren ist ausdruckslos. Ich will ihm diese teilnahmslose Mauer am liebsten aus dem Gesicht schlagen. „Oleg. Was zur Hölle bedeutet: *Sprich mit Story?*", verlange ich.

„Ich vermute, er will, dass wir mit dir über die Tatsache sprechen, dass du gehen willst", sagt Maxim leise.

Oleg nickt.

Okay. Das ergibt Sinn. Aber ich bin noch immer sauer. „Dann sag nicht: *Sprich mit Story*", sage ich Oleg. Sein Stoizismus zerbricht unter meinem wütenden Blick. Er blinzelt. Seine Lippen bewegen sich. Ich schwöre, sein Mund formt das Wort *Sorry*.

„War das ein *Sorry?*", frage ich.

Er nickt. Er sieht auch aus, als ob es ihm leidtun würde.

„Danke." Ich lasse die Schultern hängen. Ich deute auf sein Brustbein. „*Du* sprichst mit mir. Lass das nicht die anderen für dich tun. Ich kenne sie nicht einmal."

Ich kenne auch Oleg kaum, denke ich, aber stelle dann fest, dass es nicht stimmt. Ich kenne ihn zutiefst. Und ich habe das Gefühl, als ob ich ihn schon immer gekannt habe.

Oleg sieht entmutigt aus. Ich glaube fast, er atmet nicht mehr. Er schaut auf sein Handy, dann wieder auf mich. Dann tippt er etwas.

Ravil liest es vor. „Du musst hierbleiben. Bitte, *lastotschka*." Ravil schaut zu Maxim. „Was für ein Vogel ist das auf Englisch?"

Maxim räuspert sich. „Schwalbe."

Schwalbe. Er hat einen Kosenamen für mich. Und ich habe ihn nie zuvor gehört. Aber wie jeder Singvogel hasse ich es, eingesperrt zu sein. Die Unruhe, die ich spüre, bevor ich die Dinge mit einem Kerl beende, bäumt sich in mir auf. „Ich muss ab morgen Gitarrenstunden geben. Und ich habe Konzerte, freitags und samstags."

Ja, ich bin irrational. Erst gestern Abend wurde mir eine Waffe an die Schläfe gehalten. Ich sollte nicht an Unterrichtsstunden und Konzerte denken.

Oleg runzelt die Stirn und schüttelt den Kopf.

Maxim meldet sich zu Wort. „Tut mir leid, Süße. Du wirst dich eine Weile hier nicht wegbewegen, bis wir herausfinden, wer hinter dir und Oleg her ist, und der Sache ein Ende bereiten."

„Das ist richtig", sagt Ravil. „Ich würde dir die Sache lieber nicht so deutlich vor Augen führen, aber ich tue es. Jemand will an das rankommen, was in Olegs Kopf ist, und sie wissen, dass du ihm wichtig bist, was bedeutet, dass dein Leben in Gefahr ist. Außer, du willst unbedingt entführt und gefoltert werden, während Oleg dabei zuschauen muss, bleibst du besser hier, wo wir dich beschützen können. Ich werde nicht auf die Details dessen eingehen, was passieren würde, wenn sie bekommen, was sie wollen, vorausgesetzt, Oleg kann es ihnen überhaupt geben."

Ein Muskel in Olegs Wange zuckt. Er atmet heftig durch die Nase ein.

„Alles klar. Okay." Meine Stimme zittert. Es ergibt Sinn. Ich verschränke meine Finger ineinander. „Ähm, ja. Ich sage die Stunden ab."

„Das wirst du." Ravil kommt um seinen Schreibtisch herum, lehnt sich daran an.

„Aber was ist mit den Konzerten am Wochenende? Ich habe keinen Ersatz."

Oleg grummelt verstimmt.

„Die musst du auch absagen, wenn wir es bis dahin nicht geklärt haben", sagt Ravil.

Maxim steht auf, läuft im Zimmer auf und ab. „Wer

war am Samstag hinter dir her?"", fragt er Oleg. „Hast du sie erkannt?"

Oleg schüttelt den Kopf und tippt in sein Handy. Ravil liest es auf Englisch vor. *Ich habe niemanden erkannt. Sahen aus wie Kopfgeldjäger.* „Wer ist hinter dir her?", fragt Ravil.

Oleg zuckt mit den Schultern und tippt erneut. *Könnte jeder sein, der herausgefunden hat, für wen ich gearbeitet habe. Sie wollen vermutlich wissen, wo sie ihn finden können. Oder einen seiner Partner.*

„Und weißt du das?", fragt Ravil.

Oleg schüttelt den Kopf und tippt. *Es ist zwölf Jahre her. Ich war im Gefängnis, dann bei euch. Ich weiß nichts.*

„Aber wer auch immer hinter dir her ist, wird es vermutlich immer wieder versuchen", bemerkt Maxim.

Oleg nickt.

„Na ja, die beste Defensive ist eine gute Offensive", lässt Maxim uns wissen.

Nein. Ich kann es Oleg mit seinem ganzen Dasein sagen hören, bevor ich überhaupt verstehe, wovon sie sprechen. Er hat nicht gesprochen oder seinen Kopf geschüttelt, aber sein Körper wurde steif und seine Arme haben sich fester um mich geschlungen.

Anscheinend ist Maxim ebenfalls geübt darin, Olegs Gedanken zu lesen. „Du weißt, dass ich recht habe."

Oleg schüttelt den Kopf.

„Moment, … worüber reden wir gerade?", frage ich.

Ravil faltet seine Hände in seinem Schoß. „Wir reden davon, dich als Köder zu benutzen, Story."

Ein eisiger Schauer überläuft mich, vor allem, weil Oleg mich festhält, als ob mich jede Sekunde jemand aus seinen Armen reißen würde.

„Wenn wir nicht herausfinden, wer hinter diesen Angriffen steckt, können wir sie nicht stoppen. Du wirst dich für immer hier verstecken müssen und du hast ja schon gesagt, dass du dafür nicht bereit bist." Ravil blickt Oleg an. „Wir werden alle zum Konzert gehen. Und ich werde nicht zulassen, dass irgendjemand sie anrührt. Wir müssen nur jemanden lebendig schnappen, damit wir ihn verhören können. Herausfinden, wer hinter dir her ist und an welche Informationen sie rankommen wollen. Der Sache auf den Grund gehen." Er wirft Maxim einen Blick zu, der kapitulierend die Hände hebt.

„Ich weiß. Mein Fehler, die ersten drei zu erledigen, bevor ich Antworten aus ihnen herausbekommen habe. Ich habe Scheiße gebaut", gibt Maxim zu.

Oleg schüttelt den Kopf.

Oh Gott, ich bin völlig irre. „Ja", antworte ich. „Machen wir es so." Ich kann die Konzerte nicht absagen. Es gibt niemanden, der für mich einspringen könnte, und ich will die Veranstalter nicht hängen lassen. Das ist unprofessionell. Mein Magen rumort vor Sorge, aber ich vertraue darauf, dass diese Kerle mich beschützen werden. Oleg allein ist schon ein formidabler Bodyguard. Er hat mich gerettet, als er in Unterzahl war und ich schon in den Händen der Angreifer. Wenn seine ganze Gang oder seine Freunde oder wer auch immer dort sein werden, werde ich vermutlich in Sicherheit sein.

Abgesehen davon kann ich nicht länger als diese Woche hierbleiben. Ich kann die Bombe, deren Countdown unsere Beziehung runterzählt, förmlich ticken hören. Jede Minute, die ich bleibe, verwickle ich mich tiefer mit Oleg, was es nur umso schwerer machen wird, wenn es endet.

Ich stehe auf. „Ich bleibe also bis Freitag und dann kümmert ihr euch um das Problem", fasse ich zusammen. „Und ich kann zurück zu meinem normalen Leben kehren."

Oleg erhebt sich ebenfalls, hat die Augenbrauen irritiert verzogen.

Ein Klopfen an der Tür erklingt. Dima öffnet die Tür, um eine schlanke, junge Frau Mitte zwanzig mit erdbeerblonden Haaren einzulassen. Er folgt ihr ins Zimmer.

„Natasha", sagt Ravil. Er klingt leicht überrascht.

Der Name klingt bekannt, aber ich brauche einen Augenblick, um dahinterzukommen, warum. Dann erinnere ich mich – Natasha ist die Massagetherapeutin, um die sich Dima und Nikolai gestritten hatten.

„Tut mir leid, ich weiß, dass du meine Mutter erwartet hast. Sie ist gerade unterwegs bei einer Entbindung, aber sie hat Maxims Nachricht bekommen und mich gebeten, das hier hochzubringen." Die junge Frau hält eine große Dose mit Pillen hoch. „Sie lässt ausrichten, dass sie später nach der Infektion schauen wird." Sie wirft mir einen Blick zu. „Hey."

„Hi." Ich trete befangen vor und nehme ihr die Pille ab. „Steht da eine Dosierung drauf?"

„Eine jetzt, sagt meine Mutter, und dann eine vor dem Zubettgehen, falls sie bis dahin noch nicht draufgeschaut hat." Natasha legt den Kopf zur Seite. „Sind die für dich?"

Ich nicke mit dem Kopf in Richtung von Oleg. „Sie sind für Oleg. Er hat eine Wunde. Ich vermute, sie ist entzündet. Ich hoffe, mehr ist es nicht."

„Dürfte ich sie mir anschauen? Ich kann eventuelle einen Wickel machen. Ich habe meiner Mutter assistiert, seit ich in der Grundschule war, und bin lizenzierte Massagetherapeutin. Ich weiß viel über natürliche Heilmethoden. Ich habe Tees, Tinkturen, ätherische Öle, Salben – alles Mögliche."

Ich werfe Oleg einen Blick zu, um seine Zustimmung zu bekommen. Natürlich, wie immer, zeigt sein Gesicht keine Reaktion, also entscheide ich es für ihn. „Ja, das wäre super."

Oleg macht einen Schritt vorwärts, verliert aber die Balance und hält sich mit der Hand am Stuhl fest, den er fast umschmeißt.

Natasha stolpert zurück und fällt in Dima, der sie mit einem Arm um die Taille und einer Hand auf ihrer Hüfte auffängt.

„Ein bisschen Hilfe, bitte", sage ich und ducke mich unter Olegs Arm, um seinen massigen Körper zu stützen, aber er findet seine Balance von allein wieder. Ich bemerke, dass Dima Natasha noch immer nicht losgelassen hat. Er neigt seinen Kopf, als ob er ihren Scheitel küssen wollte oder an ihrem Haar riecht, hält aber kurz davor inne. Seine Lider senken sich, als ob es ein unerwartetes Vergnügen wäre, sie zu berühren. Er lässt sie nicht los, bis sie sich zu ihm herumdreht, rot wird und etwas murmelt, was ich nicht verstehe. Es klingt wie: „*Spassibo*".

Interessant. Jemand ist verknallt.

„Bist du auch Russin?", frage ich, als ich ihr aus der Tür folge. Dima hält sie auf, dann geht er uns voran den Flur hinunter, als ob wir Geleitschutz bräuchten.

„Ja", lächelt sie.

„Ist jeder in diesem Haus russisch?" Ich sage es im Scherz, aber Natasha nickt, lächelt.

„Ja. Deshalb ist das Gebäude auch als der Kreml bekannt. Ravil vermietet an Russen für Preise, die wir sonst nirgendwo in der Stadt finden würden." Sie wirft Ravil einen dankbaren Blick zu, der hinter uns aus dem Büro kommt. „Er kümmert sich um die seinen."

Er kümmert sich um die seinen. Ja, wie ein Mafiaboss. Er ist sanftmütig, aber Olegs Anspannung bei dem Gespräch hat mir verraten, dass er seinen Boss respektiert und viel von ihm hält. Ravil übt seine Macht auf leise Art aus.

Sie sind Killer, alle von ihnen. Gefährliche Männer in einem gefährlichen Geschäft. Ich versuche, diesen Gedanken in eine Kiste zu stopfen und zu vergessen, aber da ist eine subtile Unruhe, die an mir nagt. Ich habe eine hohe Schmerzgrenze, was Trauma und Chaos angeht, aber das hier fängt langsam an, mir zu schaffen zu machen. Meine Abschottungsfähigkeiten beginnen, ins Schleudern zu kommen.

Während wir den Flur hinuntergehen, bemerke ich, wie Oleg sein Bein schont. Er humpelt nicht, aber da ist eine Steifheit, die sich durch seinen ganzen Rumpf zieht, wenn er das verwundete Bein belastete. Gott, warum ist mir nicht früher aufgefallen, dass die Wunde nicht heilt? Es gibt so viel zu entschlüsseln und zu interpretieren und zu verstehen, seit er mich hierhergebracht hat. Ich fühle mich von alldem vollkommen überfordert.

Ich drücke seine Hand und er schaut zu mir hinunter. Es ist sanft – kaum merklich –, aber ich sehe den Anflug eines Lächelns in seinen Mundwinkeln spielen.

Ich will nicht darüber nachdenken, wo diese Sache hinführt. Wie vertraut ich mich zunehmend mit ihm fühle, denn ich muss mich dagegen wappnen, dass hieraus irgendwas Echtes wird. Ich kann nicht anfangen, zu glauben, dass es von Dauer sein wird. Er ist Mitglied der russischen Mafia. Ich bin allergisch gegen Beziehungen. Das kann einfach nicht funktionieren.

Trotzdem, dieser Geist eines Lächelns macht mir ein ganz warmes Gefühl im Inneren, das ich auch immer gespürt habe, wenn der Samstag vor der Tür stand und ich wusste, dass Oleg da sein würde, um mir zuzuhören. Für alles bereit war, was ich ihm entgegenwarf – auf seinem Tisch zu stehen. Auf seinen Schultern herumzuklettern. Mich aufzufangen, wenn ich mich wie totes Gewicht von der Bühne fallen ließ.

Wir passieren das Wohnzimmer und die Küche und gehen zu Olegs Zimmer. Dima ist noch immer dabei, geht voran. „Also, was ist deine Verbindung hierher?", fragt Natasha und ich erkenne es als eine freundliche Art und Weise, mich zu fragen, wer ich bin. Ich habe mich nicht vorgestellt.

„Ich bin Story. Eine Freundin von Oleg."

„Freut mich."

„Mich auch."

Dima öffnet die Tür zu Olegs Zimmer und tritt ein. Wir folgen ihm, aber Oleg zögert, steht ratlos in der Mitte seines Zimmers herum.

„Hosen runter, mein Großer", befehle ich ihm. Er schlüpft aus seinen Stiefeln und knöpft seine Jeans auf.

„Oh, ähm. Wo ist denn die Wunde?", fragt Natasha.

Dima tritt näher, als ob er sie vor jeglichem ungewollten, zufälligen Pimmel-Blitzer abschirmen will.

Wieder schwankt Oleg und ich gehe zu ihm, helfe ihm, seine Jeans vorsichtig über seine Wunde herunterzuziehen und sich hinzusetzen.

Um Gottes willen. Der Verband ist vollgesogen mit gelber und roter Wundflüssigkeit, und als Natasha sich neben ihn kniet und den Verband vorsichtig abnimmt, schnappen wir beide nach Luft. Die Ränder der Wunde sind geschwollen und rot und voller Eiter. Ich wende den Blick ab, mir ist plötzlich übel.

„Okay, wow. Definitiv entzündet. Gib ihm für den Anfang eine der Antibiotika." Natasha deutet auf die Dose mit Pillen in meiner Hand.

Ich springe auf. „Natürlich. Oh Gott." Meine Hände zittern, als ich die Dose öffne.

Dima verschwindet und kommt mit einem Glas Wasser zurück, das er Oleg in die Hand drückt, der sich eine Pille in den Mund wirft und sie mit dem Wasser hinunterspült.

„Ich gehe nach unten und bereite einen Wickel vor. Habt ihr Wasserstoffperoxid da, mit dem ich die Wunde reinigen kann?" Natasha steht auf, um zu gehen.

Ich blicke Dima an, der nickt. „Ich hole es."

„Warum hast du mir nicht gesagt, dass es dir nicht gutgeht?", verlange ich.

Oleg zieht mich auf seine Seite mit dem unverletzten Bein und setzt mich auf sein Knie.

„Oh mein Gott! Ich habe auf deiner Wunde gesessen!" Er schüttelt den Kopf.

„Nein? Von so einer Entzündung kann man sterben. Was, wenn du einen MRSA-Keim hast? Ich hätte dich einfach ins Krankenhaus bringen sollen, als es passiert ist."

Oleg schüttelt erneut den Kopf und schließt die Augen.

„Oleg?"

Er schlägt die Augen wieder auf und starrt mich an.

„Du hast wahrscheinlich die ganze Zeit gelitten. Warum hast du mir das nicht gesagt?"

Er schüttelt den Kopf.

„Du *musst* anfangen, mit mir zu kommunizieren."

„Dabei kann ich helfen." Dima kehrt mit dem Wasserstoffperoxid und einem Waschlappen zurück. Er hat außerdem ein Tablet in der Hand, das er Oleg gibt. „Ich habe dir alles eingerichtet, mein Lieber." Er berührt den Bildschirm und eine Tastatur mit kyrillischen Schriftzeichen erscheint. „Du tippst hier ein, was du sagen willst, und es spuckt es für Story auf Englisch aus. Es kann Nachrichten sogar laut vorlesen, allerdings habe ich keine Stimme mit russischem Akzent finden können." Er grinst.

Ich gieße reichlich Wasserstoffperoxid über Olegs Wunde, fange die Tropfen mit dem Waschlappen auf. Ich schnappe nach Luft, als es in der offenen Wunde zu blubbern und zu zischen anfängt.

Oleg tippt etwas mit seinen Zeigefingern. Er ist kein schneller Tipper. Ich vermute, seine großen Finger machen es auch nicht gerade einfacher.

„Drück hier drauf, um es vorlesen zu lassen." Dima deutet auf den Bildschirm.

Eine männliche Stimme mit australischem Akzent sagt, „Mach dir keine Sorgen um mich, Schwalbe."

Unsere Blicke treffen sich. „Was war das russische Wort für *Schwalbe*?", frage ich.

Oleg schaut hinunter auf den Bildschirm, ist sich nicht sicher, wie er die Sprache umkehren kann, aber Dima antwortet für ihn. „*Lastotschka*. Nennt er dich so? Ich kann es so einstellen, dass dieses Wort nicht übersetzt wird, wenn das dein Kosename ist." Er nimmt das Tablet in die Hand und gibt irgendwas ein.

Natasha erscheint und versorgt die Wunde, legt den Wickel an, dann lassen Dima und sie uns allein.

Oleg lässt sich zurück auf das Bett fallen. Ich rolle mich an seiner Seite zusammen, lege meinen Kopf auf seine Schulter. Er schaut mich an, deutet auf meine Brust, dann auf seine.

„Ich gehöre dir?"

Ein winziges Lächeln erstrahlt. Ich habe es nicht ganz richtig verstanden, aber ihm gefällt meine Auslegung. Er nickt.

„Oleg, ich –"

Er stoppt meine Worte mit einem Finger auf meinen Lippen, dann wiederholt er die Geste, dreht sie um.

„Du gehörst mir?" Wieder verziehen sich seine Lippen in ein Lächeln. Er nickt.

Ich kann nicht aufhören, ihn anzustarren. Er sieht mit diesem kleinen Lächeln vollkommen verändert aus. Viel jünger. So warm.

Er gehört mir. Etwas in mir will dieses Geschenk ablehnen. Denn daran zu glauben, dass es etwas ist, auf das ich mich verlassen kann, ist unvernünftig. Ich weiß, dass Liebe nicht von Dauer ist. Menschen verschwinden. Wir geben nur unser Bestes, während wir uns alle durch das Leben lavieren, so gut wir können.

Das ist es, was Oleg und ich gerade tun. Und es ist ein kostbarer Moment, trotz – nein, *wegen* – des Dramas, das uns umgibt.

Ich will glauben, was er mir sagt. Dass dieser starke, beständige Mann immer für mich da sein wird. Für immer und ewig. Etwas, was ich noch nie in meinem Leben mit jemandem hatte.

Vielleicht ist es ja wirklich wahr.

ZEHNTES KAPITEL

Oleg

Ich bin für den Rest des Nachmittags komplett hinüber, falle immer wieder in Fieberträume. Von der schlimmsten Sorte – der Sorte, die direkt dort weitermacht, wo das reale Leben aufgehört hat, sodass ich mir nicht sicher sein kann, ob es wirklich nur ein Traum ist oder nicht. Ich weiß, dass Natasha zurückgekommen ist, um meine Wunde zu kontrollieren und den Wickel zu wechseln. Dima stand hinter ihr wie ein Bodyguard. Oder vielleicht war das auch nur ein Traum.

In einem meiner Fieberträume spaziert Story aus dem Kreml, während ich schlafe, und das bärtige Arschloch aus dem Rue's schießt sie kaltblütig nieder.

In einem anderen operiert Skal'pel' an ihr, entfernt auch ihre Zunge, sodass sie nie wieder singen kann.

Dann ist er hier in meinem Schlafzimmer und richtet eine Waffe auf sie. Ich wache ruckartig auf, einen heiseren

Schrei auf den Lippen. Ich greife hastig nach meiner Waffe im Nachttisch.

„Hey." Storys Stimme weht durch den Raum. „Alles in Ordnung?" Sie hat sich auf einem der Stühle vor den großen Fenstern zusammengerollt, ihre Gitarre auf dem Schoß.

Ich lasse die Waffe los, bevor Story sie sehen kann. Mein Puls rast. *Bljad*. Was, wenn ich sie auf Story gerichtet hätte, bevor ich richtig zu mir gekommen wäre? Dieser Gedanke hilft in keinster Weise dabei, mein hämmerndes Herz zu beruhigen.

Story legt die Gitarre ab und kommt zum Bett. Sie hat eine Art und Weise, sich zu bewegen, die eher kindlich ist als die einer heißblütigen Frau. Sie scheint zu hüpfen. Springt mit Schwung auf das Bett, anstatt einfach hinaufzusteigen. Das ist Teil dessen, was sie so faszinierend für mich macht. Sie zieht die Decke zurück und steckt ihre Beine darunter, setzt sich neben mich und schiebt mir das Tablet unter die Nase, das Dima mitgebracht hat.

Ich starre für einen Moment darauf, muss mich erst erinnern, was ich damit machen soll.

Ich hatte einen schlimmen Traum, tippe ich. Der australische *mudak* sagt es ihr.

„Worüber?", fragt sie.

Ich deute auf sie. *Ich habe geträumt, er hätte dir auch die Zunge rausgeschnitten.*

Fuck. Ich fühle mich so wund und verletzlich, meine Albträume auszusprechen, aber Story verlangt von mir, zu kommunizieren.

„Skal'pel'?", fragt sie.

Ich nicke.

„Was war er für dich?" Ihre braunen Augen blicken forschend in mein Gesicht.

Verdammt. Ich habe diese Geschichte nie zuvor

erzählt, ich spreche nicht über meine Vergangenheit. Aber Story hat es natürlich verdient, die Wahrheit zu erfahren. Ich runzle über die Buchstaben gebeugt die Stirn, benutzte meine beiden Zeigefinger, suche und tippe.

Als ich vierzehn war, hat meine Mutter eine Stelle als Haushälterin bei einem wohlhabenden plastischen Chirurgen angenommen, Andrusha Orlov. Manchmal habe ich meiner Mutter nach der Schule geholfen und der Doktor hat Gefallen an mir gefunden. Er hat mich für Gelegenheitsjobs bei sich bezahlt und wurde langsam eine Vaterfigur für mich.

„Hattest du einen Vater?", fragt Story und kreuzt ihre schlanken Beine in einen Schneidersitz.

Ich schüttle den Kopf. *Ich habe ihn nie richtig kennengelernt. Er hat uns verlassen, als ich sehr klein war.*

„Tut mir leid."

Ich zucke mit den Schultern. *Als ich siebzehn war, hat Dr. Orlov mich gefragt, ob ich einen Job als sein persönlicher Bodyguard annehmen will. Ich war damals schon fast so groß wie er. Er hatte ein Sicherheitsteam und der Chef der Truppe war früher beim Militär gewesen. Er hat mir beigebracht, eine Waffe abzufeuern. Mit bloßen Händen zu kämpfen. Er hat mir zweiundsiebzig Methoden beigebracht, einen Menschen zu töten.*

Mir war nicht klar, warum Orlov Bodyguards brauchte, aber es war mir auch egal. Ich verdiente mehr Geld als meine Mutter als Haushälterin und fühlte mich wie ein Mann. Im Laufe der Zeit hat er mich schließlich zu Treffen mitgenommen, die er in Restaurants oder Bars abgehalten hat. Ich war bei Treffen anwesend, bei denen große Summen Bargeld die Besitzer gewechselt haben. Innerhalb der nächsten fünf Jahre habe ich immer mehr von Orlovs Geschäft mit den Identitätsumwandlungen mitbekommen.

Dann wurde die Sache ein bisschen zu heikel. Die St. Petersburger Bratwa hatte es auf ihn abgesehen, nachdem sie Wind davon bekommen hatte, dass er an einem Mann operiert hat, den sie tot sehen

wollten. Ich habe drei Männer umgebracht, die in Orlovs Haus aufge-
taucht waren. Das hat mir Angst gemacht.

Ich habe versucht, auszusteigen. Er hat mich überredet, noch so
lange zu bleiben, bis er seine Geschäfte vollständig abgewickelt und
seine eigenen Identität geändert hatte und verschwunden war.

Ich höre auf zu tippen. Der Rest der Geschichte ist es
nicht wert, erzählt zu werden.

Story schiebt ihre Hand in meine. „Und er hat dir zum
Dank die Zunge rausgeschnitten."

Ich reibe mir den schmerzenden Kopf und nicke.

„Wo ist deine Mutter jetzt?", fragt Story.

Ein spitzer Schmerz schießt durch meine Brust. Meine
süße, ehrliche, fleißige Mutter. *Sie hat ihren Job und ihren Sohn*
verloren, als Skal'pel' verschwunden ist, tippe ich.

„Weiß sie, dass du noch lebst?"

Wieder kratze ich mich am Kopf.

„Oleg?" Story beugt sich vor, um einen Blick in mein
Gesicht zu werfen.

Ich war zu beschämt, um sie wiederzusehen. Ich bin vom
Gefängnis aus direkt nach Chicago gegangen. Ich brauchte einen
Neustart.

Story lehnt ihren Kopf an meine Schulter, schmiegt
ihren Körper an meinen, ihre Knie legen sich über meine
Oberschenkel. „Ich hasse, dass dir das zugestoßen ist." Sie
klingt, als ob sie Tränen zurückhalten müsste.

Ich streichle über ihre Wange, streiche ihr eine Haarsträhne hinter das Ohr. Meine beschissene Vergangenheit
wieder aufzuwühlen, war furchtbar, aber jetzt, wo es laut
ausgesprochen ist – jetzt, da Story Bescheid weiß, Ravil
und Maxim einen Teil davon kennen –, scheint sich etwas
in mir verschoben zu haben, was all die Jahre blockiert
war. Ich habe meinen Schmerz als Mauer missbraucht, um
alle anderen Menschen abzuschotten. Um mich selbst

abzuschotten. Ich war kaum noch ein Mann, habe kaum noch wirklich gelebt.

Mir hat so viel mehr gefehlt als nur eine Zunge.

Aber jetzt ist diese Mauer eingerissen. Der Weg ist noch nicht frei – noch längstens nicht. Überall fliegt noch verfluchter Schutt und Geröll herum. Aber ich bin bereit, mich hindurchzuwühlen.

„Du solltest deine Mutter kontaktieren", sagt Story und flechtet ihre Finger in meine. „Ich wette, es bringt sie um, nichts von dir zu hören."

Meine Brust zieht sich zusammen und ich kämpfe gegen den Kloß in meinem Hals an. Ich nicke zustimmend.

„Apropos Mütter, ich muss meine anrufen. Sie ist ein bisschen ein Wrack." Story rutscht vom Bett und zückt ihr altmodisches Klapphandy.

Ich tippe ins iPad: *Was ist passiert?* Es ist seltsam, eine echte Unterhaltung mit jemandem zu führen, aber Story macht es möglich.

Story kommt zurück ans Bett, setzt sich im Schneidersitz hin. „Meine Mutter ist depressiv. Sie ist wundervoll, aber als Mutter völlig unzuverlässig. Ich übernehme in unserer Beziehung eher den Elternpart. Ich meine, wenn es ihr gut geht, ist sie für uns da – für Flynn und mich und Dahlia, unsere kleine Schwester. Aber ihr Leben ist eine einzige Berg-und-Tal-Bahn von sich verlieben und am Boden zerstört sein. Und das letzte Mal, als ich mit ihr gesprochen habe, kam es mir so vor, als ob die Dinge mit ihrem Freund Sam bergab gehen würden. Ich will nur hören, ob alles in Ordnung ist." Story wählt die Nummer, während ich ins Tablet tippe.

„Hey, Mom. Wollte nur mal hören, wie es dir geht. Ruf mich zurück, wenn du das hörst." Story klappt ihr Handy zu. „Mailbox."

Das war schwer für dich. Ich halte Story das iPad hin. Ich bin es leid, dass der australische Dämlack für mich spricht. Mir ist es lieber, sie liest es einfach.

„Es war okay. Ich habe mich geliebt gefühlt. Ich konnte mich nur auf niemanden verlassen."

Du kannst dich auf mich verlassen, will ich ihr sagen, aber ich halte mich zurück. Sie ist schreckhaft, wenn es um Bindung geht, und ich bin nicht in der Position, sie zu drängen. Nicht, wenn ich sie nicht einmal beschützen kann.

„Das Leben meines Dads war auch ziemlich verrückt, Sex, Drugs, Rock'n'Roll. Jetzt mache ich mir Sorgen, dass Flynn diesen Weg einschlägt, weißt du?" Ihre Augen schimmern mit Tränen, die sie eilig fortblinzelt. „Aber Musik ist das Einzige, was wir haben. Das ist es, was unsere Familie zusammenhält, auch wenn es nicht die stabilste Art der Verbindung ist. Ich konnte nicht aufs College, weil die Dinge mit meiner Mutter einfach zu chaotisch waren, sie war immer wieder in psychiatrischen Kliniken. Ich musste zu Hause bleiben und dafür sorgen, dass Flynn und Dahlia okay waren. Mein Bruder und ich sind also in einer Band gelandet. Nur Dahlia ist aufs College gegangen."

Was würdest du gerne noch machen?, tippe ich. *Wenn du könntest?*

Story wirft ihr Handy zurück in ihre Handtasche. „Ich weiß nicht. Ich habe nie wirklich darüber nachgedacht. Vielleicht würde ich gar nichts anders machen. Ich liebe die Band. Und ich mag es, Gitarrenunterricht zu geben. Wirklich. Das funktioniert gut, verstehst du?"

Ich mustere sie, versuche zu erkennen, ob da etwas versteckt ist, was entschlüsselt werden muss, aber meine Fähigkeiten, was Unterhaltungen mit Frauen angeht, sind mehr als rostig, also kann ich sie nur beim Wort nehmen.

Ich versuche es noch einmal. *Was hättest du studiert, wenn du aufs College gegangen wärst?*

„Vermutlich irgendwas vollkommen Unbrauchbares, französische Literaturwissenschaften oder so was. Oder Kunstgeschichte." Sie zuckt mit den Schultern, grinst mich verschmitzt an.

Ich liebe dieses Mädel, mein Gott.

Sie deutet auf das iPad. „Ich mag es, mit dir zu sprechen."

Für die nächsten fünf Tage gehörst du mir, schreibe ich. Ich impliziere nichts Dauerhaftes, auch wenn ich nicht vorhabe, sie gehen zu lassen. Jemals.

„Das stimmt wohl. Du erholst dich besser schnell wieder, damit wir Zeit miteinander verbringen können. Ich meine, nicht dass es nicht unterhaltsam wäre, dir beim Schlafen zuzuschauen, aber …"

Sie ringt mir ein Lächeln ab. Dieser ungewohnte Ausdruck passiert mir immer häufiger, wenn sie in meiner Nähe ist.

Mir geht es schon besser, lasse ich sie wissen, auch wenn es nicht ganz stimmt. Mein Kopf dröhnt und ich könnte vermutlich augenblicklich wieder einschlafen. *Morgen mache ich dich fix und fertig.*

Sie schnappt nach Luft und wirft mir einen aufgeregten Blick zu. „Ist das ein Versprechen?"

Ich nicke und ihr Grinsen wird breiter. „Oh mein Gott, ich kann es gar nicht erwarten, all die schmutzigen Gedanken in deinem Kopf endlich zu hören."

Ich ziehe eine Augenbraue hoch. *Pass auf, was du dir wünschst.*

Story setzt sich rittlings auf meinen Schoß, reibt ihre warme Mitte über meine halbe Erektion, verwandelt sie in einen amtlichen Ständer. „Wie viel besser fühlst du dich denn?", schnurrt sie.

Gut genug, um dich um den Verstand zu vögeln, schalunja, tippe ich und stelle die Übersetzungsoption für ihren anderen Kosenamen aus, dann werfe ich das Tablet zur Seite und drehe sie auf den Rücken.

„Ich hoffe, *schalunja* bedeutet etwas ganz Unanständiges." Sie zerrt an meinem Hemd.

Ich knurre und mache mich über ihren Mund her, lasse sie genau wissen, was ich mit meinem kleinen Luder mache, wenn sie ein unartiges Mädchen ist.

ELFTES KAPITEL

Oleg

ICH WACHE AUF UND BEMERKE, dass Story verschwunden
ist.

Ich stürze aus dem Bett und renne in Boxershorts und
T-Shirt den Flur hinunter. Das Wohnzimmer ist licht-
durchflutet.

Fuck. Habe ich wieder geschlafen? Wie lange?

Vage erinnere ich mich daran, dass ich den Nachmittag
und den Abend durchgeschlafen habe. Story war bei mir
geblieben, hatte leise Gitarre gespielt und war ab und zu
durchs Zimmer gelaufen. Ich erinnere mich, wie Sasha sie
zum Essen eingeladen hat – aber ich weiß nicht, ob es
Mittagessen oder Abendessen war. Vielleicht beide Male.

Das muss gestern gewesen sein.

„Hey, mein Großer. Wie fühlst du dich?", fragt Nikolai
von der Couch herüber. Er isst Donuts aus einer Schachtel,
die auf dem Couchtisch steht.

Ich werfe frustriert die Arme in die Luft, verlange zu wissen, wohin Story verschwunden ist.

„Entspann dich." Maxim kommt aus der Küche, trinkt ein Glas Grapefruitsaft. „Story ist zusammen mit Sasha auf dem Dach."

Auf dem Dach. Ich schüttle den Kopf, stürze schon zur Tür.

„Sie sind dort oben sicher – glaubst du, ich würde es erlauben, wenn es nicht so wäre? Man hat keine freie Schusslinie aufs Dach, von nirgendwo her. Versprochen."

Ich entspanne meinen Klammergriff um die Türklinke etwas, hadere mit mir, ob ich mir schnell eine Hose anziehen soll, bevor ich da hoch renne, schließlich ist es kein Notfall, als ich vom Dach plötzlich Schreie und Schüsse höre, die in Metall einschlagen.

Alle im Penthouse springen in Aktion. Ich reiße die Tür auf, renne los. Die Schritte meiner Brüder hallen hinter mir durch den Flur, Maxim ist direkt neben mir. Pavel und Nikolai folgen ein paar Schritte danach, haben beide ihre Waffen gezogen. Ich nehme drei Stufen auf einmal, als ich die Treppe zur Dachterrasse hocheile, dann stoße ich mit einem lauten Scheppern die Tür auf. Sasha und Story hocken zusammengekauert im Whirlpool, halten sich die Ohren zu.

„Irgendjemand schießt auf uns!", ruft Sasha Maxim auf Russisch zu.

Maxim fährt herum, kontrolliert die Dächer der umstehenden Gebäude, versucht zeitgleich, die beiden Frauen zu beruhigen. „Es ist alles in Ordnung", ruft er ihnen zu. „Es gibt keine freie Schusslinie. Versprochen. Dort, wo ein Schuss möglich wäre, haben wir kugelsichere Scheiben installiert."

Ich will Maxim am liebsten dafür umbringen, dass er Story aus den Augen gelassen hat, und tue mich schwer damit, seine Worte zu mir durchdringen zu lassen. Sie sind tatsächlich nicht in Gefahr.

Ravil und Dima kommen auf dem Dach an, haben ebenfalls ihre Pistolen gezogen. Weitere Schüsse werden abgefeuert und ich erkenne, dass Maxim recht hat. Die Kugeln schlagen in den hohen Lüftungsschacht ein, prallen darunter an kugelsicheren Fenstern ab.

„Hier drüben." Ravil zeigt auf ein Gebäude neben uns, in dem ein Fenster herausgenommen ist. „Schickt sofort ein Team in das Gebäude", bellt er.

Ich kann an nichts anderes denken, als zu Story zu kommen. Ich jogge zum Whirlpool und hebe ein Handtuch auf, das auf einem der Liegestühle liegt, um sie darin einzuwickeln. Sie trägt nichts als ihren Slip und ich möchte jeden meiner Bratwa-Brüder dafür umbringen, einen Blick auf ihre Brüste zu erhaschen, nicht, dass sie hinschauen würden.

Story klettert eilig aus dem Becken und springt mir in die Arme, schlingt die Beine um meine Hüfte, die Arme um meinen Nacken, durchnässt meine Anziehsachen mit dem heißen Wasser des Whirlpools. Ich wickle das Handtuch um ihren Körper, halte sie fest.

Maxim zieht Sasha aus dem Whirlpool und in seine Arme.

Ich atme noch immer nicht. Bin nicht in der Lage, den Terror zu stoppen, der durch meine Adern rauscht.

„Das ist eine Botschaft", sagt Ravil grimmig. „Jemand versucht, dich einzuschüchtern."

Ich werde sie alle umbringen. Jede einzelne Person, die Storys Leben bedroht hat. Ich drehe mich abrupt um und marschiere vom Dach, halte Story in meinen Armen, als ob sie das Einzige ist, was mich noch am Leben hält.

„Ich bin okay", murmelt sie in mein Ohr, auch wenn sie sich noch immer an mich klammert wie im ersten

Augenblick, als sie sich in meine Arme geworfen hat. „Wir hatten nur Angst. Wir wussten nicht, dass wir nicht getroffen werden konnten.

Meine Schwalbe. Ich werde sie nie wieder loslassen. Ich trage sie in mein Zimmer, laufe mit ihr im Kreis.

„Ich bin okay", wiederholt sie. Sie schmiegt ihre Wange an meine. „Dein Fieber ist gesunken. Fühlst du dich besser?"

Ich laufe eine weitere Runde durch das Zimmer.

„Stell mich ab, mein Großer. Ich muss mich anziehen. Ach ja, stimmt. Ich habe ja nichts zum Anziehen."

Behutsam setze ich sie auf der Kommode ab und fische ein langärmliges T-Shirt für sie aus einer der Schubladen, während sie sich aus ihrem nassen Slip pellt. Sie zieht sich das T-Shirt über den Kopf. Die Ärmel hängen über ihre Hände, was sie wie eine Lumpenpuppe aussehen lässt. Sie lacht und zieht ihre Arme wieder aus den Ärmeln, dann steckt sie sie durch die Halsöffnung und zieht das T-Shirt unter ihre Schultern. Anschließend verknotet sie die Ärmel unter ihrer Brust, was das T-Shirt plötzlich wie ein ärmelloses Kleid aussehen lässt. Es ist raffiniert und wunderschön. Ich nehme sie wieder in die Arme und küsse sie auf die Stirn.

„Ich bin in Ordnung", sagt sie noch einmal. „Komm, lass uns mit den anderen darüber sprechen."

Ich weiß, dass sie recht hat, aber ich würde sie lieber hier in meinem Zimmer einsperren.

Auf unbestimmte Zeit.

Ich bin außerdem extrem abgelenkt, weil ich weiß, dass sie unter meinem T-Shirt keinen Slip trägt. Meine Hand liegt auf ihrem Arsch, als wir zusammen aus dem Zimmer gehen, meine Fingerspitzen gleiten über die Rundungen ihres Hinterns.

Sie blickt zu mir auf und lächelt mir heimlich zu.

Alle sind im Wohnzimmer, als wir dort ankommen. Sasha hat sich ebenfalls umgezogen und Lucy steht mit dem kleinen Benjamin auf ihrer Schulter mit dabei, tätschelt ihm den Windelhintern. Sie sieht angespannt aus. Ich bin mir sicher, dass die nervöse Anwältin es überhaupt nicht gutheißt, dass die Bratwa-Gewalt auch nur annähernd in die Nähe ihres Babys kommt. Das war überhaupt nur der Grund, weshalb sie versucht hatte, ihre Schwangerschaft vor Ravil zu verheimlichen. Ravil hat sie schließlich für sich gewonnen, nachdem er sie entführt und gefangen gehalten hatte.

„Wir waren zu spät. Das Team hat das Büro ausfindig gemacht, von dem aus sie geschossen hatten, aber der oder die Schützen waren schon verschwunden", informiert mich Maxim.

Fuck.

Ich errege Sashas Aufmerksamkeit, fingere an Storys provisorischem Kleid herum, dann deute ich auf Sasha und ziehe fragend eine Augenbraue hoch.

„Story braucht was zum Anziehen!", rät Sasha. Sie bedeutet Story, mitzukommen. „Ich wollte dir nach dem Schwimmen sowieso was zum Anziehen geben. Komm mit." Sie verschwinden zusammen in Sashas Zimmer, und als sie wieder auftauchen, trägt Story ein paar Leggings unter meinem T-Shirt und einen pinken Kapuzenpulli, um ihre Arme zu bedecken. Sie sieht genau wie der Rockstar aus, der sie ist.

„Hör zu, ich muss los und ein paar Sachen besorgen, wenn ich die ganze Woche hierbleiben soll", sagt Story.

Sie verlässt die Wohnung nur über meine Leiche. Ich schüttle den Kopf.

Maxim und Ravil tauschen einen Blick. „Keine schlechte Idee", sagt Maxim an mich gerichtet. „Wir ziehen einfach den Plan vor, in ihre Wohnung zu fahren.

Es wird einfacher sein, die Dinge dort unter Kontrolle zu behalten, als im Nachtclub."

Story schaut mich an.

Ich schüttle den Kopf.

„Story muss nicht zwangsläufig mitkommen. Ihr beide könntet hierbleiben, wo sie euch nichts antun können. Wir schicken eine Truppe zu ihrer Wohnung, um ihre Sachen zu holen. Wenn wir dort jemanden sehen, schnappen wir sie uns", erklärt Ravil.

Ich nicke. Ich werde jedem Plan zustimmen, der Story nicht einschließt. Ich nehme Block und Stift, die noch immer auf der Frühstücksbar liegen, und schreibe, *Ich glaube nicht, dass das funktionieren wird, wenn ich nicht mitkomme.* Ich reiche Ravil den Zettel.

Er liest ihn laut vor. „Stimmt. Dann kommst du eben mit. Wir lassen Story hier. Du bist der Köder. Das ist einfacher. Wir müssen diese Sache so schnell wie möglich klären."

„Ich würde aber gerne mitkommen", meldet sich Story zu Wort. „Um zu sehen, was ich brauche, verstehst du?"

Ich schüttle den Kopf.

„Oleg, du bist unvern–"

Ich unterbreche Storys Argumentation mit einem Faustschlag gegen die Wand neben mir. Ich wollte meine Aggression nicht so deutlich zur Schau stellen, aber ihr wurde schon eine Waffe an die Schläfe gehalten und jetzt wurde auf sie geschossen. Nie im Leben lasse ich sie schon wieder ungeschützt in eine Gefahr hineinmarschieren, wenn es nicht nötig ist.

„*Hey*", blafft sie mich an und ihre Augen funkeln. Sie hat offensichtlich keine Angst vor mir, was eine Erleichterung ist. Ehrlich gesagt geht sie sogar in die direkte Konfrontation und steckt mir den Zeigefinger ins Gesicht –

na ja, so gut sie das eben kann, schließlich ist sie so viel kleiner als ich. „Mach das *nicht* noch einmal!"

Ich blinzle sie an. Ich sollte mich entschuldigen, ich weiß, aber ich kann ihr nicht versprechen, dass das nie wieder vorkommen wird. Ich *bin* verflucht noch mal unvernünftig, wenn es um ihre Sicherheit geht.

„Die hat ja mehr Mumm als ich", murmelt Pavel.

„Ja, oder?", antwortet Dima.

„Als ob er ihr jemals ein Haar krümmen würde", lacht Sasha trocken. „Euch beiden hingegen? Das ist was anderes."

„Story bleibt hier." Ravils Autorität unterbindet jegliche weitere Diskussion. „Oleg kommt mit. Maxim organisiert Verstärkung. Wir fahren in einer Stunde los."

„Du nicht", warnt Lucy mit großen Augen aus der Zimmerecke.

Ravil zögert, sein Blick fällt auf seinen Sohn und dessen Mutter.

„Der *pachan* bleibt hier", verkündet Maxim, als ob er statt Ravil der Boss wäre. Er weiß einfach, dass Ravil nicht auf seine eigene Sicherheit achten würde, und Ravils Ehe hängt schließlich davon ab, dass er seine Familie vor der Gewalt der Bratwa schützt.

Ich hasse mich dafür, diese Gewalt über sie gebracht zu haben.

Wenn ich nur einen Funken Anstand hätte, würde ich einfach verschwinden. Allein davongehen, mich den Gangstern stellen, die hinter mir her sind, und alle anderen aus den Gefahren rausziehen, in die ich sie hineingezogen habe – vor allem Story.

Aber Story zu verlassen, kommt mir unmöglich vor. Mein Leben hat in dem Augenblick begonnen, als ich sie an diesem ersten Abend nach Hause gefahren habe. Ich bin von den Toten auferstanden. Wollte eine Verbindung eingehen. Etwas teilen.

Und so bin ich nun gefangen zwischen dem Verlangen, Story zu behalten, und dem Bedürfnis, sie zu beschützen.

~

STORY

ICH SCHREIBE eine Liste mit den Dingen, die ich aus meiner Wohnung brauche, und dann fahren die Jungs los.

Ich habe in meinem Leben schon jede Menge verrückte Dinge gesehen. Ich habe gesehen, wie meine Eltern die Sorte Streit hatten, die fliegende Teller und zertrümmerte Möbeln beinhaltet. Ich musste meine Mutter immer wieder in psychiatrische Kliniken bringen. Ich habe meinen Bruder im Arm gehalten, als er auf einem üblen Trip war. In der Mittelstufe hat meine beste Freundin sich die Pulsadern aufgeschlitzt und ich saß neben ihr in der Notaufnahme.

Ich halte mich für widerstandsfähig. Deshalb bin ich nicht vollkommen ausgerastet, als ich Oleg mit einem Streifschuss in meinem Van gefunden habe. Oder als ich zugesehen habe, wie er meine drei Angreifer umgebracht hat. Ich habe eine hohe Toleranzgrenze für Trauma aufgebaut.

Aber jetzt gerade bin ich so angespannt wie nie zuvor in meinem Leben. Das Herz rutscht mir in die Hose und ich habe mich noch nie so hilflos gefühlt. Die Vorstellung, dass Oleg irgendwas zustoßen könnte, jagt mir unfassbare Angst ein.

Ich laufe vor der Fensterfront auf und ab, die vom

Penthouse-Wohnzimmer hinaus auf den See zeigt, zu angespannt, um überhaupt meine Gedanken zu ordnen.

Sasha beobachtet mich voller Mitgefühl. „Es wird ihm nichts passieren. Keinem von ihnen."

Ich schaue zu ihr um zu überprüfen, ob sie selbst von ihren Worten überzeugt ist. Ihre Finger sind krampfhaft ineinander verflochten und sie steht ebenso hilflos herum wie ich.

Aber sie sagt, „Das sind harte Kerle."

„Ja." Ich erinnere mich daran, wie effizient und gekonnt Oleg die Typen auf dem Parkplatz vom Rue's ausgeschaltet hat. Er weiß, was er tut, und er ist nicht allein unterwegs.

„Machst du gerne Musik, wenn du versuchst, etwas zu vergessen?"

„Allerdings."

„Willst du deine Gitarre holen?"

„Stört dich das nicht?"

„Machst du Witze? Ich kann auch Ablenkung gebrauchen."

„Was ist mit dem Baby?", frage ich.

Sasha wedelt mit der Hand in der Luft herum. „Oh, wir haben ihn schon so weit, dass er von rein gar nichts mehr aufwacht."

Ich gehe zu Olegs Zimmer und hole meine Gitarre. Als ich sie zurück ins Wohnzimmer bringe, stimme ich die Saiten, schlage ohne Nachzudenken ein paar Akkorde an. „Was ist dein Lieblingslied?", frage ich Sasha.

„Ach, albernes Zeug. Top Forty. Spiel einfach, was du willst."

Wie auf Autopilot spiele ich das gesamte Album der Storytellers, versuche, irgendwie durchzukommen.

„Sind das alles selbstgeschriebene Songs?", fragt Sasha, als ich fertig bin.

Ich nicke abwesend. Das Lärmen in meinem Kopf ist zu laut.

„Habt ihr einen Manager?"

Ich lache. „Ja, mich."

„Nein, ich meine, einen richtigen Manager. Jemand, der euch richtig vorwärtsbringen kann. Euch auch nach außerhalb von Chicago vermittelt. Wenn ihr eure Reichweite vergrößert, könntet ihr auch einen Plattenvertrag bekommen, wette ich. Im Ernst!"

Ich werde davor gerettet, ihren gutgemeinten Ratschlag höflich auszuschlagen, als die Tür aufgeht. Oleg kommt als erster hindurch und ich sinke vor Erleichterung fast zu Boden.

Ich lasse die Gitarre fallen, klettere kurzerhand über das Sofa – ein Fuß auf den Kissen, der nächste auf der Lehne – und werfe mich Oleg in die Arme, schlinge meine Beine um seine Hüfte.

Er fängt mich auf und dreht mich im Kreis, dann presst er meinen Rücken gegen eine Wand und verschlingt meinen Mund mit einer Intensität, bei der sich meine Zehen vor Lust einrollen. Als er sich von mir löst, lasse ich ihn nicht los, jage seinen Lippen mit meinen hinterher, um noch mehr zu bekommen. Ich benutze meine Zunge, hoffe, es macht ihm nichts aus, dass er den Gefallen nicht erwidern kann. Seine großen Hände liegen auf meinen Arsch und er lässt meine Hüften ein Stück herunterrutschen, damit er die Beule seiner Erektion zwischen meinen Beinen reiben kann.

„Sie waren da, aber sie haben uns entdeckt und sind abgehauen", höre ich Maxim Ravil berichten. „Pavel und ich haben ihr Auto verfolgt und konnten uns das Nummernschild notieren. Es wird mit Sicherheit ein Mietwagen sein, aber vielleicht kann Dima sie verfolgen."

„Bin schon dabei." Dima hat sich irgendwie an seinen

Arbeitsplatz teleportiert, wo seine Finger über die Tasten seines Laptops fliegen.

Oleg stellt mich ab und trägt meine Sachen in sein Zimmer, dann gehen wir zurück ins Wohnzimmer, wo ich mich auf dem großen, roten Sofa auf Olegs Schoß zusammenrolle. Der Fernseher geht an und Nikolai wählt auf Netflix *Arrested Development* aus. Die Erleichterung, endlich was Stinknormales zu tun, Oleg unversehrt zurückzuhaben, die Art und Weise, wie er das Chaos in mir zur Ruhe bringt, ist so groß, dass ich beinah einschlafe.

„Hier, ich habe etwas gefunden. Im Darknet in Russland ist eine Belohnung von drei Millionen Dollar ausgeschrieben, für denjenigen, der Oleg lebendig überbringt", sagt Dima. „Sieht so aus, als ob das von einer anderen Bratwa-Zelle kommt." Er liest den Eintrag laut vor. *„Betrifft: Bratwa-Vollstrecker in Ravil Baranovs Zelle. Aufenthaltsort: gut geschützte Bratwa-Festung, vermutlich uneinnehmbar. Besucht bekanntermaßen regelmäßig eine Bar namens Rue's Lounge, mögliche Angebetete vor Ort.* Und hier ist ein Foto von Story an Olegs Tisch."

Ein Muskel in Olegs Kiefer zuckt.

Dima hebt den Kopf. „Ich sage, wir liefern ihn aus und kassieren die Belohnung."

Oleg versteift sich, reißt den Kopf hoch.

„Das ist ein Witz." Dima wird ernst. *„Gospodi*, Oleg, glaubst du wirklich, wir würden dich verraten?"

„Schreib eine Bekanntmachung", sagt Ravil. „Oleg gehört mir. Jeder, der versucht, ihn anzurühren, stirbt. Wenn jemand an die Informationen in seinem Kopf rankommen will, die stehen zu Verkauf. Sie können mit mir sprechen."

Oleg scheint nicht mehr zu atmen.

„Ist das in Ordnung?", murmle ich in sein Ohr, sodass nur er es hört.

Er schluckt, dann nickt er.

„Schreib eine Bekanntmachung …“, murmelt Dima, aber seine Nase steckt schon wieder in seinem Laptop, die Finger fliegen über die Tastatur. „So funktioniert das nicht wirklich, aber ich verstehe schon.“

Ravil blickt Oleg an. „Ich wurde bereits von Kuznets in Moskau angerufen. Er will Namen wissen. Hast du die?“

Oleg schüttelt den Kopf.

„Überhaupt keinen Namen? Nicht einen einzigen?“

Wieder schüttelt er den Kopf.

„Nur Gesichter?“

Oleg nickt.

„Und das ist Jahre her. Das wird niemandem mehr etwas nützen. Kannst du das auch ins Darknet stellen?“, fragt Ravil Dima.

Dima schnaubt, tippt aber weiter. „Ich poste eine Bekanntmachung“, sagt er sarkastisch, aber sein Kopf nickt auf und nieder, als ob er tun würde, was er kann.

„Wird das für Olegs Sicherheit sorgen?“, frage ich.

Ravil nickt. „Ich kümmere mich darum. Niemand wird ihm ohne meine Erlaubnis etwas antun, was bedeutet, dass ihm niemand etwas antun wird.“ Ein Schauder jagt mir über den Rücken, weil ich die Gefahr förmlich spüren kann, die von Ravil ausströmt. Wenigstens ist er auf Olegs Seite, Ich würde es hassen, diesen Kerl als Feind zu haben.

ZWÖLFTES KAPITEL

Oleg

„HEY, DANKE, MANN", sagt Flynn, als ich am Freitag-
abend den schweren Verstärker auf der Bühne eines Bier-
pubs abstelle.

Beinah gehe ich davon, ohne seine Worte zu würdigen
– wie es mein altes Ich gemacht hätte – aber dann drehe
ich mich um und nicke ihm zu. Story verändert mich.
Führt mich zurück unter die Lebenden. In die Kommunikation. In einen Austausch mit den Menschen um mich
herum. Es ist so einfach und doch so wesentlich.

Ich werde mit einem Grinsen belohnt, das dem von
Storys unglaublich ähnlich sieht.

Ich habe Story zum Konzert der Storytellers gefahren
und meine ganze Gang ist als Verstärkung mitgekommen,
aber Ravil geht davon aus, dass Story jetzt in Sicherheit ist.

Laut Dima sind alle Posts, die ein Interesse an mir
bezeugen, aus dem Darknet verschwunden. Es gibt keine
Aufträge mehr, mich zu schnappen. In Russland war ich

sowohl Kuznets, dem neuen Moskauer *pachan*, als auch einem anderen Bratwa-Boss unterstellt. Ich habe ihnen beiden alles erzählt, was ich weiß. Ich erinnere mich an viele Leute, die ihre Identitäten gewechselt haben, ich kenne nur ihre neuen Identitäten nicht. Mir wurde nicht etwa ein USB-Stick mit allen Informationen zugesteckt, den ich all die Jahre mit mir herumgetragen hätte. Nach mehreren Stunden der Befragung hatten beide Bosse schließlich entschieden, dass ich ziemlich nutzlos war.

Das ist unser Test. Wir sind in der Öffentlichkeit, vollkommen ausgestellt. Ich bin wie ein Draht unter Strom, völlig angespannt, aber Storys offensichtliche, überschwängliche Freude darüber, auftreten zu können, lässt mich meine Anspannung ihretwegen verstecken.

Nachdem ich das ganze schwere Equipment für die Band geschleppt habe, suche ich mir einen Tisch an der Seite des Raums. Es ist nicht das Rue's, also gibt es keinen Platz näher an der Bühne, den ich mir schnappen könnte, aber ich habe eine Wand im Rücken und kann den ganzen Raum überblicken, also ist das schon in Ordnung hier.

Sasha und Maxim lassen sich auf die Stühle neben mir fallen. Pavel und Adrian suchen sich ihren eigenen Tisch, Dima und Nikolai sitzen an der gegenüberliegenden Wand. Wir sind alle bewaffnet, nicht, dass wir die Pistolen hier drin benutzen würden.

Sasha bestellt sich einen Cosmopolitan, Maxim einen Stoli on the rocks. Ich ziehe eine Augenbraue hoch und zeige auf, als er bestellt, deute an, dass ich das Gleiche nehme. Ich habe auch das iPad dabei, das Dima mir gegeben hat, also könnte ich alles bestellen, was ich will.

Diese Freiheit birgt eine gewisse Leichtigkeit. Ich glaube, mir war nicht bewusst, wie sehr ich mich selbst behindert habe, indem ich es nie versucht habe. Es ist ja nicht so, dass Dima mir das Gerät nicht schon vor Jahren hätte geben können. Der Kerl kriegt so gut wie alles hin. Ich habe es nur nicht versucht. Es hat mich nicht gekümmert, dass ich nicht kommunizieren konnte.

Oder ich dachte, es würde mich nicht kümmern.

Story hat es jetzt wichtig werden lassen.

Wenn ich nicht das Publikum nach möglichen Gefahrenquellen absuche, folgen meine Augen jeder ihrer Bewegungen. Das ist selbstverständlich. Sobald sie im Zimmer ist, ist mein Blick auf sie geheftet. Aber diesmal fühlt es sich anders an.

Jetzt gehört sie mir.

Ich weiß, dass sie Angst davor hat, sich zu binden. Ihr Elternhaus hat es ihr schwer gemacht, Stabilität zu akzeptieren. Unbeständigkeit ist ihr Spiel, das sie schon viel zu lange gespielt hat.

Aber ich weiß, dass ich ihr wichtig bin. Ich weiß, dass es ihr gefällt, wie ich sie berühre. Ist von mir ebenso angetörnt wie ich von ihr. Ich habe vor, ihr zu beweisen, dass ich nicht verschwinden werde. Ich bin so verlässlich wie ein Fels, bis zu meinem letzten Atemzug.

Sie wirft mir heimlich einen Blick zu, als sie ihre Gitarre stimmt und das Mikro checkt. Sie hat mich auch früher schon immer wahrgenommen, aber nicht so. Jetzt sagt alles an ihr, dass sie mit mir zusammen hier ist.

Die Band war heute Nachmittag zum Proben in den Kreml gekommen. Ravil hatte sie eine Büroetage nutzen lassen, die derzeit größtenteils leersteht. Ich saß dabei und habe zugehört, war nicht bereit, Story auch nur für einen Augenblick allein zu lassen.

„Dein Freund macht mich ganz nervös", hatte sich Flynn irgendwann beschwert, als er sich immer wieder verspielte. Er bedachte mich mit einem schiefen Grinsen, voller sorglosem Charme.

Die beiden anderen Bandmitglieder hatten so gut wie

kein Wort gesagt, und ich merkte, dass ich sie vermutlich alle drei nervös machte.

Ich wollte schon das Tablet zücken und anbieten, draußen zu warten, aber Story kam mir zuvor. „Gewöhnt euch dran. Oleg hängt jetzt mit uns ab."

Und damit, scheinbar so einfach, wurde ich in den Kreis der Band aufgenommen. Etwas, was vor wenigen Wochen nicht mehr als eine Fantasie zu sein schien.

Jetzt stelle ich mir vor, ihr Roadie zu sein, verantwortlich dafür, das ganze schwere Equipment zu schleppen und aufzubauen. Die Band zu beschützen. Diese Vorstellung gefällt mir.

„Wir sollten ihnen einen Manager besorgen", sagt Sasha, die ebenfalls die Band beobachtet. „Sie sind so gut. Ich kann gar nicht glauben, dass sie noch nicht größer rausgekommen sind."

Maxim nickt gedankenverloren. Ebenso wie ich lässt er seine Augen wachsam durch den Raum schweifen.

„Ich meine, ich kann das auch solange übernehmen, bis wir jemanden gefunden haben", bietet Sasha an.

Ich starre sie an. Ohne zu zögern, mache ich meinen Gesichtsausdruck diesmal lebhaft und lesbar. Ich ziehe die Augenbrauen hoch und breite die Hände aus.

Sasha scheint mich zu verstehen. „Klar würde ich das für sie tun. Und ich wäre verdammt gut darin." Sie bläst auf ihre Fingernägel, tut so, als würde sie sie an ihrem Ärmel polieren.

„Auf jeden Fall", stimmt Maxim ihr zu.

Ich nicke.

Ich mache die Gebärde für *Danke*. Story hat die letzten Tage damit verbracht, mich dazu zu zwingen, YouTube Videos anzuschauen, um die Grundlagen der Gebärdensprache zu lernen. Ich weiß auch nicht, warum mir das vorher nicht eingefallen ist.

„Gern geschehen." Sasha strahlt mich an. Sie hat die meisten der Grundlagen auch schon gelernt.

Die Band nimmt ihre Instrumente hoch und Story tritt ans Mikrofon. „Hallo alle, ich bin Story Taylor und wir sind die Storytellers. Vielen Dank an die Windy City Bar, dass wir heute hier spielen dürfen."

Sie wartet keine Antwort ab und die Band beginnt augenblicklich, eine ihrer schnelleren Nummern zu spielen. Die Leute, die nicht hingehört haben, als sie gesprochen hat, wippen nun mit ihren Köpfen im Takt.

Ein seltsames Gefühl überkommt mich.

Zufriedenheit.

Es ist, als ob jedes einzelne Vergnügen von jedem einzelnen Mal, als ich Story spielen gehört habe, sich in einen einzigen Moment verdichtet hätte.

Denn jetzt gehört sie mir.

Diese Supernova eines Mädchens gehört zu mir. Lag gestern Nacht in meinem Bett. Hat sich von mir fesseln und die ganze Nacht lang verschlingen lassen.

Ich lasse meinen Blick wieder über die Menge schweifen, lasse meine Knöchel krachen. Die Vorstellung, wie irgendjemand ihr wehtun könnte, lässt Mordlust in mir aufsteigen. Aber es scheint alles in Ordnung zu sein. Niemand sieht so aus, als ob er nicht hierhergehören würde.

Meine Brüder sind ebenfalls hier, haben alles im Augen. Sie würden nicht zulassen, dass Story etwas zustößt. Ich hätte ihnen schon vor langer Zeit meine hässliche Vergangenheit anvertrauen sollen.

Story gleitet virtuos in den nächsten Song über, dann in den nächsten. Der Pub ist mittlerweile voller Leute, alle sind gut gelaunt, unterhalten sich oder hören der Musik zu. Niemand ist bisher am Tanzen, aber das passiert in der Regel auch nicht bis später. Die Storytellers haben es perfektioniert, genau zum richtigen Zeitpunkt den richtigen Groove zu spielen, bringen die schnelleren Nummern zum Ende hin, wenn die Drinks die Zuhörer gutgelaunt und ausgelassen gemacht haben. Bereit, zu tanzen.

Als die Band eine Pause macht, kommt Story schnurstracks auf meinen Tisch zu und lässt sich auf meinen Schoß fallen. Ich schlinge meinen Arm um ihre Taille, fühle mich so groß wie ein Berg.

Du warst großartig, tippe ich in das iPad.

Sie dreht sich zu mir um und küsst mich. Ein langer, verweilender Kuss, der Sasha und Maxim vermutlich Unbehagen bereitet. „Ich liebe es, dich bei meinen Konzerten dabeizuhaben."

Es tut mir so verflucht leid, dass ich das letzte Konzert verpasst habe, tippe ich. Ich weiß, dass ich sie im Stich gelassen habe, und jetzt, da wir kommunizieren können, will ich mich erklären. *Ich hatte verschlafen, wegen der Gehirnerschütterung. Ich verspreche, ich werde kein einziges Konzert mehr verpassen.*

Sie schaut mich lange an, dann nimmt sie mein Gesicht in beide Hände. „Das glaube ich dir." Ein Ausdruck der Verwunderung liegt auf ihrem Gesicht. „Das jagt mir einfach solche Angst ein. Ich glaube, ich erwarte einfach, dass mich die Leute im Stich lassen, und bin dann positiv überrascht, wenn sie es nicht tun. Aber bei dir ... Ich weiß nicht. Ich könnte mich fast ..." – sie schluckt – „auf dich verlassen."

Verlasse dich auf mich, schreibe ich.

Sie lächelt.

Zieh bei mir ein, tippe ich.

Sie erstarrt, ihre Augen flattern vom iPad zu meinem Gesicht und wieder zurück aufs Tablet.

Bljad. Ich habe es zu schnell zu sehr gedrängt.

Ich will dich in meinem Bett. Ich versuche, es leicht zu halten, indem ich es um Sex gehen lasse. *Jede Nacht.*

Es funktioniert. Sie lächelt.

„Du würdest meine sämtlichen Gitarrenschüler verschrecken."

Oh fuck. Denkt sie tatsächlich darüber nach?

Wir können das leerstehende Büro für dich und die Band schall-isolieren, verspreche ich ihr. Natürlich müsste ich das mit Ravil abklären, aber ich würde alles tun, um sie glücklich zu machen.

Sie kaut auf ihrer Unterlippe herum. „Okay."

Ich war so darauf vorbereitet, mein nächstes Verhand-lungsangebot ins iPad zu tippen, dass ich kaum registriere, was sie sagt.

Ich ziehe ungläubig die Augenbrauen in die Höhe.

Sie lacht und nickt. „Versuchen wir es." Sie zuckt mit den Schultern. „Ich würde liebend gerne mit dir und der Gang zusammenwohnen."

„Was ist los?", unterbricht Maxim. „Habe ich richtig gehört, du ziehst ein?"

Story zuckt mit den Schultern, strahlt über das ganze Gesicht. „Na ja, ihr habt immerhin eine Dachterrasse mit Pool."

Sasha wirft den Kopf in den Nacken und lacht. Sie zeigt auf Story. „Du und ich werden im Kreml noch die Wände zum Wackeln bringen."

Maxim stöhnt auf, aber sein Ausdruck ist wohlwollend. Er ist ganz verrückt nach seiner wilden, unbändigen Braut.

Story hebt ihr Glas Wasser und prostet uns allen zu. „Auf die wackelnden Wände."

～

Story

. . .

Oleg drängt mich an die Seite seines Denalis, drückt seinen riesigen Körper gegen meinen. Sein Mund findet meinen Hals und er beißt liebevoll hinein, schiebt seinen Oberschenkel zwischen meine Beine, damit ich mich daran reiben kann.

„Besorgst du es mir wieder rau und heftig?", frage ich atemlos.

Seine großen Hände liegen auf meinen Arschbacken und er knurrt in mein Ohr.

Ich bin schon jetzt wieder heiß auf ihn – aufzutreten macht mich immer geil, genauso, wie zwischen den Sets auf seinem Schoß zu sitzen. Ich liebe das Gefühl, wenn er seinen Anspruch auf mich erhebt.

Er hebt mich auf seine Hüften und fickt mich trocken, die Beule seines Schwanzes drückt genau gegen meinen Lustpunkt.

„Versprochen?", frage ich.

Er kichert glucksend. Das erste Lachen, das ich je von ihm gehört habe.

Dann stellt er mich behutsam ab, öffnet die Beifahrertür und hebt – nicht hilft, sondern *hebt* – mich förmlich ins Auto.

Der Kerl liebt es einfach, mich rabiat herumzuhieven.

Und ich mag es, von ihm herumgehievt zu werden.

Er legt den Gang ein, hupt Sasha und Maxim zu, die in einem herrlichen blauen Lamborghini gewartet haben, dass wir sicher hier rauskommen.

„Sie wollen, dass wir nächsten Monat wieder hier spielen", erzähle ich Oleg glücklich. „Ich habe gerade mit den Inhabern gesprochen und unsere Gage abgeholt, als Sasha aufgetaucht ist und sich als unsere Managerin vorgestellt hat."

Oleg wirft mir aus dem Augenwinkel einen Blick zu, während er fährt.

„Sie hat ihn im Prinzip rundheraus gefragt, ob er zufrieden damit war, wie wir dem Publikum eingeheizt haben, und ihn dann gefragt, wann er uns wieder buchen will und ob er nicht eine regelmäßige Sache daraus machen will. Er hat zugestimmt, uns einmal im Monat auftreten zu lassen, und dann hat sie ihn noch gefragt, ob er nicht Eintritt verlangen will, der dann direkt an die Band fließt."

Oleg schaut mich erwartungsvoll an.

„Also fragt er sie, an wie viel sie gedacht hat. Sie sagt, wir würden mit fünf Dollar Eintritt starten, aber wenn wir ein Stammpublikum haben, würde sie es auf zehn Dollar erhöhen."

Oleg neigt den Kopf zur Seite, was ich so interpretiere, dass er wissen will, was ich denke.

„Ich denke, es ist genial. Er hat zugestimmt, denn auf kurze Sicht stecken wir erst mal die Verluste ein. Die ersten paar Male werden wir vermutlich nicht so viel verdienen, aber Sasha hat gesagt, wenn wir im Rue's eine Liste mit E-Mail-Adressen starten, dann lässt sie alle wissen, wo wir zukünftig auftreten, und unsere Groupies können uns überallhin hinterherreisen."

Oleg deutete auf seine Brust.

„Du bist mein Groupie?", frage ich.

Er schenkt mir diesen Geist eines Lächelns, bei dem sich meine Zehen in meinen Stiefeln einrollen, und nickt.

„Nein, du bist mein Boss. Big Daddy. Der Kerl, der das Sagen hat – im Bett zumindest." Ich wickle eine pinke Haarsträhne um meinen Finger und lächle ihn an. Ich habe meinen Schlüpfer schon durchnässt, als er mich auf dem Parkplatz gegen das Auto gedrängt hat. Ich kann nicht erwarten herauszufinden, was er heute Abend mit mir vorhat.

Sein Lächeln verzieht sich in ein freches Grinsen,

verwandelt sein Gesicht von gefährlich in umwerfend attraktiv.

Er parkt am Kreml – meinem neuen Zuhause, schätze ich, wenn wir diese Sache mit dem Zusammenziehen tatsächlich durchziehen – und nimmt meine Hand, bis wir in den Aufzug steigen.

Dann schiebt er mich gegen die Wand des Fahrstuhls, küsst mich wie verrückt, drängt seinen Körper gegen meinen, während seine Hände meinen Rock hinaufschieben und meine Netzstrümpfe zerreißen. Ich stöhne auf, als er mit einem Finger über meinen Schlitz reibt, dann mit der Fingerspitze in mich hineingleitet.

Der Aufzug pingt und er hebt mich hoch auf seine Hüfte, trägt mich in sein Zimmer.

Ich trete meine Springerstiefel von den Füßen. „Ich sollte duschen", sage ich, nicht, weil ich den Spaß hinauszögern will, sondern weil ich nach dem Auftritt vermutlich stinke. Er hält mich um meine Taille fest und gibt mir einen Klaps auf den Arsch.

„Duschen ist nicht erlaubt?", lache ich.

Er schüttelt den Kopf.

„Warum nicht?"

Ruppig drückt er seinen drängenden Schwanz durch seinen Jeans hindurch, dann deutete er mit einem gespielt ernsten Runzeln seiner Augenbrauen auf das Bett.

„Du brauchst mich jetzt in deinem Bett?"

Er gibt sich nicht die Mühe, es zu bestätigen, schnappt mich einfach und dreht mich zum Bett um, wo er mich vorn über klappt und meinen Rock hochschiebt.

„Oh mein Gott", stöhne ich, zittere schon vor Erregung. Ich weiß nicht, warum ich es so aufregend finde, wenn er so rabiat wird, aber ich muss es auch nicht analysieren. Es ist einfach mein Ding.

Oleg ist mein Ding.

Er versetzt mir eine Schlag auf den Arsch. Seine Handfläche ist groß und schwer und schiebt mich vorwärts auf meine Hände. Ich warte, bebe nach mehr.

Heute Abend ist Oleg ein Monster. Er zerreißt meine Netzstrumpfhose und sie fällt in Fetzen auf meine Knöchel hinunter. Ich trage keinen Slip, also bin ich jetzt von der Hüfte ab nackt. Er fängt an, mir ein Spanking zu verpassen, schnell und hart, wie er es an dem ersten Abend hier in seinem Zimmer auch schon getan hat. Es tut weh, aber es erregt mich auch. Der Schmerz verwandelt sich langsam in Lust. In noch mehr Erregung. Die Intensität passt zu Olegs Leidenschaft.

Zu meiner.

Mein Arsch brennt und kribbelt, aber er macht immer weiter, greift mit einer Hand um meine Hüfte, um gleichzeitig meinen Kitzler zu reiben.

„Oleg, bitte", flehe ich, brauche mehr als nur die klitorale Stimulation. Ich will ihn tief in mir spüren. Wie er mir seine Kraft und seine Macht zeigt. Will mich klein und seiner Gnade ausgesetzt fühlen.

Umsorgt.

Beschützt.

Fragt mich nicht, warum ich mich durch ein Spanking beschützt fühle, aber das tue ich. Meine Knie werden weich vor Unterwerfung. Ich werfe ihm meine weiße Flagge der Kapitulation zu Füßen.

Nimm mich, Big Daddy.

Zeig mir, was du für mich hast.

Er platziert einen letzten Hieb, dann höre ich einen Reißverschluss und das Rascheln von Stoff, als er aus seiner Jeans steigt. Ich beginne, auf das Bett zu krabbeln, aber er krallt sich meine Fußgelenke und zieht mich zurück, arrangiert mich in der gleichen Position wie vorher, über das Bett gebeugt, die Beine gespreizt, mein nackter Arsch ihm entgegengestreckt.

Er versetzt mir einen leichten Klaps zwischen die Beine.

Ich winsele. Es hat nicht wehgetan, aber ich bin dort sehr empfindlich – natürlich.

Oleg tippt mir auf meine äußeren Oberschenkel, dann schiebt er meine Füße weiter auseinander. Ich gehorche ihm, spreize meine Beine noch weiter für ihn.

Wieder versetzt er meiner Pussy einen Schlag.

„Oleg", winsele ich.

Er streichelt mit einer rauen Hand über meinen äußeren Oberschenkel, liebkost mich. Zeigt mir, dass ich nichts zu befürchten habe – nicht, dass ich mir Sorgen gemacht hätte.

Ein weiterer, schneller Hieb zwischen meine Beine. Ich schnappe nach Luft. Dann verpasst er mir eine Reihe an schnellen, kurzen Schlägen, die mich fast kommen lassen. Meine Pussy ist nass und geschwollen unter seinen Fingern, macht mit jedem Hieb ein glitschiges, klebriges Geräusch.

Ich wackle mit dem Arsch. „Bitte, Oleg. Ich muss dich in mir spüren."

Er zieht mir meinen Rock, der einen sehr elastischen Bund hat, über meinen Kopf, zusammen mit meinem T-Shirt. Mein BH verschwindet als Nächstes. Ich bin jetzt vollkommen nackt für ihn. Er positioniert mich erneut, dann knurrt er und zieht die Spitze seines Schwanzes durch meine Säfte. Ich wiege mit den Hüften und dränge zurück, bin ganz versessen auf die Penetration.

Er versetzt meinem Arsch einen Schlag, dann dringt er in mich ein. Ich stöhne vor Lust auf.

Er summt zurück. Mein Lieblingsgeräusch.

Nach ein paar kurzen Stößen, zieht er sich wieder aus

mir heraus. Krallt seine Finger in meine Hüften, dann schiebt er mich auf meine Hände und Füße auf das Bett, kniet sich hinter mich und dringt wieder in mich ein.

„Ja, *bitte!*"

Er summt.

Mit einer Hand auf meinem Nacken, hämmert er auf eine feste, köstlich respektlose Art und Weise in mich hinein. Gerade, als ich denke, es könnte sich nicht mehr besser anfühlen, presst er seine Hand zwischen meine Schulterblätter und zwingt meinen Oberkörper auf das Bett hinunter, eine noch unterwürfigere Haltung.

„Oleg", winsele ich.

Er knallt in mich hinein, zeigt mir mit jedem kraftvollen Stoß, wer der Boss ist. Sein Daumen findet mein Arschloch und ich quietsche überrascht auf, drücke gegen das Eindringen an.

Zu meinem Entsetzen zieht er sich aus mir heraus und verpasst mir noch ein paar Schläge. Ich kann hören, wie die Schublade des Nachtschranks aufgezogen wird, dann krabbelt er wieder hinter mich und spreizt meine Arschbacken weit.

Ich winsele, habe einen Verdacht, was jetzt passieren wird. Ich will es, aber gleichzeitig auch nicht.

Oder vielleicht will ich es, aber die Vorstellung ist mir peinlich.

Macht mich ein wenig nervös.

Aber das ist egal, denn ich weiß, dass Oleg auf mich aufpassen wird. Er wird auf meine Bedürfnisse achten und zuhören.

Ich spüre ein paar Tropfen eines kalten Gels auf meinen Anus tröpfeln und zucke zusammen, zittere. Oleg bringt seinen Schwanz an meinem Hintereingang in Position.

Ich halte still, warte ab.

Oleg greift um meine Hüfte und reibt meinen Kitzler, während er mit seinem Schwanz vorsichtig Druck aufbaut. Nach einem Augenblick, in dem ich dagegenhalte, entspannt sich mein kleiner Muskelring, öffnet sich und Oleg sinkt hinein.

„Oh", stöhne ich. Es ist intensiv. Oleg spritzt mehr Gleitgel über meine Arschritze und verreibt es um mein Loch. Als er wieder drückt, wird es sogar noch intensiver, bis er seine Eichel hindurchschiebt und schließlich ganz in mich eindringt.

Ich stoße ein langgezogenes Stöhnen aus.

Oleg macht langsam, lässt sich Zeit, während er meinen Arsch mit seinem enormen Schwanz füllt. Während der ganzen Zeit reibt er meinen Kitzler oder fickt mich mit seinen Fingern, bedenkt meine Muschi mit genug Aufmerksamkeit, um meine Erregung nicht abfallen zu lassen.

Wieder summt er.

Ich summe zurück.

Langsam pumpt er seinen Schwanz in meinen Arsch hinein und hinaus. Mein Bauch flattert vor der Unanständigkeit dieser ganzen Sache. Meine Pussy zieht sich jedes Mal um seine Finger zusammen, wenn sie in mich eindringen.

Ich kann hören, wie Olegs Atem rauer wird. Seine Stöße werden ein wenig kraftvoller.

Ich schreie vor schmerzhafter Lust auf.

Er drängt mich vorwärts, bis ich ausgestreckt auf meinem Bauch liege und er über mir ist, seine Finger noch immer unter meiner Hüfte, während sie dort ihren Zauber veranstalten. Er fickt meinen Arsch in dieser Position, was sich sicherer anfühlt – vielleicht, weil meine Muskeln so etwas entspannter sind.

Ich gebe mich völlig den Empfindungen hin. Es ist die

absolute Lust. Er benutzt genug Gleitgel, die Position ist perfekt, die Stimulation meines Kitzlers lässt mich in den Startlöchern stehen, bereit, die Rakete jeden Augenblick abzufeuern.

„Oleg, oh mein Gott", stöhne ich. „Das ist so gut. So intensiv. So gut." Ich fange an, zu faseln. Es ist mir egal. Bei Oleg ist mir alles egal. Ich bin nie gehemmt. Halte mich nie zurück. „Bitte", wimmere ich. „Bittebittebittebittebitte."

Olegs Atem geht abgehackter. Seine Stöße werden härter. Er vergräbt drei Finger in meiner Pussy, drückt seinen Handballen fest gegen meinen Kitzler. Ich ziehe mich um seine Finger zusammen, bin ganz verzweifelt danach, zu kommen.

Er grunzt und stößt tief in mich hinein. Ich kann spüren, wie seine Oberschenkel an meinen beben, als er kommt.

Ich schreie auf. Meine Beckenbodenmuskeln ziehen sich nicht zusammen − vielleicht bin ich zu besorgt, meinen Anus um seinen Schwanz zusammenzuziehen. Vielleicht ist er einfach zu groß. Ich weiß es nicht. Es ist eine andere Art Orgasmus. Sehr anders, aber definitiv intensiver.

Ich bebe und zittere unter ihm und der Orgasmus wogt durch meinen Körper.

Oleg schlingt seine Arme um mich und summt leise in mein Ohr.

„Ich liebe dich", flüstere ich. Das habe ich noch nie vorher laut ausgesprochen, auch wenn es von Anfang an die Wahrheit gewesen war. Ich hatte zu viel Angst. War mir zu sicher, dass auch diese Sache irgendwann wieder enden würde, und dass ich es bedauern würde, es gesagt zu haben.

Aber jetzt ziehe ich mit ihm zusammen. Wir gehen den

nächsten Schritt. Ich habe noch immer eine Heidenangst, aber ich versuche darauf zu vertrauen, dass Oleg auch morgen noch hier sein wird.

Dass ich mich auf ihn verlassen kann, auch in Zukunft so beständig zu sein, wie er es bisher war.

Ich spüre, wie er die gleichen Worte an mich zurückschickt. Das ist vielleicht gar keine Telepathie. Vielleicht bin ich einfach nur ein Empath. Es ist auch egal – alles, was zählt, ist die Botschaft.

Er liebt mich.

Oleg liebt mich und er ist so beständig wie ein Fels.

Darauf kann ich vertrauen. Auf ihn.

Ich kann auf uns vertrauen.

～

Oleg

Ich ziehe mich vorsichtig aus Story heraus und helfe ihr vom Bett und ins Bad, um mit ihr zusammen zu duschen. Story zu waschen ist zu einer meiner liebsten Beschäftigungen geworden. Gleich danach, sie zu ficken. Sie zu küssen. Sie in meinem Bett zu haben. Sie in meiner Wohnung zu haben. Sie als meine Freundin zu haben.

Ich lasse mir Zeit mit ihr, gleite mit meinen eingeschäumten Händen über ihre weiche Haut, massiere Shampoo in ihr Haar.

Sie ist müde und kann sich nach dem Orgasmus, den ich ihr beschert habe, kaum noch auf den Beinen halten, also stütze ich sie. Trockne sie ab, als wir fertig sind. Lege sie ins Bett und decke sie zu, dann gehe ich in die Küche, um uns zwei Gläser Wasser zu holen.

Und das ist der Moment, in dem ich es sehe.

Eine Flasche Krimsekt, die auf der Anrichte steht, eine rote Schleife um den Flaschenhals. Irgendwie bekomme ich meine Finger dazu, sich zu bewegen, und ich hebe die kleine Karte hoch, die an der Flasche klebt. Mein Name ist in einer dicken, kritzeligen Handschrift daraufgeschrieben, eine Handschrift, die ich überall wiedererkennen würde.

Skal'pel's Handschrift.

Skal'pel's Geschenk.

Sowjetischer Champagner war eins meiner Lieblingsgetränke, als ich für ihn gearbeitet habe. Es war der erste Alkohol, den ich als Jugendlicher getrunken habe, und ich vermute, ich kaufe ihn immer noch aus Gewohnheit. Sicher nicht des Geschmacks wegen. Mittlerweile hasse ich das Zeug.

Mein Herz hämmert heftig und schmerzhaft in meiner Brust. Mein Magen füllt sich mit Säure.

Skal'pel' ist hier − in Chicago. Genau, was ich befürchtet hatte. Sollte herauskommen, dass ich hier bin, würde auch er es erfahren. Ich bin das lose Ende, das er nicht gut genug verschnürt hatte, als er seine Geschäfte aufgegeben hat.

Mit zitternden Fingern drehe ich die Karte herum. Ein kleines Foto ist an die Rückseite geheftet. Ich brauche einen Augenblick, um zu begreifen, wer darauf zu sehen ist, aber als ich es erkenne, muss ich mich beinah übergeben.

Es ist ein Foto von Sasha und Story im Whirlpool auf der Dachterrasse.

Skal'pel' hatte schon immer Gefallen an Spielchen. Er hat immer wieder Tests für mich erfunden, die ich bestehen musste. Hat immer wieder meine Loyalität auf die Probe gestellt.

Ich hatte jedes Mal bestanden.

Vielleicht hat er mich deswegen leben lassen.

Im Gefängnis hatte ich mir viele, viele Male gewünscht, er hätte mich einfach umgebracht.

Aber jetzt? Fuck – *jetzt?*

Story liegt in meinem Bett. Dieses wunderschöne Licht meines Lebens. Das Einzige, wofür es sich zu leben lohnt.

Skal'pel' weiß von Story. Er hat von einem Dach aus auf sie geschossen oder hat vermutlich vielmehr einen seiner Lakaien auf sie schießen lassen. Das passt. Der Schütze wird gewusst haben, dass er niemanden treffen konnte. Die Schüsse waren eine Warnung gewesen. Eine Drohung. Damit ich jetzt, wenn ich diese Foto in der Hand halte, wirkliche Angst um die Sicherheit meiner wunderschönen Schwalbe spüren würde.

Mir wird eiskalt. Klamm. Schmierig. Skal'pel's nächster Schritt wird es sein, Story etwas anzutun, wenn ich nicht auf seine Nachricht antworte. Und zwar nicht auf eine gewöhnliche Art und Weise. Es wird irgendeine verdrehte, kranke Methode sein. Etwas, das einem für den Rest des Lebens Albträume bereitet. Nicht, dass ich das zulassen würde, solange ich lebe.

Nein.

Ich werde ihn nicht in ihre Nähe lassen. Story Taylor muss unbedingt beschützt werden. Und das bedeutet, dass ich mich Skal'pel' selbst stellen muss. Wenn er mich tot sehen will, dann soll er mich haben.

Er weiß bereits, dass ich mich für sie aufopfern werde. Er muss keine düsteren, heimlichen Drohungen machen. Wir wissen beide, wozu er in der Lage ist. Und er kennt mich, in- und auswendig.

Er weiß, dass ich für die Menschen, die ich liebe, vor einen Bus springen würde.

Aber er hat keine Vorstellung von den Abgründen der Dinge, die ich für Story tun würde.

Ich lasse die Flasche unangerührt auf der Anrichte

stehen. Eilig gehe ich den dunklen Flur hinunter zu meinem Zimmer, öffne in meinem begehbaren Kleiderschrank die Schublade, in der ich sämtliches Geld aufbewahre, das Ravil mir gezahlt hat, seit ich hier angefangen habe. Außer für den Denali habe ich nichts davon ausgegeben. Mein einziges Hobby ist es, zu Storys Konzerten zu gehen.

Ich ziehe eine Reisetasche hervor und packe die Geldbündel hinein. Dann hole ich das iPad, rufe die Webseite für mein Schweizer Konto auf – das Konto, das Skal'pel' mir überschrieben hat, irgendwo zwischen dem Augenblick, als er mir die Zunge abgeschnitten hat, und dem Augenblick, als er mir ein Rauschgiftdelikt angehängt hat. Ich mache Story zur Empfängerin, dann tippe ich eine Nachricht für sie auf das iPad.

Es sind noch ein paar Stunden bis Sonnenaufgang. Genug Zeit, um mich ein letztes Mal neben Story zu legen, bevor ich gehe.

DREIZEHNTES KAPITEL

Story

ICH WACHE NUR AUF, weil ich Olegs beruhigende Gestalt nicht mehr länger neben mir spüre. Ich kuschle mich in die weichen Kissen, koste seinen Geruch aus, der noch immer darin verweilt. Nach einem Augenblick öffne ich träge die Augen und werfe einen Blick auf die Uhr auf dem Nachttisch. Elf Uhr morgens. Das ist ziemlich normal für mich, wenn ich am Vorabend ein Konzert hatte. Ich setze mich auf, wische mir den Schlaf aus den Augen, schaue mich um.

Oleg scheint nicht im Zimmer zu sein.

Vielleicht ist er wieder unterwegs, um Bagel zu kaufen.

Ich schwinge meine Beine aus dem Bett und stolpere fast über eine Reisetasche, die neben dem Bett auf dem Boden steht. Oben auf der dunkelblauen Segeltuchtasche liegt Olegs iPad. Ich lächle. Er hat mir eine Nachricht geschrieben.

Ich nehme das Tablet in die Hand und wecke es auf.

. . .

STORY,

Du bist der Sinn meines Lebens, also ist es einfach für mich, diese Entscheidung zu treffen.

EIN KALTER SCHAUER ÜBERLÄUFT MICH. Lässt mich wie gelähmt werden. Meine Finger zittern.

MEIN TOD IST der beste Schutz für dich. Nimm dieses Geld, damit ich dich auch aus dem Jenseits noch beschützen kann.

Ich liebe dich, meine lastotschka.

NEIN!

Vielleicht habe ich es laut geschrien. Möglicherweise mehrmals.

Ich weiß nur, dass jemand anfängt, gegen die Verbindungstür zum Penthouse zu hämmern.

Schluchzend ziehe ich mir eins von Olegs T-Shirts über. Die Tür geht auf und Olegs Freunde stürzen herein. Ich sehe sie nicht. Ich kann sie kaum hören, so laut ist das Schreien in meinem Kopf.

Dima hebt das iPad auf und liest den anderen Olegs Nachricht vor.

Irgendjemand zieht mich in eine Umarmung. Nikolai vielleicht. Ich werde an Sasha weitergereicht, die mich ebenfalls in die Arme nimmt und an ihre Brust drückt.

Ich kann nicht aufhören, zu weinen. Ich höre nur Fetzen ihrer Unterhaltung: ... hat sich Skal'pel' gestellt, ... die Flasche Sowjet-Champagner wurde für ihn geliefert, ... ich kann ihn nicht verfolgen, er hat sein Handy hiergelassen ...

Endlich bringe ich mich dazu, zu sprechen. „H-haltet ihn auf", schluchze ich. „Ihr müsst ihn aufhalten."

„Das werden wir", erwidert Ravil grimmig, auch wenn ich seinem Gesicht ansehen kann, dass er nicht daran glaubt.

Er meint, sie werden es versuchen.

Aber vielleicht ist es schon zu spät.

Oh Gott, vielleicht ist es schon zu spät.

Wie konnte das passieren? Wie konnte ich mich zum ersten Mal in meinem Leben verlieben, nur um ihn innerhalb von zwei Wochen wieder zu verlieren?

Ich hyperventiliere. Dieses hässliche, unkontrollierte Schluchzen, wenn man nicht mehr atmen kann. Nicht mehr sprechen kann. Die Flut an Emotionen nicht herauslassen kann, die in deinem Körper gefangen sind.

„Warum?", schluchze ich, auch wenn er mir gesagt hat, warum.

Er hat es für mich getan.

Er hat sein Leben für mich geopfert, damit ich in Sicherheit bin.

Jetzt hasse ich mich dafür, darauf bestanden zu haben, die Konzerte zu spielen. Ihn in Sorge über meine Sicherheit zu versetzen.

Fuck, wenn ich gewusst hätte, dass es bedeutet, Oleg stellt sich, um von irgendeinem grausamen Doktor geschlachtet zu werden, hätte ich mich für den Rest meines Lebens mit ihm in diesem Penthouse verkrochen.

Das Salz meiner Tränen brennt in meinen Augen.

Jemand reicht mir ein Taschentuch. Dann noch eins.

Dann die ganze Packung.

Ich kann diesen Hurrikan nicht stoppen.

„Ihr müsst ihn aufhalten", wiederhole ich. „Bitte."

Einige der Männer verlassen das Zimmer. Ich bin mir nicht sicher, was passiert.

„Werdet ihr ihn finden?", frage ich. Ich komme mir vor wie ein verloren gegangenes Kind in einem Flughafen. Ich weiß nicht einmal, wo ich anfangen soll, um Hilfe zu bitten.

Ravil kommt zu mir. „Wir versuchen, sie aufzuspüren. Ich werde ehrlich mit dir sein. Es wird womöglich schwierig werden. Skal'pel' ist ein intelligenter Mann, der jede Identität benutzen und jedes Gesicht tragen könnte. Er könnte überall wohnen. Aber Dima überprüft jeden Blickwinkel, der uns einfällt."

Ich schüttle den Kopf, weigere mich, diese Antwort zu akzeptieren. „Nein. Ihr müsst ihn finden. Ihr müsst ihn finden, bevor irgendwas passiert. Wie lange ist er schon weg? Weiß das irgendjemand?"

„Noch nicht", murmelt Ravil und zieht sein Handy hervor. „Aber ich checke das mit Maykl unten am Eingang ab. Wir haben Überwachungskameras."

Ich stolpere durch das Zimmer, mein Magen zieht sich zusammen. „Das ist nicht wahr", murmle ich zwischen meinen schluckaufähnlichen Schluchzern. „Das ist doch einfach alles nicht wahr."

„Story." Ravil tippt sanft meine Schulter an. „Ich möchte, dass du hier bleibst, während wir uns um diese Sache kümmern, okay? Du bist womöglich noch immer in Gefahr und ich muss für deine Sicherheit sorgen."

Ich blinzle ihn an, dann breche ich erneut in Tränen aus, nicke aber. „Ja", sage ich. Ich will hier bei ihnen bleiben. Ich muss bei den Leuten bleiben, die Oleg kennen und lieben.

Weil sie ihn mir zurückbringen müssen.

Oleg

. . .

Iᴄʜ ʙʟɪɴᴢʟᴇ, versuche, die Augen zu öffnen, aber selbst, als es mir gelingt, kann ich nichts sehen. Ich winde mich hin und her. Meine Handgelenke sind gefesselt. Ich muss eine Haube über dem Kopf haben.

Ich lebe noch.

Das überrascht mich.

Ich hatte im Morgengrauen den Kreml verlassen, wartend vor dem Gebäude gestanden.

Drei Stunden hatte ich regungslos dort verharrt, dann hatte auf der anderen Straßenseite eine schwarze Limousine gehalten. Als niemand ausgestiegen war, hatte ich noch ein paar Minuten abgewartet, dann die Straße überquert und die Tür zur Rückbank geöffnet.

Sie war leer gewesen.

„Steig ein", hatte mich der Fahrer angewiesen, ohne mich anzuschauen. Amerikaner. Vermutlich ein angeheuerter Schläger. Er hatte mich zu einem privaten Flugplatz gefahren und angehalten. Beide Hintertüren der Limousine waren gleichzeitig aufgerissen worden und zwei weitere Schlägertypen – ebenfalls Amerikaner – hatten mir gesagt, ich solle in das Flugzeug steigen – ein kleiner Jet, der auf dem Rollfeld gestanden hatte. Ich war die Stufen hinaufgestiegen. In dem Augenblick, als ich an der Tür des Jets angekommen war, hatte mir jemand eine Nadel in den Nacken gestochen. Ich hatte mich nicht gewehrt, weder gegen die Schläger noch gegen die Droge. Ich hatte mich einfach nur suchend nach Skal'pel' umgeschaut, bevor ich in die wartenden Arme der beiden Schläger gesunken war, die hinter mir hergekommen waren.

Ich hatte keinen einzigen Blick auf ihn erhaschen können.

Womöglich war er überhaupt nicht in Chicago gewesen.

Das würde zu ihm passen. Er würde sein Leben nicht riskieren, um mich zu schnappen.

Ich teste meine Fesseln. Meine Handgelenke sind mit etwas gefesselt, was sich wie Kabelbinder anfühlt. Ich sitze aufrecht in einem bequemen Sessel – ein Flugzeugsitz vielleicht?

„Du bist wach." Die sanftmütige Stimme meines ehemaligen Boss erreicht mein Ohr. Er spricht Russisch.

Die Haube wird mir vom Kopf gezogen. Wir befinden uns in dem Jet – oder zumindest glaube ich, dass es derselbe Jet ist, aber vielleicht ist es auch ein anderer. Skal'pel' sitzt mir in einem teuren, maßgeschneiderten Anzug gegenüber. Ich erkenne sein Gesicht nicht wieder – er hat es umgewandelt. Aber die Stimme würde ich überall wiedererkennen. Und sein Körperbau hat sich ebenfalls nicht verändert, abgesehen davon, dass er ein paar Pfund zugelegt hat.

Ich rühre mich nicht. Ich habe keine Kraft mehr in mir. Mein einziger Plan war es, mich diesem Mann auszuliefern und Story zu retten.

„Ich weiß deine Art zu agieren sehr zu schätzen, Oleg."

Diese Vorgehensweise ist mir vertraut. Der wohlwollende Blick, mit dem er mich betrachtet. Das Lob. Als Nächstes wird er mir sagen, was er von mir will, mit der absoluten und vollkommenen Überzeugung, dass ich es auch ausführen werde.

Das habe ich immer getan.

Er beugt sich vor und zieht mein Unterlid herunter, als ob er meine Pupille inspizieren wollte. „Bist du hundertprozentig anwesend? Wieder ganz wach?"

Ich antworte nicht.

„Oleg?" Dieser stille, erwartungsvolle Tonfall kitzelt ein

Nicken aus mir heraus, bevor ich realisiere, dass ich nachgebe.

Er hebt einen Finger und ein dünner Kerl mit einem Schnurrbart erscheint mit einer Flasche Wasser, die er öffnet und an Skal'pel' weiterreicht. Mein ehemaliger Arbeitgeber beugt sich vor und hält mir die Flasche an die Lippen.

Ich will seine Hilfe nicht annehmen, aber in dem Augenblick, als das Wasser meine Kehle berührt, schlucke ich gierig. Das Betäubungsmittel hat meinen Mund ganz trocken und durstig gemacht.

„Du hast das Richtige getan. Dein kleiner Singvogel wird in Sicherheit sein. Keine Schüsse auf Dachterrassen mehr."

Fuck. Das war er gewesen. Ich schätze, tief im Inneren wusste ich, dass er es gewesen sein musste.

Ich rühre mich nicht. Wenn das hier ein Film wäre, würde ich versuchen, meine Fesseln zu lösen. Mich vorwärts stürzen, als ob ich ihn umbringen wollte, weil er davon spricht, meinem Mädchen etwas anzutun. Aber das hier ist kein Film. Ich hänge an seinen Lippen, muss wissen, was er als Nächstes sagen wird.

Ich warte seit zwölf Jahren darauf, mit dieser Sache abschließen zu können. Zu wissen, warum er mich im Stich gelassen hat. Mich wie einen alten Lappen zusammengeknüllt und angezündet hat, zugesehen hat, wie ich verbrenne.

„Ich wusste nie, was für ein Typ Frau dir den Kopf verdrehen würde, aber mir war klar, dass sie außergewöhnlich sein würde. Dir geht es um Persönlichkeit, oder? Nicht, dass deine Story nicht reizend ist. Aber du hast früher bei normalen Schönheiten nie zweimal hingeschaut. Perfekte Titten oder hübsche, lange Beinen haben dich nie beeindruckt. Nur jemand ganz Besonderes konnte dein Herz gewinnen."

Ich knurre.

„Tut mir leid, Oleg." Skal'pel' mustert mich. „Du warst immer nur loyal mir gegenüber. Du hast immer getan, was ich von dir verlangt habe. Hast deinen Job besser gemacht als jeder andere Mann, den ich seitdem eingestellt habe. Aber deine Größe macht es einfach zu schwer, dich zu verstecken." Er bietet mir einen weiteren Schluck Wasser an und ich trinke dankbar. „Dein Gesicht zu verändern hätte nicht funktioniert. Und dich bei mir zu behalten, hätte meine alte Identität verraten. Ich musste dich gehen lassen und sicherstellen, dass es niemand auf dich absehen würde."

Bei Gott, ich kann die Skepsis auf meinem Gesicht kaum zurückhalten.

„Ich habe dir Geld vermacht. Genug, um dich zu einem reichen Mann zu machen, sobald du aus dem Gefängnis kommst." Er sieht auf einmal enttäuscht aus, als ob ich es wäre, der ihn im Stich gelassen hätte. „Du hast es nie benutzt. Nur ein paar tausend Dollar, um nach Amerika zu kommen."

Ich zucke mit den Schultern.

„Der ganze Rest liegt noch immer in deinem Namen auf dem Konto. Unangetastet."

Ich antworte nicht.

Er steht auf und beginnt, hin- und herzulaufen, die Hände hinter dem Rücken verschränkt.

Ich drehe mich um, um zu sehen, wer noch alles im Flugzeug ist. Ich sehe die zwei Männer, die mich hergebracht haben, hinten in der Kabine. Ein dritter, dünner Mann mit Sekretär-Aussehen und einem Schnurrbart. Er hatte uns schon das Wasser gebracht.

Die Tür zum Cockpit ist geschlossen.

Skal'pel' fährt mit seinem Monolog fort. Dass ich mittlerweile stumm bin, macht so gut wie keinen Unterschied. Der Mann hat es schon immer geliebt, sich selbst reden zu hören. Nicht wie Ravil, der zuhört.

Aber er ist genauso intelligent wie Ravil. Ein ebenso guter Stratege. Kann genau wie Ravil die Menschen lesen und verstehen. Zumindest hatte ich immer das Gefühl, dass er mich besser kennt als ich mich selbst. Das macht ihn zu einem meisterhaften Manipulator.

„Du bist in die Bratwa eingetreten. Eine überraschende Wahl, andererseits vielleicht auch nicht, wenn man bedenkt, was für Freunde du im Gefängnis gemacht hast."

Mir wird übel, als ich realisiere, wie genau er mein Leben verfolgt hat, nachdem er meinen Körper geschändet und mein Leben ruiniert hat. Ich weiß nicht, was ich geglaubt hatte, was er tun würde. Ich hatte nicht mehr an ihn denken wollen. Was aus ihm geworden war. Wo er war oder was er machte.

Aber sicherlich hatte ich mir nie vorgestellt, dass er mich überwacht und mir folgt. Meinem Leben.

Das dreht mir den Magen um.

Oder vielleicht sind das auch die Nachwirkungen des Betäubungsmittels.

„Mir ist klar geworden, dass mein Geschenk an dich nicht der Trost war, den ich mir für dich erhofft hatte. Du hast dich nicht nach Geld gesehnt. Du hast dich nach einem Meister gesehnt, dem du dienen konntest. Und den hast du in deiner neuen Bratwa-Zelle gefunden. Ravil Baranov, Schmuggler und selbstgemachter Immobilienhai der Innenstadt von Chicago."

Jetzt will ich ihn wirklich umbringen.

Ich kann mich kaum zurückhalten, meine Hände nicht gegen die Kabelbinder anzuspannen. Es gefällt mir nicht, dass er über Ravil spricht. Und vor allem gefällt mir seine

Einschätzung von mir nicht, wie wahr sie auch immer sein mag.

Ich würde ihm am liebsten den Hals brechen. Hier und jetzt. Er befindet sich in meiner Reichweite. Aber vermutlich handle ich mir eine Kugel in den Schädel ein, bevor ich die Sache durchgezogen habe. Wäre es das wert?

Die Welt wäre sicher vor diesem Irren.

Story wäre in Sicherheit.

Oh, fuck. *Story*.

Nur an sie zu denken, lässt schon eine Welle der Trauer über mich hereinbrechen, so schwer, dass sie mich fast ertränkt.

Ich habe sie verlassen. Meine süße *lastotschka*.

Und vermutlich, genau wie Skal'pel's Geldgeschenk an mich, wird die Tasche mit dem Geld, die ich ihr überlassen habe, keinerlei Trost für meinen Tod sein. Geld scheint ihr ohnehin nicht besonders wichtig zu sein.

Ich habe die Sache nicht richtig durchdacht. Ich bin nur blindlings dem Pfad gefolgt, den Skal'pel' vor mir aufgetan hat, so wie ich es immer getan habe. Ich dachte, ich würde das für Story machen. Mich opfern, damit sie leben kann. Der ehrbare, vertrauenswürdige Mann sein, für den ich mich immer gehalten habe.

Aber das würde Story nicht gerecht werden. Und ganz sicher nicht mir selbst. Es ist das erste Mal in meinem Leben, dass ich wirklich etwas habe, wofür es sich zu leben lohnt, und ich habe entschieden, nicht dafür zu kämpfen? Nicht einmal zu versuchen, eine Lösung zu finden, abgesehen von der, die Skal'pel' für mich vorgesehen hatte?

Werde ich wirklich zulassen, dass er auch jetzt noch das Buch meines Lebens schreibt?

„Ich weiß nicht, wer deine Verbindung zu mir herausbekommen hat, aber als ich gesehen habe, dass ein Kopfgeld auf dich ausgesetzt war, musste ich dich finden." Jetzt blickt er mich wohlwollend an. Als ob ich ein verirrtes Kind wäre, das er zurück in den Schoß der Familie holt, anstatt dass er der Psychopath ist, der mir die Zunge herausgeschnitten und mich ins Gefängnis gebracht hat, weil das anscheinend die beste Art und Weise war, mich für meine treuen Dienste zu belohnen.

„Ich konnte nicht zulassen, dass sie dich schnappen, auch wenn du vermutlich in deinem herrlichen, großen Kopf wenig verwahrt hast, was wirklich wertvoll sein könnte." Er lässt sich wieder in seinen Sitz fallen und überschlägt die Beine.

„Ich hätte natürlich einfach einen Henker schicken können." Er steht wieder auf und entfernt sich von mir. „Das wäre sicherer für mich gewesen. Viel einfacher. Definitiv leichter." Er dreht sich um und schaut mich an. „Aber die Wahrheit ist, ich habe deine Dienste vermisst, Oleg." Er wirft einen Blick auf die amerikanischen Schlägertypen. „Niemand kümmert sich um die Geschäfte, wie du es getan hast. Ohne sich zu beschweren, ohne Einwände. Du hast nie viel gesprochen, selbst, als du noch eine Zunge hattest."

Er kommt zurück. „Also bin ich selbst hergekommen, um dich zu holen. Und deine gehorsame Antwort auf meine Nachricht hat mir gezeigt, dass du so verlässlich bist wie eh und je." Er geht an mir vorbei und legt mir seine Hand auf die Schulter, so wie er es immer getan hat, um seine Anerkennung oder seine Zuneigung zu zeigen. Er drückt sie.

Ein Schlag mit beiden Fäusten würde ihn k. o. schlagen.

„Wieder habe ich es nicht übers Herz gebracht, dich umzubringen. Ich hätte dich lieber wieder an meiner Seite, dort, wo du hingehörst. Dass du deinem alten Herrn dienst." Er steht jetzt hinter mir, wo ich ihn nicht sehen kann.

Wo er mein Gesicht nicht sehen kann.

Winzige Ausdrücke der Erkenntnis spielen über mein Gesicht. Meine Fußgelenke sind nicht gefesselt. Ich bin nicht an den Sitz gefesselt. Und dann fällt es mir ein – man soll in einem Flugzeug keine Waffe abfeuern.

Diese Schläger wissen das sicherlich auch.

„Würdest du mir gerne wieder dienen, Oleg?"

Ich warte ab, bis er wieder vor mich gegangen ist. Er hält eine Spritze in der Hand. Eine tödliche Dosis Gift, wenn ich nicht die richtige Antwort gebe? Es macht keinen Unterschied. Die Leute unterschätzen immer, wie schnell ich mich trotz meines großen Körpers bewegen kann. Ich stürze mich aus dem Sitz und drehe ihm den Kopf auf seinem Hals herum, breche ihn. Ich nehme ihm die Spritze aus den Fingern, noch während er fällt.

Meine Bewegungen sind langsamer, als mir lieb ist – die Nachwirkungen der Droge ziehen mich noch immer runter, aber ich habe viel zu viel Erfahrung darin, Leute auszuschalten, als dass es mich aufhalten würde.

Die Schläger am Ende der Kabine kommen mit gezogenen Waffen auf mich zu. Sie werden nicht abfeuern, es sei denn, sie wollen alle umkommen.

Ich ramme die Spritze in den Hals des ersten Kerls und weiche einem Faustschlag des zweiten aus, schlage ihm den Ellenbogen in die Magengrube. Ich versetzte ihm mit einem ungelenken Seitwärtsschwung meiner Arme einen zweiten Hieb, aber ich lege genug Kraft hinein, dass er umfällt und nach Luft schnappt.

Ein Schlag ins Gesicht, und er ist raus. Der Mann mit dem Schnurrbart nimmt die Pistole von einem der Männer hoch und zielt mit zitternden Händen auf mich.

Ich schüttle den Kopf.

„Nicht bewegen oder ich schieße."

Ich riskiere es. Mit zwei großen Schritten habe ich ihn

erreicht, schnappe mir die Waffe aus seinen Händen und schlage ihm damit gegen die Schläfe. Er geht zu Boden.

Ich durchsuche die Taschen der Schläger und finde die Kabelbinder, ziehe sie um die Handgelenke der drei Kerle, die noch atmen. Sie umzubringen, wäre sauberer gewesen, aber das kann ich auch später noch entscheiden.

Jetzt muss ich dafür sorgen, dass das Flugzeug umdreht.

VIERZEHNTES KAPITEL

Story

ICH WEISS NICHT, wie viele Stunden vergangen sind, bevor Ravil eine Nachricht von einer unbekannten Nummer bekommt, aber sie kommt. Alle springen in Aktion.

Oleg lebt. Er ist in einem Flugzeug, das zurück nach Chicago fliegt.

Ich vergieße noch mehr Tränen – Tränen der Erleichterung diesmal. Und dann heißt es wieder warten.

Während ich warte, verwandelt sich meine Trauer in Beunruhigung. Eine nagende, kratzende Unruhe. Die Art Unruhe, die mich mein ganzes Leben schon geplagt hat. Ich betrachte sie als mein Bauchgefühl, das mir sagt, wenn irgendwas nicht stimmt.

Wenn es an der Zeit ist, abzuhauen.

Und je länger sich die Minuten hinziehen, bis Oleg zurückkommt, umso größer wird dieses Gefühl.

Ich werde auf die Rückbank von Olegs Denali verfrachtet, Dima und Nikolai sitzen vorne, und wir fahren zusammen mit zwei anderen Fahrzeugen los zu einem privaten Flugplatz, von dem ich noch nie gehört habe.

Es schneit. Dicke, nasse Flocken fallen auf die Windschutzscheibe und schmelzen, sobald sie aufkommen.

Nikolai fährt. Dima hat seinen Laptop dabei und recherchiert im Internet, während wir fahren, wirft seinem Bruder immer wieder Sätze auf Russisch zu, mir anschließend einen entschuldigenden Blick über die Schulter.

Das nervöse Kribbeln wir lauter, also kann ich keinen klaren Gedanken fassen. Ich kann mich nicht erinnern, ob ich heute schon etwas gegessen habe. Ich glaube nicht. Meine Lippen sind trocken, mein Hals wie verdorrt.

Vage erinnere ich mich, dass ich heute Abend im Rue's auftreten muss. Es kommt mir vor, als wäre der Auftritt gestern Abend eine Ewigkeit her.

Als wir ankommen, dreht Nikolai sich zu mir herum und sagt, „Ich will, dass du im Auto wartest, okay? Steig bitte nicht aus, oder du wirst eine Komplizin sein für alles, was du da draußen siehst. Verstehst du?"

Ich glaube, ich nicke. Ich bin mir nicht sicher. Mein Verstand scheint kaum noch zu funktionieren.

Und dann sitze ich allein im Wagen. Ich sollte aufgeregt sein. Ich werde Oleg wiedersehen. Ich hatte geglaubt, er wäre tot, aber er kommt zu mir zurück.

Nur, dass es so klar wie der helllichte Tag ist, dass es kein „Zurück" geben wird.

Ich werde mich nie wieder so fühlen wie gestern Abend.

Dieser Moment ist verstrichen und wir befinden uns in einem neuen. Und in diesem neuen Moment möchte ich nicht einmal hier sein.

Während ich auf der geheizten Rückbank sitze und zuschaue, wie der Schneeregen fällt, habe ich das Gefühl, als ob ich darauf warte, dass etwas Furchtbares passiert.

Aber was?

Ist es Olegs Rückkehr?

Nein.

Es ist die Tatsache, dass ich mit ihm Schluss machen werde.

Das ist diese nagende Unruhe. Ich weiß, dass es nicht richtig ist. Ich kann diese Sache mit ihm nicht durchziehen.

~

Oleg

WIR LANDEN WIEDER auf demselben Rollfeld, von dem aus wir gestartet sind. Ich konnte meinen Wunsch dem Piloten kommunizieren, der nun glaubt, ich würde ihn umbringen.

Er ist ein Schwätzer. Ich setzte mich für die Dauer des Flugs in den Co-Pilotensitz und er produziert einen endlosen Monolog, während ihm der Angstschweiß von der Stirn tropft.

Ich habe mein Handy auf Lautsprecher gestellt, damit Maxim alles mithören kann, schließlich muss er die Sache in Ordnung bringen.

Der Pilot hat uns schon erzählt, dass er Skal'pel' nicht besonders gut kennt, ihn aber aus Florida hochgeflogen hat und auch dorthin wieder zurückkehren sollte. Er hatte genug Treibstoff getankt, um umdrehen und nach Chicago zurückfliegen zu können.

Er sagt, er will gar nicht wissen, was in der Kabine des Jets vorgefallen ist, und so wie er es sieht, geht ihn das auch nichts an. Dann redet er unablässig von seiner Frau und seinen beiden kleinen Kindern. Dass sie ihn heute Nachmittag zu Hause erwarten und er der Alleinverdiener der Familie ist.

Nachdem er das Flugzeug gelandet hat, lässt Maxim ihn vom Haken.

„Folgendes wird jetzt passieren", erklärt er ihm. „Sie werden im Cockpit bleiben, bis wir die Situation in der Kabine geklärt haben. Dann sage ich Bescheid, dass Sie rauskommen können, wir entschädigen Sie für Ihre Dienste und Sie können zurück nach Hause in die Andaluz Lane, zu Sarah Jane und Ihren beiden reizenden Kindern, Thomas und Flora."

Der Pilot schnappt nach Luft, als er hört, dass Maxim die Namen und die Adresse seiner Familie kennt.

„Sie haben dieses Flugzeug für Dr. Armor geflogen – war das der Name, der Ihnen genannt wurde?"

„Ja, D-Dr. Armor", stammelt der Pilot.

„Dr. Armor hat es sich anders überlegt und wollte doch nicht zurück auf die Florida Keys, also haben Sie das Flugzeug gewendet. Als Sie hier angekommen sind, ist er ausgestiegen und hat Ihnen gesagt, dass er für eine Weile hier bleibt und Ihre Dienste nicht mehr länger braucht. Er hat Sie darum gebeten, mit einer kommerziellen Maschine nach Hause zu fliegen. Das war das Letzte, was Sie von ihm gehört haben. Verstanden?"

„Verstanden", erwidert der Pilot eilig. „Absolut."

„Sie haben niemanden sonst in dem Flugzeug gesehen."

„Nie."

„Okay. Bleiben Sie, wo Sie sind. Wenn Sie sich von der Stelle rühren, bevor ich Sie hole, müssen wir unsere Absprache überarbeiten. Mache ich mich klar verständlich?"

„Glasklar."

Der Pilot wirft mir einen schnellen, verängstigten Blick zu.

„Oleg, wir sind draußen. Lass uns rein."

Ich gehe in die Kabine und öffne die Tür. Meine Brüder betreten den Jet. Maxim blickt sich zügig in der Kabine um, beurteilt die Lage, dann gibt er Befehle. Pavel und Adrian tragen Skal'pel's Leiche nach draußen. Maxim und Ravil verhören die beiden Schläger, die bei Bewusstsein sind. Genau wie der Pilot behaupten sie, kaum etwas über Dr. Armor oder seine Geschäfte zu wissen, abgesehen davon, seine persönlichen Bodyguards zu sein.

„Story wartet in deinem Denali", sagt Nikolai und reicht mir die Autoschlüssel.

„Geh schon", sagt Ravil. „Wir kümmern uns um das hier."

Ich bin kein überschwänglicher Typ. Ich versuche nur selten, zu kommunizieren. Aber in diesem Augenblick nehme ich die Hände meiner Brüder in meine, schaue ihnen in die Augen und lasse sie wissen, wie viel es mir bedeutet, dass sie mir den Rücken freihalten.

Sie sind meine Familie. Ich habe mich die letzten zwei Jahre zurückgehalten, weil die Wunden, die Skal'pel' mir zugefügt hatte, noch zu frisch waren. Die emotionalen Wunden, nicht die körperlichen Wunden. Aber damit ist jetzt Schluss. Ich werde meine Loyalität nicht mehr dort verschwenden, wo sie nicht verdient ist. Meine Zukunft ist die Zukunft mit Story, und meine Familie ist in diesem Augenblick hier bei mir.

„*Mudak*", murmelt Dima, als ich seine Hand greife. „Story hat vor Trauer fast den Verstand verloren. Dir ist dein Leben vielleicht scheißegal, aber uns anderen nicht."

Ich kreise meine Faust über meiner Brust, mache die Gebärde für *Sorry*.

„Genau, das sagst du besser deinem Mädchen." Dima nickt in Richtung des Rollfeldes.

Ich steige die Stufen aus dem Flugzeug hinunter und jogge zum Denali. Story sieht klein und verloren aus, wie sie da auf der Rückbank sitzt.

Einsam.

Ich ziehe die Tür auf und reiße sie in meine Arme. Sie klammert sich an mich wie ein Koala, schlingt ihre Beine um meine Hüfte, die Arme um meinen Hals. Sie stößt ein gebrochenes Wimmern aus, aber sie sagt nichts.

Story, meine wunderschöne lastotschka.

Sie sagt noch immer kein Wort, lässt ihren Griff um meinen Hals nicht locker, ich kann also ihr Gesicht nicht sehen. Ich halte sie einfach fest, atme ihren süßen Duft ein, küsse ihren Hals. Sie sagt noch immer nichts. Wir werden vom Schneeregen durchnässt, also gehe ich um den Wagen herum und setze sie auf den Beifahrersitz, wo ich ihr Gesicht sehen kann.

So viel Schmerz in ihren Augen. Fast, als ob es ihr wehtun würde, mich anzuschauen.

Ihr Schmerz schlägt eine tiefe Wunde direkt in mein Herz. Ich habe diesen Schmerz verursacht. Ich habe ihr wehgetan – der Person, die ich so sehr beschützen wollte.

Wie konnte ich das tun?

Ich gebärde *Sorry*, aber sie wendet den Blick ab, blinzelt die Tränen zurück.

Ich nehme ihr Gesicht in beide Hände und lehne meine Stirn an ihre. Sie rührt sich nicht. Ich versuche es wieder mit der Gebärde.

Sie schluckt. „Ich bin froh, dass du lebst." Ihre Stimme ist gebrochen.

Wieder gebärde ich *Sorry*. Das ist im Prinzip alles, was ich sagen kann. Ich sehe, dass Dima mein iPad auf dem Fahrersitz liegengelassen hat, aber ich nehme es nicht in die Hand. Selbst, wenn ich sprechen könnte, ich wüsste nicht, was ich sagen soll. Ich weiß überhaupt nicht, wie ich mich verhalten soll, wenn Story selbst dicht macht.

Ich vermute, jetzt zahlt sie es mir mit gleicher Münze heim, und das ist absolut furchtbar.

Story zieht die Beine in das Auto und schiebt mich fort. „Du wirst ganz nass", sagt sie.

Fuck.

Ich schließe ihre Tür und gehe zur Fahrerseite, setzte mich ins Auto und nehme das Tablet in die Hand, um es wenigstens zu versuchen. *Dima hat mich ein Arschloch genannt für das, was ich getan habe. Es tut mir leid, dass ich dir so viel Kummer bereitet habe.*

Story schüttelt den Kopf. „Du warst kein Arschloch." Ihre Stimme klingt so verflucht schwer. Erschöpft. Sie streckt die Hand aus und drückt meinen Unterarm. „Du warst einfach du selbst. Du hast versucht, mich zu beschützen und es allein hinzubekommen, ohne irgendjemanden um Hilfe zu bitten."

Ihre Worte sitzen.

Ich nicke. *Da.* Sie hat recht. Ich hätte es ganz anders machen können. Ich hätte zu Ravil gehen können und er und Maxim hätten sich eine bessere Option ausgedacht. Aber stattdessen bin ich direkt in Skal'pel's verfickte Falle für mich gerannt. Habe Story und meine Brüder im Stich gelassen, indem ich sie beschützen wollte.

„Oleg ... Bist du zu ihm gegangen, um zu sterben?"

Ich atme heftig ein und nicke.

Sie sinkt in sich zusammen, wendet den Blick ab, starrt aus dem Fenster.

Fuck. Ich verliere sie. Verzweifelt tippe ich in das iPad. *Ich bin zu ihm gegangen, um zu sterben, aber sobald ich angekommen war, habe ich gemerkt, dass ich die falsche Entscheidung getroffen hatte. Es war nicht richtig, mich zu opfern und mich zu ergeben, ich hätte kämpfen sollen.*

Um dich.

Sie blickt mich forschend an, dann starrt sie hinaus auf das Rollfeld. „Ich muss heute Abend im Rue's spielen."

Gospodi. Das hatte ich ganz vergessen. Es ist Samstagabend.

Ich starte den Denali und lege den Gang ein, wende den Wagen. Ich weiß nicht, wo zur Hölle wir sind, also rufe ich die Kartenfunktion auf meinem Handy auf, um uns nach Haus navigieren zu lassen, schaue auf die Uhr. Genug Zeit, um nach Hause zu fahren und Storys Gitarre aus dem Kreml zu holen, bevor wir losmüssen.

Ich deute auf Story und mache die Gebärde für *hungrig,* ziehe fragend meine Augenbrauen hoch, wie wir es gelernt haben.

„Ob ich Hunger habe? Ja, ehrlich gesagt könnte ich was essen. Du?"

Ich nicke. Wir biegen in den ersten Drive-in ein, den wir sehen – ein Wendy's. Ich benutze mein iPad, um die Bestellung aufzugeben, worüber Story kichert, und die Stimmung wird ein bisschen leichter.

Wir essen während der Fahrt und dann lässt sie die Bombe platzen.

„Oleg, ich kann nicht mit dir zusammenziehen."

Irgendwie schaffe ich es, den Denali nicht in den Typen vor mir krachen zu lassen.

Sie spricht nicht weiter, was es nur eine Million Mal schlimmer macht.

Ich mache die Gebärde für *warum,* indem ich meinen Mittelfinger gegen meine Stirn tippe und die Augenbrauen runzle.

„Ich dachte, ich könnte es durchziehen. Du bedeutetest mir etwas. Wirklich. Aber es gibt schon so viel Drama in meinem Leben. Und dein Leben ist wirklich heftig. Ich meine, du bist in der russischen *mafya*, es wird auf dich geschossen, es wird auf mich geschossen und dann dachte ich noch, du würdest sterben. Das ist alles einfach zu viel."

Ich will mit ihr diskutieren. Ich greife nach dem iPad, aber dann wird mir klar, dass ich nicht gleichzeitig tippen und fahren kann.

Fuck.

Stattdessen greife ich nach ihrer Hand und schüttle den Kopf.

Sie zieht ihre Hand weg, zerstört mich am Boden. „Ich *kann nicht*. Das musst du akzeptieren. Bitte mach es nicht noch schwieriger, als es ohnehin schon ist."

Bljad. Meine Finger krallen sich um das Lenkrad. Etwas in mir weigert sich, es zu glauben. Ich will um sie kämpfen. Aber sie hat mich gerade darum gebeten, das nicht zu tun, und ich bin ein Kerl, der versteht, dass Nein *Nein* heißt.

Story will mich nicht mehr in ihrem Leben haben.

Die Ironie ist zu schwer, um sie zu schlucken. Ich hatte ihretwegen entschieden, zu leben und zu kämpfen, und habe sie trotzdem verloren.

Ich wäre fast lieber tot.

FÜNFZEHNTES KAPITEL

Story

ICH HATTE OLEG GEBETEN, mich am Rue's vorbeizubringen. Hatte ihm gesagt, dass er nicht mit reinkommen soll.

Er hat meine Bitte respektiert.

Ich hatte etwas Sorge, dass er das nicht tun würde. Ich meine, ich weiß, wie stur dieser Kerl sein kann. Wie kompromisslos in seiner Ergebenheit mir gegenüber.

Irgendwie komme ich durch den Abend. Ich glaube sogar, niemand hat gemerkt, dass mit mir etwas nicht stimmt, was es nur umso schlimmer macht.

Denn diese Unruhe, die in mir rumort hat, dieses Gefühl, dass alles nicht richtig ist – das ist nicht verschwunden, nachdem ich mit Oleg Schluss gemacht hatte.

Ehrlich gesagt ist es sogar schlimmer geworden.

Jetzt, wo ich vor dem Rue's stehe und auf mein Uber nach Hause warte, möchte ich am liebsten meine eigene Haut abstreifen. Das Klingeln in meinen Ohren kommt nicht nur von den Verstärkern. Es ist ein Störgeräusch. Ein

Störgeräusch, das es mir unmöglich macht, auch nur über das kleinste Problem nachzudenken, wie zum Beispiel, wie ich die App aufrufen und nachschauen kann, wo mein Uber bleibt.

Ein vertrauter weißer Denali hält vor mir an.

Oleg.

Augenblicklich steigen mir die Tränen in die Augen. Natürlich ist er noch hier. Er hat vermutlich den ganzen Abend über auf dem Parkplatz gewartet, sich vergewissern wollen, dass ich sicher nach Hause komme.

Ich ziehe die Beifahrertür auf. „Du sollst doch nicht hier sein!" Tränen schnüren mir den Hals zu.

„Lass mich dich nach Hause fahren", sagt der Australier im iPad.

Ich lasse die Schultern sinken. „Ich habe ein Uber bestellt." Aber mir ist schon längst klar, dass ich in den Denali steigen werde.

Oleg ist meine Mitfahrgelegenheit, auch wenn ich das eigentlich gar nicht will.

Er streicht mit der offenen Hand über seinen Kopf. *Bitte.*

Ich blinzle die Tränen zurück. „Na schön." Ich steige ein. „Aber das war's dann. Das hier ist unser Abschied. Komm bitte nicht wieder hierher."

Er nickt zustimmend.

Nur, dass er den Wagen parkt und seine Tür öffnet, als wir an meiner Wohnung ankommen.

Ich will protestieren, aber ich tue es nicht. Vielleicht will auch etwas in mir unseren Abschied hinauszögern. Er trägt meine Gitarre und bringt mich bis zur Tür, nimmt mir den Schlüssel ab, um die Haustür aufzuschließen, dann folgt er mir die Treppe hinauf.

Er schließt meine Wohnungstür auf und drück sie auf.

Und dann fällt er über mich her. Sein Arm schlingt

sich um meinen Rücken, seine Lippen senken sich mit vernichtender Gewalt auf meine nieder.

Ich ergebe mich. Bedingungslos.

Ich bin eine Frau, die im Moment lebt, und das hier ist unser Moment.

Ich schenke ihm meine Zunge, schlinge die Arme um seinen Nacken, stelle mich auf die Zehenspitzen, um an ihn ranzukommen. Er krallt sich meinen Arsch, zieht meinen Körper gegen seinen, während er meinen Mund erobert.

Er schiebt mich in Richtung der Sofalehne, legt seine Hand in meine Kniekehle und winkelt mein Bein an, damit ich die Beine für ihn spreize.

„Oleg."

Entschieden presst er seine Hand auf meinen Venushügel und die Wärme seiner Finger strömt durch meinen Slip. Er lässt seine Finger unter den Stoff gleiten, reibt über meinen Schlitz, während sich unsere Lippen ineinander verschlingen. Er saugt an meiner Unterlippe und gleitet mit einem Finger in mich hinein.

Meine Finger machen sich an seiner Jeans zu schaffen, öffnen sie, ich bin verzweifelt danach, ihn in mir zu spüren. Sein Mund wandert meine Hals hinunter, knabbert an meiner Haut, als ich seinen Schwanz befreie und ihn an meine Öffnung führe.

Ich taumle rückwärts, meine Hüfte balanciert auf der gepolsterten Sofalehne, aber er fängt mich mit seinem starken Arm um meinen Rücken auf, zieht im selben Augenblick meine Hüfte an seine.

Er schiebt den Zwickel meines Slips zur Seite und dringt in mich ein. Wir bewegen uns augenblicklich im Gleichklang, sobald er in mir ist.

Wir ficken, als ob unser Leben davon abhängen würde.

Wir sind die beiden letzten Menschen auf der Erde.

Das ist die letzte Chance auf Sex, die wir jemals haben werden. Wir müssen der ganzen Menschheit wegen das Beste daraus machen.

Er fickt mich heftig, stößt in mich hinein, aufwärts. Jeder Stoß fühlt sich notwendig an. Befriedigend. Lebensbejahend.

Ich klammere mich an ihn, eine Hand um seinen Nacken, um die Position halten zu können, meine Knie gespreizt, damit er mich plündern kann. Ich liebe seine wilde Leidenschaft. Die Art und Weise, wie er sich bei mir nicht mehr zurückhalten kann, sobald er angefangen hat. Als ob es sein einziges Lebensziel ist, mich zum Höhepunkt zu bringen.

Die Zeit steht still. Lust schimmert überall um ins herum, baut sich auf, verzehrt sich, steigt an.

Ich bemerke nicht einmal, wie mir Tränen aus den Augen laufen. Ich bin nicht traurig. Es ist einfach notwendig. Diese Intensität verbindet sich mit der brennenden Flamme meiner Seele. Mein Lebensinhalt.

Ich bin ungewöhnlich still. Abgesehen davon, am Anfang seinen Namen ausgestoßen zu haben, bettle ich nicht, stöhne ich nicht, schreie ich nicht auf. Es ist, als ob es ein zu ernster Augenblick für das gewöhnliche Leidenschaftsgeplänkel wäre. Zu bedeutsam. Unser heftiges, raues Atmen ist die einzige Musik, zu der wir tanzen.

Es besteht keine Frage, dass wir zusammen zum Höhepunkt kommen. Ich kann die Flut seines Orgasmus spüren und meine eigene Woge steigt auf, um sich mit ihm zu verbinden. Er stößt zuerst ein Geräusch aus. Ein inständiger Aufschrei. Ich erwidere seinen Ruf.

Und dann kommen wir. Er vergräbt sich tief in mir und verweilt, verschießt seine Ladung. Ich sauge an seinem Nacken, meine inneren Muskeln ziehen sich um seinen Schwanz zusammen, melken ihn. Es hört nicht auf. Eine

Vollendung, nicht nur des Sex, sondern auch von uns beiden. Unserer Beziehung.

Eine letzter, bedeutsamer, gemeinsamer Moment, mit dem wir uns aneinander erinnern können.

Oleg zieht sich aus mir heraus und hilft mir auf die Füße. Dunkle Sorge funkelt in seinen braunen Augen.

Ich lege meine Hand auf seine Wange, präge mir seinen geliebten Anblick ein. „Ich liebe dich." Es ist wert, das zu sagen, auch wenn wir uns trennen. Und ich sage es als ein Ende. Ein *Amen* für das heilige Miteinander, das wir uns geschenkt haben.

Und Oleg scheint zu verstehen, dass wir trotzdem Schluss machen, denn bei meinen Worten runzelt sich seine Stirn, als ob er Schmerzen hätte.

Meine Unruhe läuft sich wieder warm, beginnt, die Glückshormone zu verschlingen, die dieser unglaubliche Sex freigesetzt hat.

Ich muss diese Sache beenden. Vielleicht bin ich deshalb noch immer so unruhig. Weil er noch hier ist. Weil es noch immer nicht vorbei ist.

„Mach's gut, Oleg", sage ich entschieden.

Er zuckt zusammen, sichtbar zerstört von meinen Worten.

Ich fühle mich ebenso zerstört. Ich weiß nicht, warum diese Unruhe nicht besser wird.

Er legt seine Hand auf meinen Hinterkopf und presst seine Lippen auf meine. Dieses Mal ist der Kuss nicht brutal, er ist zärtlich und behutsam.

Und dann dreht er sich um und geht, ohne mich noch ein einziges Mal anzuschauen.

Ich dachte, ich hätte schon vorhin alle Tränen vergossen, als ich dachte, Oleg wäre tot, aber wie es scheint habe ich noch einen ganzen Ozean übrig. Ich wollte eigentlich unter die Dusche und ins Bett gehen, aber stattdessen finde ich mich zusammengesunken auf dem Fußboden wieder, von Schluchzern geschüttelt.

∾

Oleg

AM NÄCHSTEN TAG verlasse ich mein Bett nicht, außer um ein paar Bissen zu essen. Genauso am übernächsten Tag.

Nicht einmal am dritten Tag.

Ich kann mich nicht damit auseinandersetzen, was ich verloren haben. Ich hatte Story. Für zwei kurze Wochen war sie mein. Ich durfte sie im Arm halten. Sie lieben. Sie nach Hause bringen.

Sie wollte mit mir zusammenziehen. Zum ersten Mal seit Jahren hatte ich einen Grund, um am Morgen aufzustehen. Plötzlich schienen Dinge wieder möglich zu sein. Ich war bereit gewesen, mich zu ändern. Anzufangen, mit meinem Umfeld zu interagieren. Wieder unter die Lebenden zu treten.

Ich hatte eine solche Leichtigkeit verspürt. Ich hatte meinen Körper nicht mehr länger dafür gehasst, mich zu verraten. Hatte neue Wege der Kommunikation gefunden. Aber vor allem hatte ich Zeit mit Story verbringen dürfen. Meine Obsession. Sie hatte mir ganz allein gehört – jede einzelne ihrer Minuten. Ihrer Stunden. Sie hatte in meinem Bett Gitarre gespielt und gesungen. Hatte in meiner Dusche gestanden. Hatte mich sie lieben lassen.

Hatte mich zurück geliebt.

Das hat sie mir gesagt.

Aber sie hat sich nicht für uns entschieden. Hat sich nicht für mich entschieden. Ich habe ihr zu viel Stress verursacht und sie hat sich dagegen entschieden. Das kann ich ihr nicht vorwerfen. Nicht im Geringsten. Ich würde mir am liebsten dafür in den Arsch treten, sie verletzt zu haben. Sie zum Weinen gebracht zu haben. Ihr noch mehr Trauma verursacht zu haben.

Am Mittwochmorgen kommen Nikolai und Dima ohne anzuklopfen in mein Zimmer. Ich liege auf meinem Bett. „Also, was zur Hölle ist passiert?", fragt Nikolai.

Ich ignoriere ihn, starre die Decke an.

„Hier stinkt's. Du musst aufstehen und duschen, *mudak*. Und dann komm rüber und iss was."

Ich ignoriere ihn weiterhin.

„Ich vermute mal, Story hat Schluss gemacht?"

Ich setze mich auf, meine Hände ballen sich zu Fäusten. Plötzlich bin ich überwältigt von dem Bedürfnis, meinen Brüdern in die Fresse zu hauen – etwas, was ich nie getan habe.

Nikolai und Dima scheinen das zu erkennen und weichen gleichzeitig einen Schritt zurück. „Tut mir leid." Nikolai hält entschuldigend die Hände hoch. Sie wissen beide, dass meine Fäuste so tödlich sind wie eine Waffe.

„Ich will dir nicht blöd kommen, Oleg", sagt Nikolai. „Wir wollen nur darüber sprechen. Vielleicht können wir ja helfen."

Ich schüttle den Kopf. Es gibt keine Hilfe. Nicht für mich und Story.

Trotz meiner Weigerung, ihre Hilfe anzunehmen, setzen sie sich an den Fuß meines Bettes.

Jetzt will ich sie wirklich umbringen.

„Was hat ihr Angst gemacht?", fragt Dima. „Die Gefahr?"

Ich starre ihn wütend an. Er wirft mir das iPad zu.

Ich knurre, aber plötzlich wird das Bedürfnis, über Story zu sprechen, zu meiner neuen Sucht. Als ob es sie zurückbringen würde, über sie zu sprechen.

Das Drama, tippe ich.

Nikolai legt den Kopf zur Seite. „Hm." Er klingt zweifelnd, als ob er meine Antwort hinterfragen würde.

„Natürlich kennst du sie besser als ich, aber ich bin mir nicht sicher, ob das zu ihr passt. Ich meine, wenn sie mit Drama nicht umgehen kann, hätte sie doch in dem Augenblick die Polizei gerufen, als sie dich angeschossen im Kofferraum ihres Vans entdeckt hat, oder?"

„*Da*. Mir kommt es fast wie das Gegenteil vor", stimmt Dima ihm zu. „Was hat sie Sasha erzählt? Sie hätte eine hohe Schmerzgrenze, was Chaos angeht. Sie scheint nicht einmal panisch zu werden, wenn auf der Dachterrasse auf sie geschossen wird. Ich meine, das Mädel nimmt die Dinge *wirklich*, wie sie kommen." Er sagt es voller Anerkennung und ich bin ein bisschen stolz und gleichzeitig wütend über seine Bewunderung.

Panik beginnt, tief in mir zu rumoren. Habe ich nicht einmal verstanden, warum sie mich verlassen hat? War es in Wirklichkeit *ich*, mit dem sie nicht zurechtkam?

Nikolai scheint meine Sorge zu erraten, denn er sagt: „Es steht überhaupt nicht zur Debatte, dass sie dich nicht liebt. Ich habe noch nie jemanden so verzweifelt gesehen wie sie, als sie dachte, du wärst in deinen Tod gegangen."

„Höchstens vielleicht Maxim, als er dachte, Sasha wäre tot", widerspricht Dima. „Aber ja. Sie war ein totales Wrack."

Ein totales Wrack.

„Mir kommt es also eher so vor, als ob es damit zu tun hätte, dass du verschwunden bist. Den ganzen anderen verrückten Mist hat sie ziemlich klaglos über sich ergehen lassen", merkt Nikolai an.

Ich bin verschwunden. Das trifft irgendwo einen Nerv.

Story hat mir erzählt, dass sie sich nicht auf die Menschen in ihrem Leben verlassen kann. Dass sie jede

Menge Liebe von ihrer Familie bekommen hat, aber keine Stabilität.

Das muss der Grund sein, weshalb sie jede Beziehung beendet hat. Vielleicht ist sie einfach jemand, der abhaut, bevor die Dinge ernst werden. Bevor sie wieder verlassen und im Stich gelassen werden kann.

Sie mochte, dass ich verlässlich war. Dass ich Woche um Woche bei ihren Konzerten aufgetaucht bin. Sie konnte auf mich zählen.

Und somit habe ich genau das getan, wovor sie Angst hatte, indem ich gegangen bin. Ich habe bewiesen, dass ich unzuverlässig bin. Genauso in der Lage, sie zu verletzten, wie alle anderen Menschen in ihrem Leben auch.

Ich habe Story im Stich gelassen. Sie verlassen.

Fuck.

Ich habe nicht nur Salz in die Wunde gestreut, ich habe erneut in die Wunde gestochen. Nachdem sie mir erzählt hat, wie viel Angst sie davor hat, sich auf jemand anderen zu verlassen.

Gospodi.

Ich dachte, ich würde mich ihretwegen Skal'pel' ausliefern und ihr Geld für einen Neustart dalassen, aber war das ein Geschenk, das sie wirklich verdient hatte? Eine Tasche voller Geld und ein weiteres Mal verlassen zu werden?

Es war überhaupt kein Geschenk. Story würde eher ihr Leben riskieren, um bei mir zu bleiben. Das hatte sie mir schon bewiesen. Und ich hatte ihr Opfer unbedeutend gemacht.

„Was?", verlangt Nikolai.

Ich tippe, *Ich habe sie verlassen, als ich ihr Fels sein sollte.*

„Fuuuuuck", sagt Dima, nachdem er es gelesen hat.

„Dann musst du ihr eben zeigen, dass du noch immer ihr Fels bist", schlägt Nikolai vor.

Ich strecke meine Hände aus, um zu fragen, *wie?*

„Sag es ihr. Gehe weiterhin zu ihren Konzerten. Ich würde ihr nicht zu sehr auf die Pelle rücken – du sollst ja ihre Wünsche nicht missachten –, aber beweise ihr, dass du nirgendwo hingehen wirst. Nie wieder. Und kommuniziere. Ich fühle mich ehrlich gesagt furchtbar, weil wir dich nicht kennengelernt haben, bis Story eingezogen ist. Ich weiß nicht, warum wir nicht mehr versucht haben, dich aus deinem Schneckenhaus zu locken. Ich meine, fuck. Wir hätten längst Gebärdensprache lernen können."

„Auf jeden Fall", stimmt Dima zu. „Zur Hölle, vielleicht hätten wir dir sogar einen Sprachtherapeuten besorgen können. Ich habe ein bisschen recherchiert und wie es scheint, können die einem neue Methoden zu sprechen beibringen."

Ich möchte vor Dankbarkeit über den Funken Hoffnung, den die Zwillinge in mir entzündet haben, in Tränen ausbrechen – nicht darüber, wieder sprechen zu können, sondern Story zurückzugewinnen. Ich stehe auf und als sich die beiden ebenfalls erheben, ziehe ich sie in eine stürmische Umarmung, klopfe ihnen auf den Rücken.

„Oh. Okay. Wow. Dir muss es wirklich besser gehen", sagt Dima und gluckst. „Wie kann ich helfen?"

Ich schüttle den Kopf. Ich weiß schon, was ich tun werde. Und es wird funktionieren. Womöglich wird es eine ganze Weile dauern, aber ich bin bereit, mich voll und ganz hineinzuschmeißen.

Wenn es sein muss, werde ich es versuchen, bis zu dem Tag, an dem ich sterbe.

Ich bin Storys Fels und sie wird es wissen und glauben und spüren, bis in ihr Innerstes.

Ich liebe sie und ich werde sie nie wieder im Stich lassen.

SECHZEHNTES KAPITEL

Story

„Story? Hey, ich bin's, Mom."

Augenblicklich beginnen die Alarmglocken in meinem Kopf zu schrillen, als ich die Stimme meiner Mutter höre. Sie ist durchdrungen von der Schwere ihrer Depression.

„Mom, ist alles okay bei dir?"

„Ähm … Ging schon besser. Sam und ich haben uns getrennt."

Tränen treten mir in die Augen, nicht für meine Mutter, sondern weil jetzt das Selbstmitleid in mir aufsteigt. Ich meine, ernsthaft? Muss ich mich jetzt auch noch mit der Trennung meiner Mutter herumschlagen, wenn ich noch nicht einmal meine eigene überwunden habe?

„Kannst du herkommen? Ich will nicht allein sein."

Ich blinzle die Tränen zurück, schlüpfe in meine Stiefel und schnappe mir die Autoschlüssel. „Okay, Mom. Ich komme sofort vorbei. Bist du zu Hause?"

„Äh … ja. Ich bin zu Hause." Sie klingt verloren.

Ich muss das grelle Aufblitzen von Angst wegatmen, dass alle Episoden meiner Mom begleitet. Die Tatsache, dass sie sich gemeldet hat, ist gut. Ihr frühzeitig zu helfen, verhindert die wirklich zerstörerischen Tiefs. „Ich mache mich jetzt los."

„Danke, Schatz", sagt meine Mutter und klingt, als ob sie sich in einem Traum verloren hätte. Ich kenne das Gefühl.

Ich steige in mein Auto und fahre zu ihrer Wohnung. Benommenheit löst meine Angst ab.

Seit Oleg Samstagabend meine Wohnung verlassen hat, bin ich unruhig und nervös. Tatsächlich wird es mit jedem Tag, der vergeht, nur immer schlimmer.

Das ergibt überhaupt keinen Sinn. Normalerweise, wenn ich dieses unruhige Gefühl bekomme, beende ich die Beziehung mit wem auch immer es gerade zu ernst wird, und die Unruhe und die Nervosität verschwinden augenblicklich. Ich verstehe das als mein Bauchgefühl, das mir sagt, wenn es an der Zeit ist, zu gehen. Mein Beziehungskompass.

Und dieses Gefühl hatte ich auch mit Oleg. Am Samstag hatte ich es so stark gespürt.

Aber dennoch hat die Trennung den Stein in meinem Magen in keinster Weise beseitigt.

Und jetzt habe ich auch noch die Sorge mit meiner Mutter. Als ob das Universum entschieden hätte, dass es noch nicht genug Drama für mein Leben wäre, dass Oleg sich einem bösartigen Doktor opfern wollte und beinah umgekommen wäre, und dann noch unsere Trennung.

Im Auto rufe ich Dahlia an, meine kleine Schwester, um sie wissen zu lassen, was mit Mom los ist.

„Hey, Schwester, was gibt's?", antwortet sie gutgelaunt.

„Äh." Mehr bekomme ich nicht heraus. Ich habe plötzlich das Gefühl, das alles nicht zu schaffen.

„Was ist los, Story? Ist es Mom?"

Ich schniefe. „Ja. Sozusagen."

Ich weiß nicht, warum ich *sozusagen* gesagt habe. Ich habe Dahlia nicht angerufen, um über meine eigenen Probleme zu sprechen.

„Geht es ihr gut?" Ich kann die Beunruhigung in ihrer Stimme hören, was verständlich ist. Wir alle fürchten uns vor diesem einen Anruf. Wenn wir herausfinden, dass Mom suizidal ist.

„Ja, ich denke schon. Sie klang depressiv, also fahre ich zu ihr. Ich will sicherstellen, dass sie einen Termin mit ihrer Therapeutin hat."

„Gut. Ich bin froh, dass sie merkt, wenn sie Hilfe braucht", sagt Dahlia.

„Ich weiß." Wieder schnüren mir Tränen den Hals zu.

„Bist du okay? Soll ich nach Hause kommen und dir helfen?"

„Nein, nein. Ich bin okay. Mir, ähm, geht's nur selbst gerade nicht so gut."

„Oh nein! Was ist los?"

Tränen strömen mir über das Gesicht. Ich nehme eine Hand vom Lenkrad, um sie abzuwischen. „Erinnerst du dich an den Kerl, von dem ich dir erzählt habe?"

„Oh Gott, ja! Was ist da los?"

„Dahlia, ich glaube, ich bin total verkorkst."

„Wie meinst du das?"

„Ich weiß nicht. Als ob ich kaputt wäre. Vielleicht habe ich Moms Beziehungsgen geerbt."

„Definitiv nicht", erwidert meine Schwester entschieden. „Was ist denn los? Du mochtest diesen Kerl doch wirklich, oder?"

„Ja", heule ich. „Aber dann habe ich dieses nervöse

Gefühl bekommen, was ich immer kriege. Du weißt schon – das Zeichen. Dann weiß ich immer, dass die Dinge nicht funktionieren werden und ich verschwinden sollte. Nur dass ich mit ihm Schluss gemacht habe, und jetzt wird diese Unruhe nur immer schlimmer."

„Okay, Sekunde. Du glaubst, wenn du in einer Beziehung nervös und unruhig wirst, ist es ein Zeichen, dass du die Sache beenden sollst?"

„Genau. Als ob mir mein Bauch sagt, dass es nicht funktionieren wird und ich aufhören soll, bevor die Sache zu ernst wird."

„Warte, warte, warte. Deshalb warst du nie länger als ein paar Monate mit jemandem zusammen?"

„Ja, aber die Sache ist die, diesmal hat es nicht funktioniert. Ich bin immer noch angespannt. Und jetzt bin ich völlig verwirrt."

„Story, hast du mal für eine Sekunde darüber nachgedacht, dass diese Unruhe kein Instinkt ist, sondern Angst?"

Das schlägt ein wie eine Bombe.

Ich kann nicht antworten.

„Was, wenn du diese Unruhe verspürst, weil du Angst davor hast, jemandem zu nah zu kommen, nicht, weil es ein Instinkt ist, der dir sagt, es wird nicht funktionieren?"

Hm. Meine Tränen versiegen. Das fühlt sich *richtig* an.

Als ob es stimmen könnte.

„Du hast diesen Kerl also fortgestoßen, und jetzt hast du Angst, weil du glaubst, ihn verloren zu haben."

„Ich weiß nicht ..."

„Doch, ich glaube, das tust du."

Ich muss lachen, auch wenn ich nicht will. „Du denkst, du bist so irrsinnig weise, nur weil du die einzige in der Familie bist, die eine Beziehung hat, die länger als drei Jahre andauert."

„Na ja, das hatten Mom und Dad auch. Aber sie haben

ihre Sache so schlecht gemacht, dass wir drei geglaubt haben, Beziehungen wären unmöglich."

„Du hast das nicht geglaubt."

„Weil ich Joe hatte."

„Allerdings. Joe ist der Beste", stimme ich zu und mein Herz schmerzt plötzlich vor Sehnsucht nach Oleg.

Oleg ist hundertmal besser als Joe, meiner Meinung nach. Oleg ist der perfekte Mann.

Was, wenn ich unruhig *bin*, weil ich ihn verloren habe, nicht weil ich ihn verlassen sollte?

Was, wenn er mein Joe ist? Der Eine.

Mein Für-immer-und-ewig?

Ich biege in die Straße meiner Mom ein und parke vor ihrem Wohnblock. Sie wartet auf den Eingangsstufen, trotz der Kälte.

„Hey, Mom." Ich ziehe sie in eine Umarmung.

„Ich habe ihn rausgeschmissen", sagt sie und bricht in Tränen aus. „Und jetzt … will ich ihn zurück, glaube ich."

Ich weine mit ihr. „Ich habe genau das Gleiche gemacht, Mom. Und ich glaube, es war ein Fehler."

~

Oleg

SAMSTAGABEND. Ich dusche und ziehe frische Jeans und T-Shirt an. Ich rasiere mein Gesicht, benutze etwas von Maxims Aftershave, dann fahre ich zum Rue's.

Am Mittwoch habe ich Story einen handgeschriebene Brief geschickt. Das hat Stunden gedauert, weil ich ihn erst in das iPad eingetippt habe, um sicherzugehen, dass ich das Englisch fehlerfrei schreibe, und weil ich wollte, dass er handschriftlich ist, nicht ausgedruckt oder gemailt. Im Brief stand:

STORY,

meine wunderschöne lastotschka.

Ich habe dich im Stich gelassen. Als ich dich zurückgelassen habe, dachte ich, ich würde das Richtige tun, damit du in Sicherheit bist, aber jetzt habe ich erkannt, dass du niemals in Sicherheit sein wolltest. Du wolltest dich auf mich verlassen können. Und indem ich dich verlassen habe, habe ich bewiesen, dass ich unzuverlässig bin.

Ich will, dass du weißt, dass ich deinen Wunsch respektiere, unsere Beziehung zu beenden, aber du bist der Sinn meines Lebens.

Dein Fels zu sein.

Dich zu beschützen.

Dir bei deinen Auftritten zuzuschauen.

Das sind die Dinge, für die ich lebe und atme.

Also werde ich nicht aufhören, zu deinen Konzerten zu kommen. Ich werde nicht aufhören, dafür zu sorgen, dass du sicher nach Hause kommst. Ich werde für dich da sein, wie auch immer du mich brauchst. Um dich aufzufangen, wenn du von der Bühne springst, oder um deine Ausrüstung zu tragen oder um einfach in der Ecke zu sitzen und nie wieder Kontakt zu dir aufzunehmen.

Du kannst dich auf mich verlassen.

Ich habe Mist gebaut, aber das werde ich nie wieder tun. Niemals.

Ich bin dein Fels. Du kannst dich auf mich verlassen.

Das verspreche ich dir.

Ja ljublju tebja. *Ich liebe dich.*

Oleg

SIE HAT WEDER ANGERUFEN NOCH GESCHRIEBEN, nachdem ich den Brief verschickt hatte. Zur Hölle, ich weiß nicht einmal, ob sie ihn überhaupt gelesen hat. Vielleicht hat sie das Ding einfach in den Müll geworfen. Nicht, weil sie mich verachtet – ich glaube nicht, dass das der Fall ist. Aber weil es zu schmerzhaft für sie ist.

Sie versucht, einen klaren Schnitt zu machen.

Das ist die größte Sorge, die auf meinen Schultern lastet, als ich auf dem Parkplatz hinter Rue's Lounge parke. Ich bin nicht früh genug hergekommen, um meinen Stammtisch erwischen zu können, weil ich Story nicht direkt verärgern wollte. Ich wollte sie vor ihrem Auftritt nicht aus dem Konzept bringen oder ihr das Gefühl geben, sie müsse mit mir sprechen.

Ich schlüpfe durch die Tür, nachdem sie bereits mit ihrem ersten Set begonnen haben. Der ganze Saal ist am Hüpfen. Die Storytellers rocken gerade „Jane Says" von Jane's Addiction. Storys Haare sind wieder platinblond und sie trägt dunklen Lippenstift, der ihre Augen funkeln lässt.

Ich lehne mich gegen eine Wand hinten im Raum. Ich hoffe, wenn sie mich entdeckt, bittet sie mich nicht, zu gehen. Ich bete, dass sie den Brief gelesen hat und versteht, dass ich hier sein muss. Ich muss ihr beweisen, dass ich der Mann bin, für den sie mich gehalten hat.

Annie, eine der Kellnerinnen, bringt mir unaufgefordert ein Bier.

Story beginnt, einen ihrer eigenen Songs zu spielen, dann noch einen. Ihr Auftritt ist makellos und dennoch sehe ich, dass die letzte Woche Spuren hinterlassen hat. Sie lächelt und springt nicht so viel herum wie sonst. Sie ist einfach ruhig und professionell.

Und dann entdeckt sie mich. Ihr Blick landet auf mir und verharrt, aber sie kommt in ihrem Singen und Spielen nicht ins Straucheln.

Sie hat mich erwartet.

Sie hat meinen Brief gelesen.

Story beendet den Song und kommt an den Bühnenrand. „Hey. Ich habe an einem neuen Song gearbeitet, wollt ihr ihn hören?"

Ich klatsche und die Menge jubelt.

„Der Song ist über diesen Kerl. Ihr kennt ihn vermutlich. Normalerweise sitzt er immer genau hier." Sie deutet auf meinen Tisch, an dem heute Abend irgendwelche anderen Arschlöcher sitzen.

Ich werde ganz still.

„Vor Kurzem habe ich ihn in mein Leben gelassen und es war gut. Wirklich gut. Aber manchmal laufen wir vor den Dingen in unserem Leben davon, die gut sind. Weil sie zu akzeptieren bedeutet, etwas zu verlieren zu haben, versteht ihr?"

Sie wirft mir einen schmerzerfüllten Blick zu und die Leute drehen sich herum, um zu sehen, wen sie anschaut.

Da ist er. Das ist der Kerl, auf dem sie immer herumklettert, höre ich die Stammgäste sagen.

„Die wirklichen Helden sind die, die immer da sind. Selbst, wenn man sie fortstößt. Und das ist es, was Oleg für mich tut. Er ist so verlässlich wie sonst nur was. Dieser Song ist für ihn."

Story klemmt das Mikro zurück in den Ständer und stellt sich breitbeinig davor auf.

Ich sehe dich aus der Ferne / Nähergekommen sind wir uns nie.
Wollte es nicht zulassen / Denn ich lebe nur für den Flirt.
Du bist in meiner Sphäre / Ich bin in deinem Ohr,
Dann bringst du mich nach Haus, kommst aber nicht mit rein.
Ich weiß nicht, ich weiß nicht, ich weiß nicht, was ich hier tue.
Aber bei dir / Aber bei dir
Brauche ich nichts, brauche ich nichts anderes mehr.

Du drängst mich an die Wand / Deine Finger in meinem Haar
Ich küsse, ich beiße, du gehst mir unter die Haut.
Wenn du auftauchst, dann ganz oder gar nicht.
Ich weiß nicht, ich weiß nicht, ich weiß nicht, was ich hier tue.
Aber bei dir / Aber bei dir
Brauche ich nichts, brauche ich nichts anderes mehr.
Entzünde mein Feuer, verbrenne mich,
Ganze Städte fallen, Verwüstung rings um uns.
Wenn du auftauchst, dann ganz oder gar nicht.
Ich weiß nicht, ich weiß nicht, ich weiß nicht, was ich hier tue.
Aber ich bin bei dir / Bei dir.
Ich brauche nichts mehr, brauche nichts anderes mehr.
Ich weiß nicht, ich weiß nicht, ich weiß nicht, was wir hier tun.
Aber ich brauche nichts, brauche nichts, nur dich.

Ich weiß nicht, wann ich mich in Bewegung setze, aber als der Song vorbei ist, stehe ich direkt vor der Bühne, starre hinauf zu meiner kleinen Schwalbe, bin von ihrer Präsenz angezogen wie von einem Magneten. Story zieht den Gurt der Gitarre über ihren Kopf.

„Ich brauche nichts, nur dich." Sie singt die letzte Zeile a capella. Und dann lässt sie sich von der Bühne fallen und landet in meinen Armen.

Die Menge jubelt wie verrückt.

Flynn schaltet hastig sein eigenes Mikro an, als ich mit Story hinten in den Raum gehe. „Das war Story Taylor. Ich bin Flynn und wir sind die Storytellers. Wir sind nach einer kurzen Pause wieder für euch da, Leute. Danke fürs Zuhören!"

Ich summe leise – das Geräusch, dass ich nur für sie mache. Die Art, wie ich ihren Namen sage. Sie vergräbt ihr Gesicht in meinem Hals und summt zurück.

„Danke, dass du für mich hergekommen bist", murmelt sie.

Immer, will ich sagen. Ich gebe mich mit mehr Summen zufrieden.

„Heißt das immer?" Sie liest meine Gedanken.

Ich nicke und küsse ihre Haare. In der Ecke der Bar stelle ich sie auf die Füße und baue mich vor ihr auf, schirme sie von den Blicken der anderen Gäste ab. Ich deute auf ihre Brust, dann auf meine.

Ihr Lächeln flackert auf. Sie verströmt noch immer einen Anflug von Traurigkeit. „Ich gehöre dir?"

Ich nicke und drehe die Reihenfolge um.

„Du gehörst mir."

Wieder nicke ich.

„Kann ich bei dir einziehen?"

Ein Lächeln überrascht plötzlich mein ausdrucksloses Gesicht.

„Verdammt aber auch." Sie streckt ihre Hand aus und legt sie auf meine Wange. „Du bist so schön, wenn du lächelst."

Mein Lächeln wird größer.

„Es tut mir leid. Ich habe Angst bekommen."

Ich schüttle den Kopf und deute auf mich, dann mache ich die Gebärde für *Sorry*.

„Ich weiß, dass es dir leid tut. Du wolltest mich nie verletzen. Du hast versucht, auf mich aufzupassen."

Ich nicke.

„Ich kann nicht versprechen, dass ich nicht wieder panisch werde."

Ich schüttle den Kopf. Das werde ich nicht zulassen, will ich sagen. Ich deute auf meine Brust, dann schüttle ich den Kopf, während ich auf die Tür deute.

„Du wirst nicht verschwinden?"

Ich nicke.

„Niemals?"

Ich schüttle energisch den Kopf.

„Du gehörst mir?"

Wieder ist da dieses Lächeln. Meine Gesichtsmuskeln werden sich einfach an dieses neue Gefühl gewöhnen müssen.

„Ich liebe dich."

Langsam komme ich auf sie zu, genieße jeden kostbaren Moment, während ich von ihren Lippen trinke, zärtlich zunächst, dann immer besitzergreifender und fordernder.

Story entspannt sich mehr und mehr, und die Anspannung und die dunkle Wolke um sie verebben langsam.

Ich trete einen Schritt zurück, winke sie mit einem Finger her, ziehe mir einen Stuhl ran. Und Story kriecht augenblicklich auf meinen Schoß, dort, wo sie hingehört.

SIEBZEHNTES KAPITEL

Story

„FANG MICH, wenn du kannst!", quietsche ich in dem Augenblick, als wir nach dem Konzert im Kreml aus dem Aufzug steigen. Ich renne auf die Tür zu, die zur Dachterrasse führt.

Ich kann Olegs leises Glucksen hinter mir hören, aber er lässt mich so tun, als ob ich ihn tatsächlich abhängen könnte, während ich die Treppe zu dem herrlichen Pool hochlaufe. Die Luft ist eisig kalt und Dampf steigt aus dem Whirlpool auf, als ich die Abdeckung zur Seite schiebe.

„Fang mich doch, du Eierloch." Ich ziehe mich aus, kichere.

Oleg hat keine Eile. Langsam zieht er sich aus, beobachtet mich völlig fasziniert, während ich nacheinander Mantel, Stiefel, Strumpfhose, Rock, T-Shirt, BH und Slip auf die Kiesel am Boden fallen lasse.

Bevor ich noch erfriere, springe ich in den Whirlpool,

hüpfe auf und ab, lasse das Wasser um meine Brüste spritzen, die im Wasser auf und ab tauchen.

Oleg zieht sich fertig aus, sieht mit seinem Ständer von der Größe meines Unterarms aus wie ein Hengst. Ich spritze mit dem Wasser nach ihm.

Seine Augen werden schmal. Er runzelt die Augenbrauen und deutet mit dem Finger auf mich.

„Oh-oh", grinse ich. „Wird mir mein Big Daddy jetzt den Arsch versohlen?"

Oh, bitte doch.

Ich habe herausgefunden, dass sein anderer Kosename für mich – *schalunja* – unanständiges Mädchen oder Luder bedeutet, was ich liebe. Er steigt ins Wasser, steht auf der ersten Stufe, dann setzt er sich auf den Rand des Whirlpools. Seine Augen flackern, als er die Hand nach mir ausstreckt.

Oh Gott.

Er wird mir ein Spanking verpassen. Ich werde ganz flatterig und aufgeregt und ein klein bisschen nervös, nur weil es das letzte Mal fast so sehr weh getan hat, wie es sich gut angefühlt hat.

Er spreizt seine Knie und zieht mich über eins hinüber, beugt meinen Oberkörper, sodass ich meine Hände auf dem Rand hinter ihm abstützen kann.

Ich stoße ein bebendes *ui* aus.

Er summt leise, dann verpasst er meinem nassen Arsch einen Hieb.

„Au! Oh mein Gott, das tut weh."

Ein weiterer Hieb, serviert mit einem finsteren Glucksen. Ich zapple mit den Füßen. Erregt. Geil. Brennend. Er reibt meinen Arsch, dann lässt er einen Finger zwischen meine Beine gleiten. Ich winde mich vor Überraschung, als seine Finger meine empfindlichsten Regionen streifen. Er verpasst mir noch zwei weitere Schläge, dann reibt er wieder ein bisschen.

Oh Gott, es ist so gut.

So aufregend. Köstlich. Die Heftigkeit der anfänglichen Schmerzen lässt nach, während die Lust durch mich hindurchrauscht. Ich weiß nicht, warum ich das so mag. Das ist auch egal. Das hier ist Oleg und ich vertraue ihm vollkommen.

Er macht noch ein paar Runden weiter – ein paar Hiebe, dann kreist sein Mittelfinger über meinen Kitzler. Meine Erregung geht schnell an die Decke. „Mehr", stöhne ich, auch wenn mein Arsch bereits brennt.

Natürlich erfüllt er meine Bitte, verpasst mir in kurzer Abfolge sieben Hiebe, die mich aufschreien und mit den Beinen strampeln lassen. Und dann sind wir plötzlich beide im Wasser und die Wärme brennt auf meiner eiskalten Winterhaut. Oleg kneift meinen Nippel, während er einen Arm auf meinen Rücken legt und mich an sich zieht. Ich schlinge meine Beine um seine Hüfte. Er benutzt seine Hand, um seinen Schwanz an meine Öffnung zu führen.

Das Wasser und die Schwerelosigkeit machen es zu einer glitschigen Angelegenheit und es ist nicht einfach für ihn, in mich einzudringen, aber ein paar Augenblicke später finde ich mich kniend auf den Stufen wieder, die Ellenbogen auf einem Kissen der Liegestühle abgestützt, während Oleg von hinten in mich hineinhämmert. Respektlos krallt er mit seiner Faust meine Haare und ich liebe es. Ich liebe es, weil ich weiß, dass dieser Mann jenseits des Schlafzimmers alles andere als respektlos ist. Er ist auf die sicherste Art furchterregend, die ich jemals finden werde, und seine Kraft und seine Dominanz sind einfach köstlich.

Er reitet mich heftig, schützt meine Hüften mit seinem

Unterarm vor dem Rand des Whirlpools. Ich verliere den Verstand, rufe seinen Namen, keuche, flehe um Erlösung. Sein Daumen findet meinen Mund. Ich lutsche heftig daran, hoffe, ihn zu seinem Höhepunkt zu bringen, damit ich meinen bekomme. Es funktioniert. Er knurrt und vergräbt sich tief in mir, klatscht gegen meine Arsch, während er kommt. Ich komme in dem Augenblick, als auch er explodiert, brauche nicht einmal das Reiben meines Kitzlers, das er mir anbietet.

Ich schreie auf, weil ich es kann. Weil es sich gut anfühlt, hier oben auf dem Dach so laut zu sein, wie ich will.

Als wir beide wieder stiller werden, kann ich Olegs Herz an meinem Rücken schlagen spüren. Er senkt seine Lippen an mein Ohr, beißt zärtlich hinein, dann küsst er es.

Ich höre sein leises Summen – das Geräusch, das er für mich macht, wenn wir uns so nah sind.

Ich summe zurück.

Er zieht sich aus mir heraus und dreht mich um, deutet auf meine Brust, dann auf seine.

„Ja", sage ich leise. „Ich gehöre dir."

Er zieht mich im Wasser auf seinen Schoß, summt noch immer vor sich hin.

„Hey, weißt du was? Wir starten im Community College nächsten Monat mit dem Kurs für amerikanische Gebärdensprache." Ich hatte es gestern recherchiert und mich eingeschrieben. Ich hätte auch Oleg direkt mit eingeschrieben, aber er muss sich erst im College registrieren.

Er zieht skeptisch seine Augenbrauen in die Höhe.

„Wir werden beide Gebärdensprache lernen, damit wir uns einfacher unterhalten können. Wie willst du denn sonst mit unseren Kindern sprechen?"

Oleg stößt verblüfft den Atem aus, gefolgt von einem

leisen Seufzer, dann blinzelt er mich an. Wenn ich es nicht besser wüsste, würde ich schwören, dass mein großer, starker Mann feuchte Augen bekommt. Er zeigt auf mich, dann macht er die Gebärde für *wollen*, dann tut er so, als ob er ein Baby wiegen würde.

„Ja, ich will Kinder. Du auch?"

Ein weiterer leiser Seufzer und noch mehr blinzeln. Er nickt.

„Ich denke so an drei oder vier. Ein großes, lautes Haus voller Kinder. Weil Chaos genau mein Ding ist."

Oleg lacht und schluchzt gleichzeitig, lehnt seine Stirn an meine Wange, wiegt mich im Wasser sanft hin und her.

„Bist du dabei?"

Er macht wieder sein summendes Geräusch und steht auf, hebt mich aus dem Wasser. Er beugt sich hinunter, um seine Schlüsselkarte aufzuheben, lässt unsere Anziehsachen aber auf der Terrasse liegen und trägt mich zur Tür.

„Wo willst du hin? Willst du mich direkt wieder ficken?" Für gewöhnlich sage ich keine schmutzigen Sachen, aber nachdem ich gelesen habe, was Oleg letzte Woche alles zu mir sagen wollte, dachte ich mir, ich könnte einfach seine Gedanken laut aussprechen.

Seine Augen verdunkeln sich mit einem unanständigen Versprechen.

Ich kichere und halte mich an seinem Nacken fest, strample vor Vorfreude mit den Füßen.

EPILOG

Oleg

„S-T-ORY." Ich strenge mich an, damit die Silben richtig über meine Lippen kommen. Ich stehe im Türrahmen von Storys Studio im zehnten Stock, wo sie Unterricht gibt und mit der Band probt.

Ravil hat einen Logopäden aufgetrieben, der jede Woche mit mir arbeitet, damit ich wieder sprechen lerne. Mit meinen Lippen ersetze ich die Geräusche, die ich nicht mehr länger mit meiner Zunge machen kann. Ich hasse es verflucht noch mal, wie es klingt, aber zu sehen, wie sich Storys Gesicht aufhält, als sie ihren Namen hört, ist die Tortur wert.

Mein Mädchen dreht sich herum und lächelt mich über die Schulter an, dann rennt sie auf mich zu und springt in meine Arme. „Hallo, Big Daddy", sagt sie leise und atemlos.

Ach, fuck. Jetzt will ich sie einfach nur gegen die Wand drängen und es ihr hart besorgen, genau jetzt, genau hier.

Aber nein. Ich habe andere Pläne.

„Wie war es bei der Sprachtherapie?", fragt sie und bedeckt mein Gesicht mit Dutzenden von Küssen.

„Guv", sage ich. Bis zu den Ts ist es noch ein langer Weg. „Heirave mich", platze ich hervor. Ich hatte einen ganzen Satz geprobt, aber vor lauter Aufregung bringe ich nicht mehr heraus.

Storys Kopf schnellt zurück, um mein Gesicht zu mustern. „Hast du mir gerade einen Antrag gemacht?"

„Ja. Wills'u?" Die Worte klingen nicht ganz richtig, aber sie versteht mich trotzdem.

Sie lacht und weint gleichzeitig. „Ja. Ja, ich will."

Ich stecke die Hand in meine Tasche, um den Ring hervorzuholen, und zeige ihn ihr. Es ist ein kleiner, graziler Ring mit drei schmalen, diamantbesetzten Bändern, die sich ineinander schlingen und einen dreieinhalb Karat-Diamanten einfassen. Story ist nicht der Typ Frau, die einen dicken Klunker haben will oder irgendwas Protziges. Ich wollte einen kunstvollen, süßen Ring, genau wie sie.

„Ich liebe ihn." Sie lässt mich den Ring an ihren Finger stecken. „Ich liebe ihn so sehr."

„Komm." Ich trage sie aus dem Studio in den Fahrstuhl. Als wir den Aufzug wieder verlassen, gehe ich durch den Haupteingang zum Penthouse, wo alle auf uns warten.

Die Arschlöcher haben mich die ganze letzte Stunde meinen Satz proben gehört, also wussten sie genau, was passieren würde.

„Und?", verlangt Sasha. Maxim hält eine Flasche Champagner in der Hand, der Korken ist bereit zum Knallen.

„Ja", sage ich. Ich setze meine *lastotschka* nicht ab. Sie herumzutragen ist eins der größten Vergnügen meines Lebens.

Der Raum bricht in Jubel und Applaus aus. Sogar der

kleine Benjamin gluckst und klatscht mit seinen speckigen Babyhändchen Beifall. Der Champagnerkorken knallt und fliegt an die Decke. Der Schampus spritzt auf den Boden.

„*Posdrawlenije!*" Sasha ruft ihre Glückwünsche auf Russisch. Pavel, Dima und Nikolai wiederholen sie, gefolgt von Lucy, die einfaches Russisch schneller gelernt hat als wir anderen Englisch. Pavels Freundin, Kayla, ist aus L.A. zu Besuch und springt auf und ab, so keck wie sie niedlich ist.

Maxim gießt uns zwei Gläser Champagner ein und reicht sie uns. Wir warten ab, bis alle ein Glas haben.

„Auf Story, die uns die Tür zu unserem Bruder Oleg geöffnet hat." Ravil erhebt sein Glas.

„Auf Story." Ich hebe mein Glas.

„Ich liebe dich", sagt Story zu mir, dann dreht sie sich in meinen Armen um. „Ich liebe euch alle." Sie hebt ihr Glas und trinkt einen Schluck. „Ihr seid die beste Wahlfamilie, die ich mir wünschen kann, und ich liebe es, hier mit euch zusammenzuwohnen, verstehe aber auch, wenn ihr uns nach dem zweiten oder dritten Kind rausschmeißen müsst."

Alle lachen und scherzen, aber ich höre nicht mehr hin, denn meine ganze Welt besteht nur noch aus Story, so wie immer.

Meine Obsession. Meine wunderschöne Schwalbe.

Und ganz bald meine wunderschöne Frau.

***

VIELEN DANK für das Lesen des *Der Vollstrecker*. Wenn es Ihnen gefallen hat, würde ich gerne eine Bewertung erhalten - es macht einen großen Unterschied für Indie-Autoren wie mich.

Lies unbedingt auch Pavel und Kaylas Liebesge-schichte.

Ich habe eine Facebook-Gruppe für deutschsprachige Leser meiner Bücher gegründet. Bitte mach mit! Alpha-Bücher sind besser

RENEE ROSE: HOLEN SIE SICH IHR KOSTENLOSES BUCH!

Tragen Sie sich in meine E-Mail Liste ein, um als erstes von Neuerscheinungen, kostenlosen Büchern, Sonderpreisen und anderen Zugaben zu erfahren.

https://www.subscribepage.com/mafiadaddy_de

DER SOLDAT

Chicago Bratwa, Buch 6

ICH HÄTTE SIE AUFGEBEN SOLLEN – SIE LOSLASSEN SOLLEN.

Die russische Armee hat einen Killer aus mir gemacht, aber die Bruderschaft hat den Mann aus mir gemacht, der ich bin

Skrupellos. Tödlich. Unverbesserlich.

Weshalb Kaya mir aus dem Weg gehen sollte.

Die unschuldige, junge Schauspielerin, die eine strahlende Zukunft vor sich hat,

solange sie niemand vorher zerbricht. Jemand wie ich.

Jedes Wochenende gibt sie sich mir vollkommen hin. Ohne Fragen. Ohne Zögern.

Sie gehört mir, um über sie zu befehlen.

Im Gegenzug gebe ich ihr, wonach sie sich sehnt – Schmerzen und Lust.

Aber das ist eine Fantasie, die niemals Realität werden darf.

Wir spielen mit Feuer,
aber ich kann sie einfach nicht loslassen.

Wolf Ranch

ungebärdig - Buch 0 (gratis)

ungezähmt– Buch 1

ungestüm - Buch 2

ungezügelt - Buch 3

unzivilisiert - Buch 4

ungebremst - Buch 5

unbändig - Buch 6

Wolf Ridge High

Alpha Bully - Buch 1

Alpha Knight - Buch 2

Bad Boy Alphas

Alphas Versuchung

Alphas Gefahr

Alphas Preis

Alphas Herausforderung

Alphas Besessenheit

Alphas Verlangen

Alphas Krieg

Alphas Aufgabe

Alphas Fluch

Alphas Geheimnis

Alphas Beute

Alphas Blut

Alphas Sonne

Alphas Mond

ÜBER DIE AUTORIN

USA TODAY Bestseller-Autorin RENEE ROSE liebt dominante, verbalerotische Alpha-Helden! Sie hat bereits über eine Million Exemplare ihrer erotischen Liebesromane mit unterschiedlichen Abstufungen verruchter sexueller Vorlieben und Erotik verkauft. Ihre Bücher wurden außerdem in *USA Todays Happily Ever After* und *Popsugar* vorgestellt. 2013 wurde sie von *Eroticon USA* zum nächsten *Top Erotic Author* ernannt und freut sich ebenfalls über die Auszeichnungen Spunky and Sassy's *Favorite Sci-Fi and Anthology Autor*, The Romance Reviews *Best Historical Romance* und Spanking Romance Reviews *Best Sci-fi, Paranormal, Historical, Erotic, Ageplay and Couple Author*. Bereits neunmal gelang ihr eine Platzierung in der USA-Today-Bestsellerliste mit verschiedenen literarischen Werken.

Besuchen Sie ihren Blog unter www.reneeroseromance.com

CPSIA information can be obtained
at www.ICGtesting.com
Printed in the USA
LVHW020731280721
693844LV00012B/1657